JN015388

Others That Seduce:
On the Ethics of Melville's Literature

誘惑する他者

メルヴィル文学の倫理

古井義昭［著］
Furui Yoshiaki

法政大学出版局

誘惑する他者――メルヴィル文学の倫理◉目次

●扉図版——*Moby Dick*, Albert and Charles Boni（1933）の Raymond Bishop 挿画より

凡例

・引用のページ表記は、英語文献の場合はアラビア数字、日本語文献の場合は漢数字を丸括弧内に示している。
・メルヴィル作品の引用はすべて Northwestern University Press and The Newberry Library 版を使用している。
・英語文献の翻訳は、断りがない限り著者によるもの。
・メルヴィル作品の翻訳は既訳を参照し、必要に応じて変更を加えている。既訳がない作品ならびにメルヴィルの手紙はすべて筆者の翻訳。
・引用文中の［　］は筆者による補足を、……は筆者による省略を示す。

序章

「書記バートルビー」（一八五三年）において、バートルビーという厄介な書記を雇うことになった語り手は、この謎の人物を知ろうとさまざまな形で接近を試みる。しかし、「しないほうがありがたいのですが（I would prefer not to）」という台詞をはじめとするバートルビーの奇怪な言動によってその試みはことごとく挫かれる。突然働くことをやめてしまい、生まれ素性も分からないバートルビーは語り手にとって理解しがたい他者であり、だからこそよりいっそうこの人物を知りたいという欲求に駆られることになる。それは作品の読者も同様であろう。不可知な他者性をバートルビーに認めるからこそ、この人物を理解したいという欲求を抱き、さまざまな解釈を繰り出してはバートルビーの沈黙に跳ね返され、それでもやはり彼のことを知ろうと試みるのではないだろうか。語り手であれ読者であれ、バートルビーを前にした者の多くはこの人物の不可解な他者性に魅惑を感じずにはいられないはずだ。他者は誘惑するのである。

ハーマン・メルヴィル（一八一九—一八九一年）の作品において、バートルビーのような「自分とは異なる理解できない誰か／何か」、つまり他者が登場するのは珍しいことではない。むしろ不可解な他者の存在がメルヴィル文学の中核を成しているといってもよい。これから本書で検討していくように、例えば『白鯨』（一八五一年）における巨鯨は、その捉え難い象徴性ゆえにエイハブ船長だけでなくさまざまな登場人物たちの解釈を誘うし、「ベニト・セレノ」（一八五五年）では、奴隷反乱の首謀者バボは捕えられたあと一言も抗弁することなく処刑を迎え、内面が窺い知れない存在として死ぬ。これらはあくまで一例だが、メルヴィル作品には、作品内の視点人物そして読者にとって理解することがそもそも不可能に思える他者に満ちている。メルヴィルはそのような他者をなぜ繰り返し描き、他者表象を通じて何を探求していたのだろうか。この二つが本書を貫く問いである。そして結論から言えば、メルヴィルは文学作品の執筆を通じて他者について書くことの倫理を探求していたのであり、メルヴィル文学の読者は読むことの倫理を要求される。本書において、〈書くことの倫理〉とは他者性への暴力を回避しながら他者の内面を描く作家の姿勢を指し、〈読むことの倫理〉とは他者性を侵害せずに他者の内面を想像する読者の態度を意味する。この倫理の問題に関しては本章次節にて詳しく説明を加えたい。

メルヴィル文学の特徴ともいえる他者表象であるが、批評家たちは「他者」という言葉を直接的に使うにせよ使わないにせよ、多様な角度からメルヴィル作品における他者について論じてきた。メルヴィル研究における他者とは、『白鯨』のクイークェグ、あるいは『タイピー』（一八四六年）の食人部族タイピー族、あるいは先述の黒人奴隷バボのように、キリスト教白人主人公にとっての人種的他者（racial others）を意味することが多い。捕鯨をはじめとする海洋経験を通じて多くの非キリスト教異人種と触れ合う機会を得たメルヴィルは、白人と異人種間の相互理解の可能性を描いたコスモポリタン作家だった――というのが一般的なメルヴィル像だろう。事実、メルヴィル文学における他者とは、主にポストコロニアル批評ないしは黒人表象をめぐる観点から検討されてきた。[*1] メルヴィルという作家がなぜ現代まで読み継がれ、研究の対象となり続けてきたかを問うジョン・ブライアントは、作家の人種的他者に対する稀有な想像力を主な理由の一つとして指摘しているし（Bryant, “Persistence” 5, 13）、トニ・モリスンもまた、『白鯨』を例に挙げて、メルヴィルの黒人に対する想像力に同じ作家の立場から感嘆の声を記している（Morrison 4）。[*2]

もちろん人種的他者という観点だけではなく、古くは神を他者とする研究に始まり、一九八〇年代から九〇年代は同性愛を他者表象として捉えた研究、二一世紀に入ってからは障害学の見地から身体的障害を他者性の徴と見なす研究も行われてきた。さらに近年では、メルヴィルの自然表象に着目したエコクリティシズム論、人間と物質の関係性を読み解くポストヒューマニズム的議論も提起されており、人間ならざるものを他者と捉え、メルヴィル作品における人間と非人間の境界線の越境を論じる研究が盛んになされている。[*3] かように、メルヴィル研究における他者とは、その時々の批評的潮流に応じて形を変えながら、各々のテーマのもとで考究されてきたといえる。換言すれば、他者表象そのものが研究対象となってきたというより、多くの研究はそれぞれのテーマを探求することを目標としながら、その一環として他者の問題を扱ってきたということになる。

本書ではむしろ、これまでの研究のように一つのテーマのもとに他者の存在を限定するのではなく、近年の文学研究における多様な展開のうちにメルヴィル文学を位置づけることで、メルヴィル作品に潜在するさまざまな他者の存在に光を当てたい。[*4] したがって本書では一つの方法論に依拠することなく、人文学における複数の方法論・知見を取り入れながら議論を進めていく。代表的なものを列挙するなら、メディア論ならびにコミュニケーション史、時間的転回、トランスナショナル研究、障害学、情動理論などである。これらの広範なアプローチは、メルヴィル研究が人文学の隆盛と同期しながら発展してきた活発な研究分野であることを示すと同時に、メルヴィルがさまざまな角度から他者を描いている証左となるはずだ。そして、本書においてそれら多様な他者の存在を統合するのが、のちに詳しく議論する他者表象の倫理という問題である。

もちろん、「他者」という広義の言葉を使用することには注意が必要である。デレク・アトリッジが指摘するように、他者を抽象的な存在として捉えるのではなく、他者それぞれの個別性を認識することが他者を論じるうえでの重要な倫理的態度である（Attridge 21–24）。[*5] 本書が目指すのは、各作品における個別の描写をつぶさに検討することを通じ、その都度浮かび上がる他者の姿を捉えることであり、抽象的な概念として「他者」の理解を提示することではない。いうまでもなく、それは本書の目論見をはるかに超えている。それでも出発点として単純な定義を与えるなら、他者とはある自己にとって、それが自分とは明確に違うと認める異質な存在である。それゆえ、ある人物が何者／何物かを他者として認めるとき、自己と他者という境界線が自動的に立ち上がることとなる。その境界線は両者の動的な相互交渉の過程で生起するものであるため、絶対的というよりは一時的で相対的な「自分ならざる存在」を「他者」とひとまず呼ぶことができる。本書で検討される他者とは、キリスト教白人と区別される人種的他者、新興国アメリカから見た凋落しつつある旧世界のスペイン、「健常者」から区別される「障害者」、生者から見た死者などが挙げられる。

このように何が他者かを見定めようとするときに必然的に生じるのは、他者から区別される自己とは何か、という問いである。メルヴィル文学における他者を論じる本書ではすなわち、他者と遭遇する自己のありようにも焦点を当てる。例えばメルヴィルのデビュー作『タイピー』では、主人公トンモはタイピー族という食人部族の村落に迷い込んだ当初、彼らを自分とは絶対的に異なる他者として認識し、常にそこから自分を差異化して捉える。しかし彼は、村落での滞在を通してこの他者の共同体に包摂されそうになってしまう。根無し草の存在である自分を家族のように受け入れてくれる彼らに親しみを覚え、そこへ包摂されて同化してしまいたいという誘惑に駆られるのである。そのとき、トンモのキリスト教白人としての自己は揺らいでいる。しかし、トンモはタイピー族に包摂され、元来の自己を失うことを恐れてやはりタイピー族を他者として再規定し、最終的には集落から逃れることで自己を保とうとする。とはいえ、「自分はタイピー族ではない」と激しく否定した末であっても、トンモは「キリスト教圏の白人」という自己認識に安住できるわけではない。彼は白人キリスト教徒による南洋地域での暴力的な布教活動に嫌悪感を抱いており、「タイピー族ではない自分」と「良心の呵責なくキリスト教圏の白人として自己認識できない自分」のあいだで揺れ動いているからである。誰かを他者として規定したところで、確たる自己が約束されるわけではない。

このように、「〜ではない」という否定を通じて立ち現れる自己もあれば、他者と自己を同一化することで、自己を肥大化させる場合もある。「ベニト・セレノ」が好例である。アメリカ人船長アマサ・デラノは、スペイン人船長ベニト・セレノを同じ白人として同一視しながら、心の底では彼を無能な船長とみなし、自らを上位の存在として差異化している。そして最終的にはベニトから船の指揮権を奪い、スペイン船を収奪してしまう。他者を取り込むことで自己を拡張するこの過程は、アメリカ国家による帝国主義的企図の暴力的歴史そのものである。もちろん、メルヴィルは無自覚にその暴力を描いているのではなく、冷徹にその暴力を捉えてアメリカへ鋭い批判の目を向けている。[*6]

以上のように、他者を論じるということは、誰か／何かを自分ならざる他者として認識する自己の姿――他者から自分を引き離すのであれ、他者を飲み込んでしまうのであれ――を逆照射することになる。そしていずれの場合も、他者という存在は、それをまなざす側の理解したい、ないしは所有したいという欲望を惹起する。例えばバートルビーという謎は、語り手と読者を、その秘密の内面を探るように誘惑する。あるいは先述のスペイン人船長ベニトは、アメリカ人船長デラノにとって、自分に利益をもたらす存在として魅惑的である。さらにエイハブ船長は、自分の存在を脅かす白鯨のことを焦がれるように夜な夜な考えており、憎むべき敵を愛しているといってよい。あるいは、メルヴィル晩年の詩集に登場する孤独な元水夫ジョン・マーは、亡霊となった過去の水夫仲間たちを思い、想像の中で彼らと交歓しようと試みる。

メルヴィル作品における他者は、誘惑すると同時に、理解されることを拒絶する。語り手はバートルビーが体現する社会的制度からの自由に惹かれているが、バートルビーを完全には許容できないし、バートルビーの側も彼を拒絶する。そのとき語り手は、もしくは読者は、バートルビーに惹かれながらも、最終的に自分が「バートルビーにはなりえない」と思い至ることで、否定形での自己認識を得ることになる。読者の多くは、語り手の偽善と欺瞞を批判しながらも、かといってバートルビーの側には立つことはできないはずだ。そのとき、自らが実は糾弾すべき語り手の側に立っていることを知る。バートルビーに代表されるメルヴィル的他者は、読者に自分を理解するよう誘惑し、どこまで理解できるかを試しているようである。読者は彼らをどこまで理解できるのか頭を捻らせ、彼らの存在に肉薄しようとし、理解したと思えば突き放され、再度接近を試み、また突き放される。他者との対話の回路を開くべく不断に試みるなかで、彼らと共有しうるものを見つけつつ、最終的には「彼らは自分ではない」という理解を得る。そのような他者理解の試みを通じて、読者は知らず知らずのうちに何かしらの否定形としての自己を見つける過程に参入させられている。メルヴィル文学における他者と向き合うこととは、そのような読書体験であるはずだ。

誰か／何かを「他者」と呼ぶとき、しばしばそこには他者と名付けられる側の力の欠如が前提とされている。サラ・アーメッドはポストコロニアリズムと他者性をめぐる議論において、「他者は常に弱者であり、この弱さこそがある意味で他者の構成要素である」(Ahmed 142) と論じているが、他者論として著名なツヴェタン・トドロフの『他者の征服』でも、征服される弱者としての先住民が他者として位置づけられている。こうした他者論では、権力者の他者／弱者に対する暴力が倫理的問題として扱われている。また、エレーン・スケアリーは、そのような強者による他者への想像力を指して「寛容的想像 (generous imagining)」と批判的に呼んでおり (Scarry 106–07)、ここにも他者と名指す側と名指される側の力の不均衡が前提とされている。しかし、メルヴィル作品における沈黙する登場人物たちの多くは、受動的な立場のみに位置していない。例えばバートルビーの「受動的抵抗(passive resistance)」(*The Piazza Tales* 23)を想起するなら、彼の沈黙は単なる受動性を超えてなんらかの主体性を含意している。沈黙ゆえに解釈の対象として受動性を帯びながらも、読者に「どこまで私を理解できるのか」と迫っている点で、彼ら登場人物たちを「他者」と名指す側こそが、実は受動的立場に置かれているといっていい。他者は誘惑すると同時に拒絶もするのである。

書くこと/読むことの倫理

ドロシー・J・ヘイルは著書『小説と新しい倫理』のなかで、ヘンリー・ジェイムズの創作論を例に挙げながら、二〇世紀以降の英米文学における他者表象にまつわる倫理、あるいは彼女が呼ぶところの「他者性の倫理(ethics of alterity)」(Hale 25)の系譜を紐解いている。ヘイルが論じるように、文学とはそもそも作者が自分とは違う誰かについて書くという意味で、どの文学作品も他者を描いている、ということになるだろうし、読者の位相においても、読者は自分ではない誰かの物語を追体験することで他者と出会っていることになる(51)。[*7] 他者があらゆる文学作品に内在する普遍的な存在であるならば、メルヴィル文学を読解する際、ことさらに他者を取り上げることにどのような意味と価値があるのだろうか。

冒頭でも触れたとおり、本書ではメルヴィル作品の他者表象には特有の倫理——書くことの倫理——が貫かれていることを示していく。倫理の問題に明示的に触れるのは、『イズラエル・ポッター』論の第二章、「ベニト・セレノ」論の第七章、「バートルビー」論の第九章であるが、他者を描くことの倫理の問題は本書全体に通底する問題意識である。これから検討していくように、メルヴィルは意図的に自分の創作物である登場人物から距離を取り、あたかも彼らの他者性に作者自身が慄いているような、登場人物の他者性を担保する書き方を行っている。ウォルト・ホイットマンのように民主主義的ビジョンの中に同時代人を包摂するのでもなく、ナサニエル・ホーソーンのようにヴェールの向こう側に自らを置き、読者から距離を取って自らの他者性を確保するのでもない、メルヴィル特有の他者表象のあり方を本書の議論を通じて提示していきたい。メルヴィル作品に溢れる不可解な登場人物たちの根底には、他者への暴力を回避しながら他者を描こうとする、メルヴィルにとっての書くことの倫理が潜在しているのである。

メルヴィル作品に顕著なのは、作家自身の書くことの倫理だけではない。他者表象の倫理を前景化する作品を読む以上、読者にも何がしかの倫理的態度が要求されることになる。ジル・ストウファーは「倫理的寂しさ（ethical loneliness）」という概念を提起しているが、これは「人類に見捨てられたという経験に、自分の話に耳を傾けてもらえないという経験がさらに加わった状態」を意味し、「心ある人々が苦しんでいる人々の声をよく聞くことができないこと」に起因するとされる（Stauffer 1, 2）。ストウファーは「倫理的」という言葉を用いることで、孤独な他者の物語に対する聞き手／読み手の倫理的責任を強調している。だとするなら、独立戦争を戦ったにもかかわらず、国家に存在を認められないまま死んでいったイズラエル・ポッターの孤独な境遇に共感し、彼の物語に耳を澄ますのも一つの倫理となる。さらに、スペイン船を収奪するアメリカ人船長デラノのふるまいを批判的に解釈してきたこれまでの批評史も、帝国主義的な暴力を批判する倫理に貫かれている。あるいは、『ビリー・バッド』批評は、無垢なビリーを極刑に処することの妥当性をめぐる倫理の問題を中心に展開されてきた。本書では特に、その試みが報われる保証もないまま他者の内面を想像し続ける姿勢を〈読むことの倫理〉と呼び、〈書くことの倫理〉とともにメルヴィル文学の特徴として提示していく。

ここで急いで強調すべきは、本書は倫理的な「正しさ」がメルヴィル文学の価値を裏書きしていると主張したいわけではない。本書が焦点化するのは個別の他者表象の「正しさ」ではなく、自己と他者との差異を感じ取り、それをいかに文学という枠組みの中で表現しえたかという作家としての文学的達成、そしてその作品を読解する読者の側に求められる倫理的な価値判断についてである。しかしそれと同時に、メルヴィルの他者表象から、各々の読者が結果的に倫理的に「正しい」と思われる他者に対する姿勢を選択することは矛盾しない。彼の他者表象に倫理的正しさがあるとするならば、それはあくまで結果論であり、判断は究極的に読者に委ねられている。

メルヴィル作品は何かしらの倫理的態度を他者に向き合う者（登場人物、読者）に要求するのであって、一つの倫理規範を明言することは徹底して避けられている。再度「バートルビー」を例に取るなら、バートルビーに寄り添いきれず、彼を救えない語り手は倫理的に悪なのか、という一元的な話をこの作品はしていない。バートルビーという他者を前にして、自分の理解の範囲内に収めてしまう語り手の欺瞞を描くと同時に、読者の大半が語り手のようにふるまわざるをえない現実も示している。そこにどちらが善か悪か、という価値判断はなされていない。ただ、バートルビーを目の前にした語り手にはなんらかの倫理的価値判断——天涯孤独の部下、しかも労働を拒否する部下を雇い続けるべきかどうか——が求められるし、読者も自身の価値観に照らして語り手はどうすべきか、そして自分であればどうふるまうべきかの判断が否応なく問われてしまう。ここでもやはり、他者は理解される受動的対象であるというよりは、読者の応答を迫ってくる存在としてある。突然書写をやめてしまったバートルビーに戸惑い、「なぜやめてしまったのか」と問う語り手は、「その理由をご自分でお分かりにならないのですか」と逆に疑問を投げかけられてしまうが（32）、この問いは無論、読者にも向けられている。

文学研究における倫理について考えるうえで、一九九〇年代から現在まで脈々と続いている倫理批評（ethical criticism）が参考になる。[*8] 倫理批評とは広義には「文学作品の道徳的かつ倫理的性質を検討する」批評を指す（Davis and Womack 185）。さらに倫理批評は文学作品と読者の関係性を重要視する。読者は、作品内の登場人物たちが下す倫理的価値判断を通じて、自身の生における倫理に影響を受けるという見方である。ここで強調しなければならないのは、九〇年代以降の倫理批評は「何が倫理的に正しい生き方か」という教条的な基準を文学に求めるのではなく、どのような倫理が作品内で描かれているか、という多様な倫理のありように注意を向けてきた、という点である。つまり、倫理批評は「何が（what）」ではなく、「どのような（how）」という問いを考究してきたのである。文学における倫理（ethics）を論じることは、道徳（moral）を論じることではない、という点は倫理批評において繰り返し注意を向けられてきた。例えば前述のアーメッドは、「倫理は、行動を定める一連のルールやコードという意味での道徳ではない。倫理とは、いかにして我々が他者としての他者に遭遇することができるのか、という問いのことである」（138）と論じているし、文学研究における倫理批評の嚆矢となったウェイン・C・ブースは、「道徳的（moralistic）」という語を「単一のコードに物語の意味を還元してしまう」と批判的に位置づけることで、「倫理的（ethical）」という語から明確に区別している（Booth 360）。本書も同様に、単一の倫理規範をメルヴィル作品に求めるのではなく、個々の作品に描かれる他者との倫理的遭遇をたどっていくことになる。メルヴィルの書くことの倫理は、他者に対する特定の倫理規範に支えられているのではなく、個々の作品のなかで彼が他者性に暴力を振るわずにいかに他者を描くことができるか、という作家としての苦闘の姿に宿っている。

しかし、倫理批評で前提とされている「倫理」と「道徳」の二項対立は、メルヴィル作品における倫理を考えるうえで実は不十分でもある。彼の作品群は「単一のコード」を示していないにしても、なんらかの倫理的価値基準——他者性を侵害せずに他者を描く姿勢——を示しているのもまた事実であるからだ。ブライン・ヨザーズは、新約聖書の有名な逸話「山上の垂訓」に対するメルヴィルの深い関心に着目し、彼がキャリアを通じて宗教的観点から倫理の問題に興味を抱き続けていたと論じている（Yothers, *Sacred Uncertainty* 11–50）。ヨザーズが議論するように、メルヴィルは山上の垂訓における倫理的要請を無批判に受け入れたわけではなく、それが現実世界で実現可能かどうかという懐疑を諸作品のうちに書き込んだ（29-30）。メルヴィルにとっての倫理とは、単一のコードに収斂するものではなく、さまざまな可能性に開かれた決定不能な問題であった。ヨザーズの言葉を借りれば、メルヴィル作品の倫理とは、答えの定まらない「不確定性（uncertainty）」（49）を宿したものなのであり、それでもなお思考することを要請する難題なのである。したがって、本書では倫理という問題を、拠って立つべき一つの基準というよりは、不確定性のなかで他者について思考し続ける動的姿勢を含意することになる。

翻って、読者の読むことの倫理を考えるうえで重要な参照点となるのが、他者への想像力の重要性を説くシャミーン・ブラックの議論である。彼女は、二〇世紀後半の批評理論の発展に伴い、他者理解という発想そのものが「侵犯的想像力（invasive imagination）」（Black 8）として捉えられ、文学作品にそのような価値を認めることは文学研究で忌避されてきたと論じている（2-30）。特にポストコロニアル理論の発展に伴い、文学研究のなかで「他者を理解する」という言明そのものが他者性を収奪してしまう暴力に通じてしまうため、他者理解の肯定的側面は抑圧されてきた。その認識のうえでなお、ブラックは倫理批評の潮流も踏まえながら、侵犯的ではない想像力のありよう、あるいは「他者性を表象することの肯定的な倫理的価値」（30）を現代英語圏文学のうちに探っている。本書もまた、文学に他者表象の倫理的価値を認めるブラックの試みに共鳴する。ただ異なるのは、ブラックは諸文学作品に他者を想像する可能性を積極的に見出している一方で、本書の議論では、メルヴィル作品における他者理解の不可能性を強調することになる。本書が提示する読むことの倫理とは、その不可能性を認識したうえでなお、他者を想像し続ける態度を指すからである。これから各章で詳しく議論していくように、それは他者理解を諦めた不可能性とは決定的に異なる。不可能性を前提としながら、それでもなお他者と向き合い続ける姿勢がメルヴィル文学を読むことの倫理となるのである。

書くことの倫理と読むことの倫理は、互いに連動している。両者の結節点となるのが、他者を媒介する語り手の存在である。あらゆる文学作品がそうであるように、読者は作品内の他者と一対一の自他関係を結ぶことはない。メルヴィル作品に際立っているのは、読者と登場人物を繋ぐ語り手の媒介としての役割である。結果として読者は直接的な他者経験ではなく、語り手とその言語を介した、いわば「媒介された他者性」に触れることになる。読者は語り手の想起を通じてしかバートルビーのことを知りえないし、イズラエル・ポッターの孤独な生は、彼の物語を忘却から救う語り手があってこそ知りうるものである。言語を通じて間接的にしか他者に触れえないという体験は文学というメディアに固有のものであるが、メルヴィルはその特性を最大限に活かすことで、読者に他者への想像力を行使することを求める。媒介を通じた邂逅だからこそ、他者性への暴力を回避する他者理解の可能性がわずかに生まれることになる。

本書の構成

本書は四部構成になっている。以下、章ごとというよりは、四部それぞれのテーマをまとめることで本書全体の議論の流れを示したい。第一部「他者を求める――孤独な水夫たち」では、メルヴィル作品に繰り返し描かれる「寂しさ（loneliness）」という感情に焦点を当て、登場人物たちの他者への希求を浮き彫りにしながら、個人と共同体の関係を考察する。寂しさというのは、外部から隔絶された個人ではなく、寄る辺ない個人が他者を希求するという意味で、多孔的な個人の姿を浮き彫りにする。自らを他者に開いていなければ、寂しさは感じえないだろう。自己に閉じこもる個人は、寂しさではなく「孤独（solitude）」を経験するはずである。しかし、特に第一章で論じるように、孤独と寂しさの差異は現実の生において明確に区分するのは困難であり、本書を通じて「孤独」をより包括的な概念として用いながら、孤独から生じる否定的な感情に言及する際に「寂しさ」という言葉を用いていくことにしたい。

寂しさへの着目はさらに、一九世紀アメリカの理想とされた個人主義に対するメルヴィルの懐疑を照らし出す。第一章の『白鯨』論ではエイハブ船長が抱える寂しさに焦点を当て、「寂しい個人主義（lonely individualism）」という概念を提起することで、他者を希求するエイハブの自己のありようを検討する。第一部で扱う諸作品のみならず、メルヴィル作品に登場する多くの登場人物は心に寂しさを抱えており、これはメルヴィル文学の大きな特徴であるといえる。抒情性こそがメルヴィル文学の白眉であり、その抒情性は、この満たされざる他者への希求、すなわち寂しさという感情と密接に繫がっている。舌津智之はメルヴィル文学に叙情性を感知しているが、彼の定義に従えば、抒情とは「抑圧の回帰をその本質的な構造とする文学的モード」となる（九）。事実、エイハブの寂しさは作品を通して抑圧され、その抑圧が解除されるその一瞬、一雫の涙となって表出する。あるいは第二章で検討するイズラエル・ポッターにせよ、第三章のジョン・マーにせよ、彼らの寂しさは明示的に表現されることはなく、あくまで抑圧された感情として描かれている。その抑圧をくぐり抜けて表出する瞬間にこそ、抒情が生まれるのである。

寂しさという感情はややもすると感傷性に堕してしまう危険を孕むが、メルヴィルは感傷性に溺れることなく、共同体と個人の関係という、個人の感傷に留まらない問題系を探究している。メルヴィル作品に登場する登場人物たちは、寄る辺ない個人であることにも満足できず、かといって共同体に包摂されることも望まない。共同体と個人という二項対立のあいだで宙吊りになりながら、どちらの選択肢にも安住することなく揺れ動いている。寂しさを抱えた個人は、自分を受け入れてくれる共同体に包摂されてしまえば楽になるかもしれない。しかし、メルヴィルの登場人物たちは共同体に包摂され、個人性を明け渡すこともまたよしとはしないのである。このように、寂しさを抱えた登場人物たちは他者との合一を目指しつつ、最終的に自他の埋められない差異に悲嘆することになる。その差異こそが、皮肉にも個人の個人性を担保するのだということをメルヴィル作品は告げている。

個人と共同体の関係性は、本書の主眼でもある倫理の問題へと接続される。『イズラエル・ポッター』（一八五四年）を論じる第二章、詩集『ジョン・マーと水夫たち』（一八八八年）を論じる第三章では、寂しさを抱えた登場人物たちが、語り手を媒介として読者と間接的な関係を築く可能性について論じる。先に触れたストウファーが呼ぶところの「倫理的寂しさ」は、寂しさを抱えた登場人物を前にした読者になんらかの倫理的応答を求める。これらの作品において、語り手は登場人物と読者を媒介し、間接的な共同体の形成を助けることとなる。ただ重要なのは、そうした共同体はあくまで可能性に留まり、読者と登場人物の関係は不完全なものでしかありえない点である。メルヴィル作品は、繋がりの成就を描くというより、その失敗を描いたうえでなお繋がる可能性を想像することを読者に求めているのであり、それこそが読むことの倫理となる。

また、寂しさは必然的に人を他者との繋がりへと駆り立てるものであり、メルヴィル作品には自然とコミュニケーションにまつわるメディア・技術に関する言及に溢れている。一九世紀半ばのアメリカは、郵便システムの拡充、鉄道網の拡張、電信の発明など「コミュニケーション革命」を経験したと言われているが、個人の寂しさを描こうとするメルヴィルにとって、そのような歴史的背景は自身の文学的課題を表現するうえで恰好のモチーフを提供することになった。[*9] コミュニケーション手段のなかでも、メルヴィル文学全体にとって特に重要なのは郵便システムである。「バートルビー」に登場するデッドレター（配達不能郵便）は、メルヴィル文学全体を貫く修辞として機能しているといってよい。ここで注意すべき点は、メルヴィル文学において郵便コミュニケーションはほぼ例外なく失敗するということである。他者と繋がりたいという人間の根源的欲求を描きながら、メルヴィルはその試みが失敗し、個人が孤独な状況に置かれるさまも捉えずにはいられない。また、デッドレターが「死」を免れるには何よりも読まれる必要があることを考えると、その生死が読者の応答にかかっているという点で、デッドレターはまさに読むことの倫理を前景化する。

第二部「他者を見つける――不気味な自己像」では、自己の外部に見出される他者への欲求に焦点を当てた第一部とは異なり、他者が自己の内部に見出されるさまを検討する。『タイピー』の主人公トンモ（第四章）も、『ピエール』（一八五二年）の主人公ピエール（第五章）も、自己の深みを正確に認識できていない。彼らの欲望は抑圧され、それが内なる他者として彼らの内部に胚胎されることになる。彼らは表面的には外なる他者――トンモにとってのタイピー族、ピエールにとってのイザベル――に関心を奪われているが、実は最も身近であるはずの自己の他者性を見失っている。その意味で、これらの作品では他者は主人公たちによって見出されておらず、抑圧されたまま読者に提示されていることになる。

第一部と同様、第二部で検討されるトンモもピエールも、家族や国家という共同体の一部に組み込まれ、個人性が失われることを恐れている。脆弱な個人を描くという意味で、第一部で検討した「寂しい個人主義」と共鳴しつつ、これらの作品もアメリカ的個人主義に批判的修正を加えていると見なすことができる。第一部の登場人物たちが他者との繋がり、つまりはなんらかの共同体への希求を求めているのだとすれば、第二部で扱うトンモとピエールは、自身を包摂しようとする共同体の力に反発し、そこから逃れようとしている。『タイピー』と『ピエール』が提示しているのは、共同体なき個人の不可能性である。トンモは何がしかの帰属すべき共同体を求めざるをえないし、ピエールは血縁関係を捨て去ろうとしながらも、自分の体内を流れる血（縁）から逃れることはできない。彼らの個人性は常にすでに関係性の網の目に捕獲されてしまっている。

第五章の『ピエール』論に明らかなように、ここでもコミュニケーションが重要な役割を果たす。第一部で検討するコミュニケーションが他者との繋がりを求めるものだとすれば、ピエールは自己と対話できておらず、本作におけるデッドレターは、内なる他者としての自己と通じ合えない分裂した自己のありようを照らし出す。「手紙のやりとり」は英語で「コレスポンダンス（correspondence）」となるが、この単語には「一致」という意味もある。

郵便システムの機能不全に着目して本作品を読解するとき、ピエールの自己認識と、彼の中に潜む内なる他者とのあいだの齟齬が明らかになるだろう。コミュニケーションの問題は、自己と他者ではなく、ここでは自己と自己の問題となる。つまり読むことの倫理は、第二部では作品を読む読者の問題というより、登場人物たち自身の問題となっている。

第二部で「内なる他者」を焦点化したのち、第三部「他者を取り込む――帝国的欲望」では、トランスナショナル研究の知見に依拠しながら、政治的な意味での「外なる他者」を検討する。メルヴィルが生きた一九世紀半ばのアメリカは、独立革命から半世紀以上を経て政治的な力を獲得しはじめ、モンロー・ドクトリンという外交政策にも顕著なように、西半球のリーダーとしての自己を誇示するようになった。アメリカにとって、かつてスペインの支配下に置かれていた、あるいは当時も支配下にあった「スパニッシュ・アメリカ」と総称される南アメリカ諸国は、支配すべき対象ないしは魅惑的な他者として立ち現れた。アメリカ合衆国と地続きをなし、同じ大陸を共有するからこそ、スパニッシュ・アメリカは合衆国との差異を提示しながらも、合衆国による同一化の暴力に晒されることになった。同一化の暴力を批判的に前景化しながらメルヴィルが強調してやまないのは、やはり差異である。その差異は特に言語の扱いに顕著に現れており、例えば第六章で扱う「エンカンタダス、あるいは魔の島々」（一八五四年）、第七章の「ベニト・セレノ」の両作品では、英語話者にとってのスペイン語の他者性が大きな役割を担っている。[*10]

メルヴィルが強調するのは差異だけではない。スペインによるかつての帝国支配とアメリカの帝国的欲望を重ね合わせることで、アメリカが過去の帝国と同じ道を歩んでいることを示唆し、アメリカの帝国主義的企図の反復性ないしはオリジナリティの欠如を明るみに出している。国家の自己形成の際に生じる他者への暴力が、新生国家としての力を誇示しなければいけないという自己の不安に根ざすものであるならば、やはりここでも他者との邂逅の根底には輪郭の不安定な自己が存在することになる。

　第一部と第二部で検討する自己と他者の関わりにおいて、コミュニケーションは一方通行であり失敗が運命づけられたもの、つまりデッドレターとして理解される。しかし第三部で描かれる他者との関わりは、同様に一方通行ではあるものの、有無を言わさぬ暴力性を帯びる。特に第七章で扱う「ベニト・セレノ」では、スペイン人船長ベニトと黒人反乱者バボの沈黙と対照的に、アメリカ人船長デラノの饒舌が描かれるが、デラノは友情を装いつつ、最終的には黒人奴隷を制圧するのみならずスペイン船を収奪してしまう。政治的他者を自己の内側に取り入れ、自己を拡大させようとするこのような暴力に、メルヴィルは鋭い視線を向ける。自己と他者の差異に自覚的な作家だったからこそ、メルヴィルはその境界が越境される瞬間を見逃さず、他者に対する暴力を回避するための書くこと／読むことの倫理を提示している。

　第三部において他者を自己に取り込む暴力に触れたのち、第四部「他者を覗く――沈黙の裂け目」では、この暴力を違う角度から考察する。すなわち、他者の内面を知ることの暴力が第四部の主題である。自己と他者の境界線を越えることに敏感なメルヴィルにとって、どんな形であれ、他者の領域に侵入することは倫理的危険性を帯びたものになる。メルヴィルは自身の創作物である登場人物たちから、あくまで一人の他者として距離を保とうとする。具体的には、彼ら登場人物に沈黙を付与することで他者理解の暴力への防御線を張っている。そこで、第八章では『信用詐欺師』（一八五七年）に登場する身体障害者（と思しき）ブラック・ギニー、第九章ではバートルビーを中心的に検討する。沈黙する登場人物の内面を我々は知るよしもない。しかし彼らの沈黙は自身を解釈するよう、見る者を誘惑している。ここで重要なのは、沈黙する登場人物たちが解釈を誘いながらも、同一化しようとする理解の暴力を回避し、相手との差異を保ち続ける点である。メルヴィルは沈黙という言語ならざるものを言語を通じて描き、かつそこにわずかな解釈の可能性を潜ませるが、最終的に彼らの沈黙は読者の解釈を拒む。先に見たとおり、ブラックは他者を一方的に表象してしまう想像力を指して「侵犯的想像力（invasive imagination）」と呼んでいるが、メルヴィル作品における沈黙はそのような想像力に対する防御壁となっている。

ただここで注意が必要なのは、解釈を拒むからといって、他者を知る試みが無益であるとはメルヴィルは言っていないという点である。メルヴィル作品は、沈黙に「裂け目」と呼ぶべきわずかな開口部を用意することで、読者にその開口部から他者の内面を想像するよう促している。一方的な解釈の暴力、あるいは他者なき他者理解ではなく、あくまで他者を自己とは違う存在として知ろうとする態度、すなわち読むことの倫理を要求する。第三部で論じるように、メルヴィルは他者を自己へ取り込むことの暴力性を熟知していたからこそ、いかにその暴力を回避して他者との対話の回路を開くことができるのかという可能性を模索していたのである。

メルヴィルの模索は晩年まで続いた。最終章となる第十章では、遺作『ビリー・バッド』（一九二四年）を検討することで、一八五〇年代からのメルヴィルの他者表象をめぐる奮闘の軌跡を追うことになる。本章では、沈黙よりはむしろ、語り手による登場人物の内面の過剰なまでの言語化に注目することで、他者表象の問題を浮き彫りにする。メルヴィルは『ビリー・バッド』を書く過程で、他者の内面を書く行為に対する本質的な疑いと、それに対する抗いがたい魅力のあいだで揺れ続けていた。この作品でも、文学は他者をいかにして描けるのか、あるいは描けないのか、という作家の倫理的葛藤が読み取れる。なかでも本章は読者と登場人物を繋ぐ語り手の存在に焦点を当てて、他者を書くことによって書かない、というメルヴィルの二重の戦略を明らかにする。

註

＊1　メルヴィル作品における他者との邂逅を論じた先行研究は膨大なため、ここでは著書の代表例を挙げるとすれば、ポストコロニアル批評としてはHerbert；Sanborn；Samson、黒人表象に関してはKarcher；Sundquist, *To Wake the*

Nations; Castronovo; Freeburg らの研究を参照のこと。また、先住民の存在に着目した研究として大島由起子のものがある。福岡和子はメルヴィルの他者表象に著書の四章を割いて論じており、そのいずれもが人種的他者に焦点を当てている。また、これは人種的他者というよりは宗教的な意味での他者になるが、ティモシー・マーはメルヴィル作品におけるイスラム教徒の「エキゾチックな他者性」(Marr 13) を検討している。

＊2 ブライアン・ヨザーズは過去数十年のメルヴィル批評を概観しながら、これまで支配的だったメルヴィル像は、アメリカ国内の主流文化に対して「例外的な批評眼を持つアウトサイダー」(Yothers, *Melville's Mirrors* 138) としてのものだったと総括している。とすれば、メルヴィル自身が社会における他者だったということになり、主流社会から疎外され他者化される経験が、メルヴィルを他者という問題に意識的にさせたことは想像に難くない。

＊3 神の他者性に関しては、スタン・ゴールドマンがメルヴィルの長編詩『クラレル』(一八七六年) を題材にして詳しく論じている (Goldman 12–46)。神と人間の関係を論じた古典的著作としては Lawrence を参照。ロバート・K・マーティンは、メルヴィル作品における同性愛表象を論じた著書において、男性間の親密性を、アメリカ社会において未だ実現されない民主主義の可能性を宿すものとして「他者」と捉えている (Martin 7)。障害学の観点からメルヴィル作品を論じた代表的著書としては Snyder and Mitchell を参照。また、エコクリティシズムの観点からメルヴィルを論じた著書のなかで、トム・ナーミはメルヴィル文学におけるエコロジーに着目し、自然を「非人間的他者 (the nonhuman Other)」(Nurmi 4) として捉えている。マイケル・ジョニックの著書も、エコクリティシズムというよりはむしろ、ポストヒューマニズムの文脈でメルヴィル作品における「非人間的他者 (inhuman others)」(Jonik 26) について論じている。またクリストファー・ステンは、メルヴィルの短編集『ピアザ物語』(一八五六年) に関する研究書のなかで、この短編集に収録された作品すべてが社会の周縁に追いやられた「他者」を扱っており、メルヴィルは彼らの境遇に共感を示していると論じている (Sten, *Melville's Other Lives* 1–19)。

＊4 本書に類する研究として、竹内勝徳の著書『メルヴィル文学における〈演技する主体〉』が挙げられる。竹内は〈演技する主体〉という独自の概念に基づきながら、情動理論やトランスナショナル研究など他種多様なアプローチを用いて、主体と他者の関係性を探究している。竹内が〈演技する主体〉、すなわち他者に開かれた多孔的な自己のありよう (二九) を前景化することでメルヴィル文学における他者を論じているとすれば、本書は他者に焦点を当てることで、他者をまなざす自

己を逆照射する試みといえる。

＊5　Ahmed 143; Hanssen 130 も参照のこと。

＊6　メルヴィル作品における自己形成と、その過程で他者が果たす役割について論じた研究は多い。ここでも代表的な著書に限定して紹介するなら、例えばピーター・J・ベリスは自己と区別される他者との関係を論じており、シャロン・キャメロンは身体に注目しながら、ワイ・チー・ディモック（*Empire*）は帝国主義の観点から、そしてジェイミー・ローレンツェンはキルケゴールを参照点として、それぞれメルヴィル文学における自他の関係を論じている。また、この問題を『白鯨』に絞って論じた研究として Brodtkorb のものがある。

＊7　ヘイルは他者性の倫理の起源をヘンリー・ジェイムズの創作論に求めているが、メルヴィルは創作論を執筆することはなかったものの、他者表象の倫理を小説執筆の実践において探究し続けたという意味で、ジェイムズに先行する実践者の起源と見なすことも可能かもしれない。

＊8　倫理批評に関しては、一九九八年に『スタイル（*Style*）』誌、続いて一九九九年に『PMLA』誌で特集が組まれ、二〇〇〇年には『倫理への転回（*The Turn to Ethics*）』、二〇〇一年に『倫理的転回をマッピングする（*Mapping the Ethical Turn*）』という編著書が出版されている。倫理批評に関する代表的研究書としては、Black; Booth; Newton らのものが挙げられる。また、倫理批評の現代的意義に関しては城戸光世の論考を参照のこと。

＊9　コミュニケーション革命とメルヴィルを含む一九世紀アメリカ文学との関係については、Furui を参照のこと。

＊10　近年、メルヴィル作品におけるスパニッシュ・アメリカ表象は批評的関心を集めている。代表的な成果としては、メルヴィル研究専門誌『リヴァイアサン（*Leviathan*）』における、二〇二一年に出版された特集号「メルヴィルとスパニッシュ・アメリカ（Melville and Spanish America）」が挙げられる。

第一部

他者を求める——孤独な水夫たち

第一章

『白鯨』における寂しい個人主義

『白鯨』（一八五一年）の登場人物たちは、捕鯨船ピークォッド号という閉鎖空間で共に生活し労働に従事するなかで、緊密な人間関係を築いていく。小説冒頭では人生に対して自暴自棄になっていた天涯孤独のイシュメールは、物語が進むにつれ、クイークエグや他の船員たちと友愛関係を構築するようになる。有名な第九四章「手をにぎろう」では、彼は他者との友愛の中に溶け込んでいく。「おお、いとしき友がらよ」と彼は言う。「なぜわれわれはおたがいにいつまでも遺恨を抱いたりしなければいけないのか。……さあ、みんなでしっかりと手をにぎりあおうではないか！　いや、みんながみんなをもみしだき、一つになってしまおうではないか！　そうだ、みんながみんなをもみしだき、友愛のミルクと愛液のなかに溶けてしまおうではないか！」（*Moby-Dick* 94）[*1]。イシュメールが作品中で用いる「相互株式会社の世界」（62）や「共同出資会社」（320）といった表現は、『白鯨』における相互に支え合う関係性を的確に表現している。

その一方、船員たちの親密な関係性を背景にして、エイハブ船長の孤独な姿が浮かび上がってくるのもまた事実である。彼は小説の最初の百頁ほどのあいだ、「神聖な隠遁所たる船長室」(122) に閉じこもったままであり、第二八章「エイハブ」でようやく初めて小説内に登場してからも、乗組員とコミュニケーションをほとんど取らず、社交的なイシュメールとは好対照を成す。船長室での船員たちとの毎日の夕食においても、エイハブは沈黙の中に閉じこもっている。「船長室は交際の場ではなかった。エイハブは交際の相手ではなかった」(153)。さらにエイハブは毎夜、「船長室の孤独」(198) の中で航海図を凝視しながら、憎き白鯨の居場所を突き止めようと考えをめぐらせている。[*2]「閉じこもった (secluded)」(124)、「一人 (alone)」(132, 167, 553)、「寂しい (lonely)」(571)、「孤独 (solitude)」(543)、「孤独な (solitary)」(543) などの一連の単語がエイハブを表現するために用いられていることからも、彼の孤独が『白鯨』で顕著な位置を占めていることは疑いをいれない。[*3]

エイハブの孤独は、『白鯨』が執筆された当時のアメリカで理想とされていた個人主義と深い関わりがある。[*4] 一九世紀中葉は「個人主義の時代」(Dimock, *Empire* 11)、あるいは「アメリカ社会における個人主義的な思想と表現の黄金時代」(Curry and Goodheart 1) と呼ばれているが、『白鯨』はこの時代の精神を反映し、エイハブ船長という人物にアメリカの個人主義を体現させている。もちろんこうした見方は批評的常識に属するが、批評家たちは特に、この小説は個人主義の理想というよりその過剰な個人主義への批判を提示していると強調してきた。エイハブの「妥協を許さない個人主義」(Fluck 211) と「極めて非社会的な個人主義の破壊的な可能性」(Bellah 144) に注目することで、『白鯨』批評は「狂った個人主義の権化」(Curry and Valois 40) たるエイハブ像を提示してきたのである。[*5] ラルフ・ウォルドー・エマソンは、メルヴィルが『白鯨』を書く数ヶ月前に読んだとされるエッセイ「自己信頼」(一八四一年) の中で、孤独であることの重要性をこう説いている。「偉大な人間とは、群衆のさなかにあって、しかも一人であるときの独立心 (the independence of solitude) を、申しぶんなく穏和な態度で保ち続ける人のことだ。……人が強くなり、勝利者となる姿が私の目に見えるのは、その人が外来の支えを一切取り除き、独り立ちする時に限る」(Emerson 181, 202)。[*6]「一人であること」を個人主義と結びつけるこのエマソンの考えを踏まえれば、先述したエイハブの孤独は、彼の個人主義的な性格と分かち難く結びついていることが分かるだろう。

本章の目的は、孤独(solitude)に対置するかたちで「寂しい個人主義(lonely individualism)」という概念を提示し、個人主義が必然的にもたらす他者への希求に着目することで、エイハブが体現する個人主義に対するこれまでの理解に修正を加えることにある。[*7]「個人主義」という用語を一義的に定義することは困難であるが、[*8]なかでもエイハブを最もよく表していると思われるのはリベラル個人主義(liberal individualism)という一九世紀アメリカが掲げた理想である。リベラル個人主義は、独立した自己の基礎として財産を所有する主体を措定したジョン・ロックの理論に基づいており、その起源をスコットランドの啓蒙主義に負っている。[*9]実際、エイハブは「私的な目的」(126)のためにピークォッド号とその乗組員全員を収奪し、公的ではなく私的な利益を優先させており、すべてを私的目的に奉仕させようとしている。エルウッド・ジョンソンは、リベラル個人主義を「人間自身が物事の主たる原因であるという信念に基づくあらゆる思考様式」と位置づけたうえで、「このような態度は統べる神の存在をほとんど無意味にしてしまう、自己への信念の表れである」と定義している(Johnson 231)。この定義は、「神に刃向から、神のような人間」たるエイハブにこそまさにふさわしい(78)。

しかし、エイハブが体現する個人主義に注目しすぎることには注意が必要である。エマソンの言葉を借りれば、「外部からの支えを一切取り除き、独り立ちする」ことに由来する彼の潜在的な心の苦しみ、つまり寂しさという感情を見過ごしかねないからだ。批評家たちは、エイハブに「狂った船長」というラベルを付与することで過剰な個人主義がもたらす負の結果を指摘してきたが、本章では、孤高な船長という公のペルソナに潜む「寂しさ」に着目することで、エイハブ船長の孤独をより共感的な視点から再検討する。そこで重要となるのは、「孤独(solitude)」

と「寂しさ（loneliness）」の差異である。この二つは混同されやすい概念であるが、異なる意味を持っている。両者を区別する際に役立つのは、哲学者フィリップ・コークの「孤独」に関する議論である。彼は否定的な含意をもつ「寂しさ」という感情と差異化したうえで、孤独を中立的な状態と定義している。「もし孤独（solitude）を寂しさ（loneliness）と誤って定義してしまうと、寂しさの本質的な否定的側面が孤独をスティグマ化することにつながるだろう」（Koch 45）。さらに彼は、「寂しさとは、なんらかの人間関係への欲求という不快な感情である」とも述べている（31）。コークがここで行っている重要な区別は、状態としての孤独と、他者を求めつつもそれが満たされないという、否定的な感情としての寂しさである。類似した議論として、ハンナ・アレントは孤独の肯定的な性質を強調しながら、孤独と寂しさの区別を行っている。「寂しさ（loneliness）は孤独（solitude）とは違う。寂しさは他者と共にいるとき最も明確に姿を現すいっぽう、孤独は一人であることを必要とする。……つまり孤独においては、私は「私自身のそばに」おり、私と共にいるのであり、それゆえ私は一人でありながら二人なのである。それに対し、寂しさにおいては、私は他の皆から見捨てられており、一人っきりなのだ」（Arendt 476）。コークの「存在としての孤独」と「感情としての孤独」の区別と共鳴するかたちで、アレントは肯定的状態としての孤独像を提示している。[*10]

エイハブの個人主義にまつわる批評がこれまで見過ごしてきたのは、まさにこの両者の区別である。読者にとっては驚くべきことに、小説の終盤、エイハブは自らの「荒涼たる孤独（desolation of solitude）」（543）を思い、涙を流す。この箇所まで本作品を読み進めてきた読者は、エイハブがこのような感傷とは無縁と考えるはずであり、なおさらこの涙は驚くべきものとなる。メルヴィルの個人主義に対する洞察は、個人主義的な孤独が人間的な寂しさを伴うことを鋭く捉えている。すなわち本章は、エイハブの個人主義の感情的な側面を考察することを目指す。エイハブは一九世紀中葉アメリカを特徴づける個人主義、すなわち自己の充足性に信を置く堅牢な個人主義ではなく、

「寂しい個人主義（lonely individualism）」と呼ぶべきものを体現している、というのがここでの主張である。「寂しい個人主義」とは、その撞着語法的な含意によって――個人主義とは寂しさという負の感情とは無縁であり、一人で充足している状態のはずである――、孤独と寂しさという二つの価値を包含することを意図している。つまり以下の議論では「孤独」と「寂しさ」の区分に立脚しながらも、両者が重なり合うさまをエイハブの姿に確認していく。この二つの概念に明確な境界線はなく、個人の生においてそれらはグラデーションを伴って経験されるものであろう。したがって、本章のみならず本書全体を通して、「孤独」をより包括的な用語として用いることとし、孤独がもたらすより感情的な側面に着目する際に「寂しさ」を使用することになる。

個人主義の感情的側面に光を当てるにあたっては、もちろん情動理論（affect theory）に依拠した近年の研究動向を無視するわけではない。感情の価値を再検討するこれらの研究により、これまで理性に劣るものとして見過ごされてきた感情が分析対象として再浮上することとなった。しかし、本章におけるエイハブの感情へのアプローチの根底にあるのは、現在「情動」と呼ばれているものとはまったく別のものである。情動理論に関しては本書第九章で集中的に検討することになるが、ここで簡潔に説明するならば、情動とは間主観的な感情、つまり関係性のなかに位置づけられ、かつ、個人の内面に閉ざされていない感情を指すとひとまずいえるだろう。例えばマイケル・ミルナーは、「感情を個人的、非理性的、非自発的、あるいは無意識的なものとしてみなすこれまでの考えは、今では疑わしいものとなっている」と指摘している（Millner 13）。翻って本章が注目するのは、エイハブが孤立した個人主義者であることから生じる負の感情、つまりは彼の私的領域に秘められた「寂しさ（loneliness）」というあくまで個人的な感情である。[*11]

エイハブの個人主義を理解するため、以下ではエイハブをはじめとする登場人物たちが深く関わっている多様なネットワークに着目する。ネットワークと寂しさは一見対極にあるように見えるが、実は相互に支えあう関係にある。エイハブ船長は、物理的には船長室の中に、心理的には私的虚妄の中に閉じこもっているが、通信メディアやテクノロジーに関連した豊富な比喩によって、実は外界と接続されている。『白鯨』における人間と非人間の関係を議論するT・ヒュー・クロフォードは、この作品を「偉大なネットワーク小説」と呼んでいるが（Crawford 14）、本章では通信ネットワークに焦点を当てることで、コミュニケーションという意味におけるもう一つの「ネットワーク小説」として『白鯨』を読んでみたい。[*12] 本作では、鉄道、電気、手紙、電信など、通信メディアや技術への言及が海を象徴的なネットワークへと変貌させている。コミュニケーションの考察は、エイハブの孤独を理解するうえで必要不可欠である。というのも彼の寂しさは、白鯨との想像的な接続を信じているにもかかわらず、実際には白鯨とのコミュニケーションを成就できていない事態に起因しているからである。エイハブがピークォッド号の他の乗組員から物理的にも感情的にも隔絶されていることは明らかであるが、これまで注目されてこなかったのは、復讐の対象であるモービィ・ディックという他者からも隔絶されているという点である。字義的かつ比喩的両方の意味において白鯨との「ネットワーク」を築こうとする努力も虚しく、エイハブの試みは白鯨によって決して報われることはない。一般的に「コミュニケーション」という言葉が双方向の意思疎通を前提としているとすれば、白鯨とエイハブのコミュニケーションは、最終的には白鯨による応答の欠如のために失敗に終わってしまう。本章ではこのコミュニケーションの非対称性に着目することで、エイハブの「寂しい個人主義」を浮き彫りにしていきたい。

接続された孤独

近年の歴史研究が明らかにしてきたように、一九世紀中葉のアメリカでは「コミュニケーション革命」が起きたとされる。近代的通信手段・技術が個人間を結びつける役割を果たし、国家の心理的統一を促した。[*13] この革命は、当時流布していたフレーズを用いるならば、「時間と空間を消滅させた」のである。一八四〇年代と一八五〇年代の郵便法の改正、一八四〇年代の電信機の発明、そして一八三〇年代に入ってからの鉄道の発達、長網抄紙機などの技術革新は、一九世紀半ばのアメリカにおける空間と時間の概念を根本的に再編した。このような革命のただ中で出版された『白鯨』には当時の接続への信仰と熱狂が反映されており、それらを背景にしてエイハブの白鯨からの疎外が浮き上がることになる。

一見すると、通信メディアは陸上の生活のみに関係しており、ピークォッド号の船員らの海上生活には縁がないように思える。事実、イシュメールは捕鯨航海に乗り出すとき、近代的コミュニケーションから離れられることを喜んでいる。「南洋捕鯨の日々は、たいていは崇高な無為のうちに過ぎてゆく。ニュースは届かず、新聞も読まない。日常の瑣事を大袈裟に書き立てる号外によって不必要な興奮にとらわれることもない。国内の騒動のことや、破産証券や株価の暴落のことなども知らずにすむ」(156)。ここでイシュメールは、郵便制度、鉄道、電報など一九世紀中葉において情報を迅速に伝えるために機能していた手段が海上にはないこと、つまりは陸にいる同時代の人々がさらされていた絶え間ない情報の波からの解放感を言祝いでいる。[*14] ネットワーク化された生活から遠く離れた場所に身を置くことで、イシュメールは近代性に汚されていない場所として海を捉えているのである。

しかし、実はこの小説には通信メディア・技術への言及や比喩が横溢している。イシュメール、エイハブ、そしてピークォッド号の乗組員たちが海と白鯨について語るとき、彼らは無意識のうちにコミュニケーションの比喩を用いており、これはコミュニケーション革命が彼らの想像力に強い影響を与えていることを示している。例えばエイハブは、白鯨へ至る道のりを鉄道の線路に、そして自身をその上を走る列車に喩えている。「わが確固不動の目的に通じる道には鉄路が敷かれていて、わが魂はそのレールの上をひた走るのだ。千尋の谷をわたり、重畳たる山の懐を抜け、河床をくぐり、ひたすら爆進する！　鉄路に邪魔物はない、屈折もない！」（168）。一九世紀半ばに鉄道が革新的な交通手段として登場したことを考えると、海を近代的交通網に変貌させるエイハブの比喩は、当時の技術開発が彼の想像力に影響を及ぼしていることの証左となる。[*15] 高速移動手段たる鉄道の比喩はまた、鯨と早く再会したいという彼の願望を表現しているともいえるだろう。さらに、エイハブは白鯨を「近代の鉄道の、かの巨大なる鉄のレヴィヤタン」（556）と形容しており、鉄道に姿を変えた自身と白鯨は互いに出会う運命にあると盲信している。[*16] この想像力によって、海は船長と怪物が相互に接続されるネットワークとして再構成されるのである。[*17] また、海上には独自の郵便ネットワークが形成されている点にも注目したい。イシュメールはこう説明する。「どの捕鯨船もさまざまな船宛の手紙を預かって出港するものだが、それが宛名の人物に届く可能性は四つの海のどこかで当の船に出会うという微々たる偶然に依存している。したがって、たいていの手紙は目的の人物に届くことはない。たとえ届いても、二年か三年、あるいはもっと先のことになる」（317）。捕鯨船は郵便物の運搬船としても機能しており、海上には広大で流動的な郵便ネットワークが存在していることになる。

　このような不可視かつ想像上のネットワークは、電信という当時のもう一つの技術革新にも支えられている。一八四四年にサミュエル・F・B・モースがこの通信技術を初めて世に発表したことを皮切りに、アメリカ人たちは一瞬にして遠隔地へメッセージを送ることができるこの新発明を熱狂的に迎え入れた。こうした時代背景を反映して、『白鯨』には電気や磁力線などの電信にまつわるモチーフが頻出する。[*18] 例えば鯨狩りの最中、イシュメールは銛に取り付けられた綱を、電信に使われる「磁力線」に喩えている。「三本の綱が水中で突然動きだすと、スターバックは皆に声をかけた。綱はまるで磁力を帯びた磁力線（magnetic wires）のように、鯨の生と死の脈動を伝え、漕ぎ手たちには座席の振動がそれを伝えた」（356）。磁力線はボートと鯨を物理的に接続するだけでなく、振動する線を通じて鯨の鼓動を船員に伝えており、両者の感情的な交流も促進している。事実、『白鯨』が書かれた当時、電信は「感情を統一する偉大な装置」と考えられていた（Malin 35）。一八四六年一一月号の『ジェム・オブ・サイエンス』誌に掲載された記事において、匿名の著者は「磁力線」に触れつつ、電信に対する畏敬の念をこう表現している。「人間は、地球を磁力線の網目状のもの（the net-work of magnetic wires）で結びつけ、瞬く間に地球の表面全体を刺激することができるようになったのだ」（177）。一九世紀半ばにこの技術革新が誕生したことを考えると、他の箇所でイシュメールが鯨を繋ぐ綱を「電信線（telegraph wire）」（396）と言及しているのは偶然ではないだろう。電信の比喩は、登場人物だけでなく読者にも、人間と鯨のあいだになんらかのコミュニケーションが存在する可能性を想像させるのである。

電信はまた、超越的な存在との交信の手段としても理解されていた。一八五二年の電信についてのある雑誌記事において、筆者は「地球を構成する目に見えるすべての物質は、目に見えざる神の身体たる電気から発せられている」と記している（Dods 137）。「キリスト教のメッセージをより速く広めるため」（Carey 16–17）の手段として理解された電信は、「神のような伝達の力を人間に与えた」（Malin 39）のである。電信が神からの伝達手段として理解されていた事情を踏まえれば、一八四四年にモースが行った電信実験の際、彼が送ったメッセージ――「神が成せし業！」（民数記二三・二三）――が聖書からの引用だったことは必然だったといえる。ダニエル・ウォーカー・ハウは、モースが選んだこの言葉に注目して、これは「発明者自身の情熱的なキリスト教信仰と、神の摂理の道具として自身を捉えているという意味で、完璧な選択」（Howe 3）と述べている。[*19] 事実『白鯨』においても、「神のような」エイハブは乗組員と話すときに電気を帯びている。「エイハブは電光石火の早業で（like lightening）号令を発した」（541）。さらに、白鯨を神の化身と見なす伝統的な『白鯨』批評を考えれば、捕鯨船と白鯨を繋ぐ綱／電信線は、擬似的な神たる白鯨からのメッセージを人間たちに伝える物理的媒介として理解できる。[*20]

鉄道、手紙、電気、電信といったコミュニケーション技術が惹起する想像力によって、『白鯨』における海洋生活は通信ネットワークが張り巡らされた空間へと変貌する。一方ではそのようなネットワークの中に位置しつつ、もう一方では船長室の孤独の中に閉じこもるエイハブは、「接続された孤独（networked solitude）」と呼びうるものを生きている。[*21] 彼は海図を凝視し、さらにはそこに描線を書き込むことで白鯨との想像上の繋がりを育む。「船長がその前に腰を下ろし、眼前に展開する各種の線や濃淡模様を熱心に眺めてから、やおら鉛筆を手にし、ゆっくりと、しかし手を休めることなく、その空白の部分にいく本もの線を書き込んだ」（198）。船長室においてエイハブは物理的には一人ではあるが、想像の中だけでは白鯨と共にいるのである。エイハブの孤独な生は、この想像上の他者との繋がりによって支えられている。当時のアメリカが近代的コミュニケーションの出現を国家統一の実現手段として歓迎していたころ、エイハブはその時代の精神にのっとり、白鯨という目に見えぬ他者との接続を、一人孤独な船長室の中で想像的に感知していたのである。

歴史家のデイヴィッド・M・ヘンキンは一九世紀中葉のアメリカを指して「郵便時代（the Postal Age）」と呼んでいるが、この時代に書かれた本作において、郵便の比喩は電信同様に重要な役割を担っている。船員の一人スタッブは、捕鯨の際に「この鯨は無限に郵便物を運んでくる！」と述べており、鯨を手紙の配達人として認識している（355）。比喩的に言えば、エイハブは白鯨を悪の象徴として、あるいは「近くに押しつけられた壁」（164）として捉えることで、白鯨から「無限の郵便物」を受け取っていることになる。復讐の航海に乗り出したエイハブは、そもそも白鯨から自分に向けられた（と彼が信じる）悪意に応答するために、この怪物とのコミュニケーションの回路の中に自らを投じたのだった。しかしここで問題となるのが、白鯨は果たしてエイハブに「無限の郵便物」を運んでいるのかという点である。結論から言えば、白鯨とのコミュニケーションの回路を築こうとするエイハブの不断の努力にもかかわらず、白鯨にはそもそもエイハブに伝えることがないという点を本作品は繰り返し強調している。

一方で、エイハブと白鯨のあいだに相互のコミュニケーションを認める批評家もいる。『白鯨』における生物学的種を超えた感情の交流について議論するカイラ・シュラーは、「エイハブの白鯨に対する熱狂的魅惑は、エイハブが鯨と結婚しているかと思えるほど強烈なものである」(Schuller 10)と述べ、エイハブと白鯨の感情的な相互関係、ないしは「お互いへの献身」(13)と呼ぶべきものを認めている。[*22] しかし本章のこれまでの議論に沿えば、『白鯨』の要点は、そのような相互関係は存在しない、あるいは存在したとしても、それは接続された孤独で育まれたエイハブの幻想の中でしか存在しない、という点にあるのではないだろうか。エイハブの重大な誤りは、彼が白鯨になんらかの意図と主体性を与えていることであるように思われる。白鯨追跡の初日、エイハブは白鯨が自分に向ける悪意を痛烈に感じ取っている。「鯨は頭をもたげ、そのとき一瞬あごの力を緩めたが、その挙動の狡猾な意図がボートを噛み砕くことにあるのをすばやく見抜いたエイハブは、この機会を利用してボートを鯨の口から離脱させるべく、あごに手をかけて最後の一押しを試みた。……白鯨はこの鯨に特有とされる奸智(malicious intelligence ascribed to him)を働かせて、よこざまに巨体を捻った」(549)。この一節において語り手イシュメールは、白鯨が「奸智」を有している、とは断言していない。あくまでそれは、エイハブによって想像されているにすぎないのである。

エイハブの悲劇は、悪意を持った白鯨と自分がコミュニケーション回路の中にいる、という一方的な誤解から生じているといえるだろう。そして、白鯨はその回路から何事もないように逃れてしまう。エイハブは白鯨が自分に無限の郵便物を運んでいると考えているものの、実は彼こそが白鯨に対して永遠の郵便物を運んでいるのであり、しかも白鯨からその郵便物に対する反応をまったく得られないという点で、それは「デッドレター」になってしまう。[*23] 白鯨との死闘の最後、エイハブが白鯨と捕鯨ボートを繋ぐはずの縄で自分の首を絞め、自らを死に追いやってしまう——「桶から飛ぶように繰り出す綱がその首に巻きつき、トルコの唖者の絞首刑執行人が犠牲者の首を絞めるときのように声もなくボートから姿を消した」(572)――ことは、両者のコミュニケーションの非対称性のこれ以上ない証左となる。[*24]

エイハブの涙、あるいは寂しさ

本作には、エイハブ以外にも孤独を体現する存在がいる。白鯨である。エイハブ以上に、白鯨は常に孤独だ。第四一章「モービィ・ディック」では、イシュメールは白鯨を「群れを離れた孤独な白い鯨」(179)と形容して読者に紹介している。続く第四四章「海図」では、エイハブが「船長室の孤独(solitude of his cabin)」の中で海図に目を凝らす様子を描写した直後に、イシュメールはこう述べる。「この惑星の広漠たる海に孤高に生きる一頭の生き物(one solitary creature)を探索するのは無謀に近い無益な仕事に思えることだろう」(199)。イシュメールは、白鯨を孤独な存在として読者にさらに印象づけてゆく。「広漠として際限ない海原で、よしんば一頭の孤独な鯨(one solitary whale)に遭遇したとしても、それを特定の個体として認識するのは、コンスタンティノープルの混雑する大通りでひとりの白い髭を蓄えた回教導師を特定するのと同様に難しいことではないのか?」(201)。これらの引用箇所において、「孤独」、「孤独な」という単語がエイハブと白鯨の両者に使用されていることに注意したい。さらに、スタッブがエイハブを指して、「フラスク、いいかい、あの老人はそっとしておく(let the old man alone)のが一番だ」(132)と言うとき、彼の言葉は第一〇〇章におけるバンガー船長の発言と強く共鳴する。「白鯨を殺せば、それが名誉なことは分かっている。……だがいいか、やつはそっとしておくのが一番だ(he's best let alone)」(441)。かように、『白鯨』では孤独なエイハブと孤独な鯨が、修辞的位相において強く結びつけられているのである。[*25]

しかしこのように並置してみると、エイハブと白鯨がそれぞれ体現している孤独には質的差異があることもまた了解されるはずだ。前述したように、両者にはコミュニケーションの非対称性が存在する。エイハブが接続された孤独を生きているのに対し、白鯨はそんなエイハブの存在を気にすることなく悠々と海を遊弋している。さらに、エイハブは鯨の骨を足にすることで物理的に自分を鯨に接続しており、大工はその義足をエイハブの「寝床の伴侶(bedfellow)」と呼んでいる(472)。小説の序盤でイシュメールがクイークエグを同じく「寝床の伴侶(bedfellow)」と幾度も言及していること(17, 18, 21, 27, 29, 51)を考えると、この単語には私的空間における白鯨との想像上の親密さが含意されていると考えてよい。船長室の孤独の中で、エイハブは毎夜、白鯨との遭遇の可能性を考えながら寝床の伴侶と一緒に寝る。白鯨追跡初日の戦いで伴侶たる義足を失ったあと、エイハブが残された自分の足を「寂しい足(lonely foot)」(561)と表現しているが、これは白鯨から反応を得られないエイハブの状況を的確に捉えているように読める。追跡の最終日、エイハブは「鯨が俺を追っているんであって、俺が鯨を追っているのではない」と呟くが(564)、スターバックは「モービィ・ディックはあなたを求めていません。やつを狂ったように求めているのは、あなた、あなたなのです!」と鋭く指摘する(568)。エイハブと白鯨の埋めがたい溝を強調するかのように、スターバックの言葉の直後、白鯨に破壊されたエイハブのボートが「寂しいボート(lonely boat)」(568)と表現されているのは偶然ではありえない。

ここで重要なのは、小説終盤にかけてエイハブに関連して頻出するようになる「寂しい(lonely)」という単語である。前述したように、寂しさとは、他者との繋がりを希求しながらもそれが充足されない状況に由来する否定的な感情であり、孤独という状態とは区別されるべきものである。孤独をめぐるエイハブと白鯨の一番の差異は、前者が作品後半になるにつれて寂しさを帯びてくるという点に求められる。しかし、エイハブの寂しさは小説前半の第三七章「日出」においてすでに暗示されている。熱狂的演説でもって乗組員たちに白鯨討伐の誓いを立てさせたあと、エイハブは船長室で一人、司令官としての孤独な役割と、それが彼に強いる心理的負荷について悲痛な思いをめぐらせる。「エイハブは一人座って外を眺めていた」という描写の直後、エイハブの独白が続く。「わが頭にいただく冠が、すると、重すぎるのか？　このロンバルディアの鉄の王冠、俺には荷が勝ちすぎるのか？　しかし、その王冠にはあまたの宝石が輝いている。それを頭に載せるこの俺には、その威光は見えないが、しかしながら、俺は密かに感じている――その輝きが人の目を眩ませることを」(167)。この時点でエイハブは自分の寂しさを直接的には表現していないが、乗組員たちの前で司令官としての役割を演じたのち、今では船長室という私的空間で、孤独な船長であることの苦悩を吐露しているのは明らかである。

エイハブの懊悩は、第一三二章「交響曲」で涙を流す場面に最も印象的に表現されている。

あの歓喜と幸福に満ちた大気、あの快活な空気が、ついにエイハブを愛撫し、抱擁した。あれほど長いあいだエイハブを意地悪く寄せつけなかった継母のような世界が、その頑な首に優しく腕を回し、喜びの涙にむせびながら、エイハブがいかほどわがままで道を外れた息子であったにせよ、継母たる世界にはまだこの息子を救い祝福するところがあることを明かしているかのようだった。目深にかぶった帽子の陰から、エイハブは一雫の涙を太平洋に落とした。太平洋広しといえども、これほど豊かな一雫の水を蔵してはいなかっただろう。[*26]（543）

この場面の直後、エイハブとスターバックの会話が続き、エイハブは極めて感情的に自分の苦悩を口にする。「俺が送ってきたこの生涯は、ずっと荒涼たる孤独（desolation of solitude）だった。石積みされ、壁に囲まれた船長の孤独は、城外の外なる緑の田園の同情を受け入れる余地などあろうはずもない――ああ、疲労と困憊の極致！　ギニア海岸の奴隷さながらの孤独な指揮者（solitary command）の境遇よ！」(543)。エイハブはここで「孤独」という言葉を使っているが、これは一体何を意味しているのだろうか。先述のコークの「孤独」と「寂しさ」の定義に従えば、エイハブがここで言う「孤独」とは、その苦悩ゆえ実際には「寂しさ」に近い意味になるだろう。ここで、彼が流す涙に象徴される心理的弱さは注目に値する。小説の大部分を通じて、エイハブが逞しく無感情な個人主義者として提示されているだけにいっそう、彼が流す一瞬の涙がより際立つこととなる。また、エイハブの寂しさは、白鯨だけでなく彼が残してきた家族にも関係している。というのも、この章で彼は「若い少女のような妻」(544)と息子の存在を思い出しているからだ。しかし海から遠く離れた海洋では、そもそも家族とコミュニケーションを取る手段がないため、彼が望みうる唯一のコミュニケーションの結びつきは、たとえそれが想像の中でしか育まれていないとしても、自分が追いかけている白鯨との繋がりだけである。そして白鯨を求める欲望は、彼の寂しさ、あるいは満たされざる繋がりへの欲求によって増幅される。その寂しさは、白鯨を探すのに費やす膨大な時間によっていっそう強められている。白鯨と直接対峙するのは最後の三章のみであるが、その対峙に至るまでのエイハブの行動は、白鯨への満たされざる欲求によって駆り立てられていたのである。

本章の冒頭では、当時のコミュニケーション革命を背景にエイハブが白鯨との繋がりを信じていたことを検討したが、この接続への強い執着と信仰は断絶に対する不寛容を生み、そこから寂しさという感情が生起することになる。もし人がなんの接続手段もなく、ただ一人であれば、その人は一人であるという事実を受け入れざるをえないだろう。しかし、たとえ想像上のものであったとしても、コミュニケーションのわずかな可能性があるとすれば、孤独の時間は耐え難い苦痛を伴い始め、寂しさへと転化していくことになるのではあるまいか。『白鯨』におけるネットワークが提示する逆説はここにある。つまり、想像上のネットワークが白鯨を包摂しうると信じているからこそ、エイハブは白鯨から隔絶されていることに由来する寂しさに耐えなければならない。もちろん実際には、白鯨はエイハブが作ったこのネットワークの外を遊泳しているのは言うまでもない。

一方で、エイハブの寂しさを強調しすぎることには注意が必要である。エイハブが小説のほとんどの部分で、誇り高き孤独な個人主義者であることはやはり否定できないからである。ここで、小説終盤において狂気に陥るピップとの比較が有用である。捕鯨の際にボートから海に投げ出されたあと、ピップは大海の真ん中で痛烈な寂しさを経験するが、この感情はついには彼を狂気へと駆り立てる。「海原の中で、ピップの黒くかたい縮れ毛の頭が向けられていたのは至高の空に燦然と輝く太陽であったが、太陽もまた寂しい見捨てられし者(lonely castaway)であった。……ひどい寂しさには耐えられない(the awful lonesomeness is intolerable)。広漠たる非情の海のまっただなかで一点に凝縮する自己——ああ、これを誰が語りえようか?」(413-14)。この一件ののち、エイハブはピップに同情を向けるようになる。「さあ、ピップよ、エイハブの船長室は、エイハブが生きている限り、お前の家でもあるぞ。ピップよ、お前は俺の心の奥深い琴線に触れた。お前は俺の心の琴線でより上げた絆で俺に結びつけられている」(522)。しかしエイハブは、寂しさを共有するピップのそばに長くは留まらない。タラ・ペンリーが正しく指摘するように、「ピップは、自分が差し出した手を受け入れるよう、感傷的な男性性を帯びた代替案をエイハブに提示したが、彼はロマン主義的幻想を追求するためにその申し出を断った」のである(Penry 233)。言い換えれば、エイハブは孤独と寂しさのあいだで揺れ動いているのであり、どちらか一方に落ち着くことはない。

「荒涼たる孤独(desolation of solitude)」という先に引用したエイハブの言葉は、孤独と寂しさが混在していることと、つまり両者を図式的には分離できないことを示している。ここで重要なのは、エイハブは「荒涼たる寂しさ(desolation of loneliness)」とは言っていない点である。「孤独」(一人でいる状態)と「荒涼」(感情的な苦悩)という二つの単語の組み合わせは、「状態としての孤独」と「感情としての寂しさ」の両方を表現している。一方で、ピップの狂気は寂しさの危険性を示している。イシュメールは狂気に陥ったピップを指して「ひどい寂しさには耐えられない」と言っているが、エイハブが寂しさの中で正気を保つことができたのは、白鯨との想像上の繋がりがあったからこそともいえるだろう。彼の孤独、すなわち一人でいる状態は、白鯨との目に見えない結びつきへの信念に支えられているのである。

エイハブの寂しさを考えるとき、『白鯨』という作品自体がもう一人の寂しい登場人物、イシュメールによって語られていることを忘れてはならない。心に「冷たい一一月の霧雨」(3) を抱えて読者の前に現れるイシュメールは、家もなく身寄りもない天涯孤独の人物であるが、ピークォッド号に乗船してからは、他を寄せつけないエイハブとは対照的に、船員たちと親密な関係を築こうとする。寂しさを抑圧するエイハブの反転した姿、あるいは彼のダブルであるかのように、イシュメールは自分の寂しさを隠そうとはしない。「交響曲」におけるエイハブの「継母の世界」という言葉に呼応するように、イシュメールは「私の継母は、どういうわけだか、年中私を鞭で打ったり、夕食抜きで寝室に閉じ込めたりした」と幼少期を回想している (25)。イシュメールにとって、ピークォッド号は仲間の船員たちとの交流によって寂しさを免れることのできる一時的な「避難所 (asylum)」(158) を提供するのである。

第七二章「モンキー・ロープ」でイシュメールは、捕獲された鯨を切り分ける共同作業において友人のクイークエグとロープを通して繋がっている様子を、「われわれは長い靭帯によってシャム双生児なみに結合されていた」と述べる。続いて、「私の個人としての存在は、いまや一つの共同出資会社といった性質に吸収還元されていた」(320) と悲壮感もなく、むしろ嬉々として個人性の喪失について描写している。あくまで個人性を維持しようとする個人主義者エイハブとは対照的に、イシュメールはそれが失われる瞬間にこそ喜びを感じるのである。本章冒頭でも触れたように、第九四章「手をにぎろう」で彼は、他の船員に溶け込んでいく様子を恍惚として描いている。「脳油のかたまりを絞りながら、私は今にも自分自身それに溶け込んでいくのではないかと感じた。それを絞りながら、ついに奇妙な狂気が私に忍び寄るのを覚えた。そして気がつくと、私は同僚の手をあのやさしい球体と間違えて、絞っているではないか」(416)。『白鯨』全体がこの寂しき孤児イシュメールによって語られていることを考えれば、彼がエイハブの抑圧された寂しさを共感的に探り当てることができるのは不思議ではなくなる。かように、『白鯨』という作品は、深い寂しさを抱えたイシュメールによって、船長の寂しさを共感的に想像しうる立場から語られているのである。

人間的、あまりに人間的

アメリカの個人主義を論じる批評家たちは、その心理的な負の影響を指摘してきた。ロレンス・フレデリック・コールは、個人主義は個人に責任を負うことを求めるため、「個人に過酷な負荷をかけ」、「支援を求める先となるはずの共同体を侵食することになり、人を脆弱にした」と指摘している（Kohl 99）。同様にハーム・チャイボンは、「個人主義は、政治的自由、経済的繁栄、自己表現のためのこれまで想像もできなかったほどの機会を提供する一方で、現代人の孤立、疎外、孤独の原因にもなってきた」と述べている（Chaibong 127）。[*27] そして一部の『白鯨』論者たちは、エイハブの心理的苦痛は彼の孤独から生じていることを見抜いてきた。D・H・ロレンスは、『白鯨』でメルヴィルが目指したのは「孤立し遠くに追いやられた魂、孤独な魂の急激な変化」を記録することにあったとしている（Lawrence 134–35）。さらにニュートン・アーヴィンは、エイハブは「独立ではなく孤立（isolation）を得る。というのも彼は結局のところ人間にすぎず、独立に耐えられないからだ」と述べているが（Arvin 178）、ここでの「孤立」は、その否定的含意から本章の文脈における「寂しさ」に近いものといえるだろう。[*28]

これらの洞察は半世紀以上も前のものであるが、その後の批評はエイハブの孤独を等閑視してきたように見える。[*29] メルヴィル作品における孤独な登場人物について説得的かつ共感的な見解を示すR・E・ウォッターズのような論者でさえ、エイハブの孤独を議論の埒外に置いている。彼は、「自己信頼への賞賛ではなく、寂しさへの深い同情が、孤独な登場人物に対するメルヴィルの態度を支配していた」と鋭く指摘する一方で（Watters 1145）、エイハブは「意図的に孤独を好み、他の主体の助けを可能な限り排除し」、「自己中心的なエゴイズムそのものを示している」と述べ、過剰な個人主義を体現するエイハブを断罪している（1142）。ウォッターズにしてみれば、他の登場人物たちは孤独を強いられている一方、エイハブの孤独はあくまで自発的なものであり、それゆえエイハブはメルヴィルの共感の対象外となるのである。

しかし、エイハブはある意味では孤独を強要されているともいえるのではないだろうか。彼が「ギニア海岸の奴隷さながらの孤独な指揮者の境遇よ！」（543）と嘆くとき、エイハブは自分の孤独が自発的な状態であるように見えながら、実際には外部から課せられたものであることを自覚しているように読める。エイハブの「奴隷」への言及は、彼がこの時代の個人主義の精神に取り憑かれていると同時に、その重荷を背負わされているという受動性を凝縮した形で伝えている。この小説で彼が果たしている役割とはつまり、個人主義の限界を抽象的にではなく、白鯨と対峙する物理的現実において示すことにある。このようにしてみると、エイハブという人物は、個人の可能性にますます信を置くようになったジャクソニアン・アメリカの悲劇的な産物として捉えることができる。エイハブは自分の孤独を「石積みされ、壁に囲まれた船長の孤独」（543）と形容するが、「石積みされ、壁に囲まれた（masoned, walled）」という受動表現は、彼の個人主義への隷属を指し示す。イシュメールが「奴隷ではない人などいるのか（Who ain't a slave?）」（6）と言うとき、その言葉はもしかするとエイハブにも向けられたものなのかもしれない。

エイハブは自身の置かれた状況を「石積みされた、壁に囲まれた孤独」と空間的な比喩を用いて表現することで、自身の内面性の深みには他者が到達しえないことを暗示している。エイハブの感情に対する現在の批評的無関心は、おそらく彼の私的領域の排他性に関係していると思われる。先に述べたように、ロック的な意味でのリベラル個人主義は、私有財産の所有を前提としており、私的領域と公共領域を峻別している。バリー・アラン・シェインは、リベラル個人主義は「社会、宗教、地方行政、場合によっては家族が個人の私的領域へ侵入することを警戒しており、通常、共同体による監視と制限を不法な侵略として非難する」と論じているが（Shain 87）、これは言い換えれば、エイハブの私的領域は外部から到達できないために、批評的視線から遮断されているということにもなる。

しかし、我々読者はエイハブの涙を通して、彼の私的領域たる内面を垣間見ることができる。さらにこの涙は、閉ざされた船長室ではなく開かれた甲板という公共空間で流されるという点で、私的空間と公共空間という二分法を揺さぶるものとなっている。エイハブの「石積みされ、壁に囲まれた」孤独には、その外部に位置する読者が彼の内面を一瞬垣間見ることができる程度のかすかな開口部、あるいは本書の用語では「裂け目」が刻まれている。かくしてエイハブは、個人主義に関わるいくつかの二項対立、すなわち孤独と寂しさ、私的領域と公的領域を攪乱し、より流動的で不純な個人主義を提示するのである。

寂しさゆえにエイハブが不完全な個人主義を象徴しているとすれば、孤独な白鯨は少なくともエイハブにとっては羨むべき理想を体現しているように見えるはずだ。「呪わしきは、この人間の貸借関係だ。……俺は空気のように自由になりたいというのに、世界の貸借対照表にはちゃんと記載されている」（471–72）と嘆くエイハブにとって、白鯨は自由と独立を享受する状態を具現化している。彼が白鯨に魅せられるのは、それが飄々と体現する個人主義に対する羨望ゆえと理解できるだろう。ワイ・チー・ディモックは、「もし鯨が人間だったなら、ジャクソニアン・アメリカ的個人主義の英雄として称賛されていただろう。人間ではないために、『白鯨』では英雄的な獣、超越的な自由のモデルとして賞賛されている」と説得的に論じている（Dimock, *Empire* 112）。メルヴィルは、個人主義という理想を不可知の白鯨に投影することで、「鍛えあげた鋼のような心」（566）の持ち主とされるエイハブでさえも、同じような個人主義に到達することが不可能であることを告げている。この小説に真の個人主義が存在するとすれば、それは白鯨の孤独にのみ見出されうる。ロレンスは、白鯨が「独りで泳いでいる」ことに触れて「寂しい（lonely）リヴァイアサン」と表現しているが（153）、本章の議論に沿って考えれば、ロレンスは形容詞を誤用していることになる。白鯨は本質的に孤独な（solitary）リヴァイアサンなのであり、一方のエイハブは孤独と寂しさの混合、つまり「寂しい個人主義」と呼ぶべきものを体現しているのである。[*30]

白鯨はその珍しい白さと凶暴性のため、捕鯨に関わる人々のあいだで「個別の認識」（201）と「絶大な知名度」（204）を享受しているが、一方、白鯨にとってのエイハブは、自らの道を邪魔する無個性な障害物の一つにすぎない。追跡一日目を終えたエイハブは「何百万という人間が住む地球にただ一人立つ」と自分の個人性を高らかに宣言するが（553）、この台詞は彼の存在に無頓着な白鯨の前では空虚に響く。さらに、エイハブとは異なり、白鯨は寂しさを感じているようには見えない。あるいは、少なくとも作品内でそのようには書かれていない。個人主義的かつ孤独な鯨は独りで海を泳ぎ、エイハブが切望し、それゆえに忌み嫌う独立した状態を体現しているのである。イギリスの哲学者・作家のフランシス・ベーコンは、「孤独を享受しうるのは獣か神か、そのどちらかだ」という言葉を残している（Bacon 80）。メルヴィルはベーコンの著作の読者であったものの、彼がこの言葉に出会ったかどうかは定かではない。しかしこの一文は、人間が個人主義を体現することの不可能性という、この小説の中心テーマをこれ以上なく的確に捉えている。エイハブが神になることができないのは、結局のところ彼が神の「ような」人物でしかないからであり、小説の最後に孤独な獣たる白鯨を前に海に没したエイハブは、前述のアーヴィンの言葉を借りるならば、彼が「結局のところ人間」にすぎず、真の個人主義者になるにはあまりにも人間的であることを示している。言い換えるならば、人間であるエイハブにとって、白鯨という存在のみならず、白鯨が象徴する孤独と個人主義という概念そのものが到達しえない他者なのである。

『白鯨』批評の長い伝統が示すように、メルヴィルはエイハブ船長の狂気を通して、同時代人たちが熱心に受け入れた「自立した個人」という理想を脱神秘化しようとした。しかし本作品の達成はそれだけではない。寂しさを抱える語り手イシュメールは、個人主義の理想を背負いながら寂しさを抱えた個人主義者エイハブの内面を共感的に見つめることで、個人主義の感情的側面を深いところまで見抜いている。届かんとする他者（白鯨）から疎外されることにより、エイハブは恐ろしい寂しさに襲われてしまうのだ。『白鯨』において、孤独と寂しさは対立する関係にあるのではなく、むしろ表裏一体の関係にある。アメリカの個人主義を批判する文学的な例は数多くあるが、メルヴィルの特異な功績は、「孤高の個人主義者」という公のペルソナの背後に潜む、他者を希求しながらも満たされない寂しさを共感的に捉えている点にあるといえるだろう。

註

＊1　テクストの翻訳は八木敏雄訳『白鯨（上・中・下）』（岩波文庫、二〇〇四年）を参照し、必要に応じて変更を加えた。本書の他の章でも同様。

＊2　『オックスフォード英語辞典』によれば、"cabin" には「隠遁者の部屋」という意味がある。*Oxford English Dictionary*, 2nd ed., s.v. "cabin."

＊3　スーザン・マクウィリアムズは、「作品全体を通じ、エイハブの描写のほとんどが彼の孤独に集中している」と指摘している（McWilliams 113）。

＊4　エイハブの孤独に関しての議論は、McWilliams 342; Nigro 78 を参照のこと。

＊5　エイハブの個人主義については、Bryant, "*Moby-Dick*" 78; Rowe 359; Schulman 197–207; Matthiessen 459; Arac, "A Romantic Book" 58; James 11 を参照のこと。

＊6　翻訳は酒本雅之訳『エマソン論文集（上）』（二〇一一、一二三八）を参照した。エマソンがメルヴィルの『白鯨』執筆に与えた影響に関しては、McLoughlin 79 を参照のこと。

＊7　アレクシス・ド・トクヴィルもまた、『アメリカのデモクラシー』（一八三五年、一八四〇年）でアメリカにおける過剰な個人主義の危険性について警鐘を鳴らしていた。トクヴィルは、人々が孤独によって公的領域から引き離されてしまい、公的善のために行動しなくなることを恐れ、民主主義国家という新たな共同体における私的個人のあり方を問題視していた（一七八）。私的復讐のために船員たちを巻き込むエイハブ船長の姿は、トクヴィルの警鐘をまさに具現化したものといえる。また、エイハブの個人主義を再考する試みとして、物質主義的転回（materialist turn）からエイハブを再読する論集 *Ahab Unbound: Melville and the Materialist Turn* がある。特にメレディス・ファーマーの論考（Farmer, "Rethinking Ahab"）を参照のこと。

＊8　アメリカにおける個人主義の議論に関しては、Albrecht, *Reconstructing Individualism*; Brown, *Domestic Individualism*; Davenport and Lloyd; Jehlen; Lukes; Roberts; Turner; Walls を参照のこと。

＊9　ジョン・ロックは『統治二論』においてこう書いている。「人は誰でも、自分自身の身体に対する固有権（プロパティ）をもつ。これについては、本人以外の誰もいかなる権利をももたない。……こうして、労働と労働の対象とも必要とする人間生活の条件が、必然的に私有財産をもたらすことになるのである」（Locke 287, 292、強調原文）。翻訳は加藤節訳『統治二論』（三二六、三三四）を参照した。

＊10　本章の前提となるコミュニケーションと孤独の関係性に関しては、その多くを Furui, *Modernizing Solitude* の議論に依拠している。

＊11　エイハブの個人主義を彼の感情に焦点を当てて再考することは、『白鯨』という単一の小説世界を超えた視野を提供することになるだろう。「寂しい個人主義（lonely individualism）」という概念を提起することで、本章は過去数十年にわたって支配的であり続けてきた、アメリカ文学研究における個人主義の特権的立場を再考することも目的とする。アメリカ文学に関してよく挙げられる特徴は、しばしば次のようなものである。「アメリカ文学における根強く存在し続けるテーマとして、荒野、海、あるいは社会の終焉において、道徳的善を実現するため一人で、あるいは数人の誰かと一緒に社会から離れるヒーロー像が挙げられる」（Bellah 144）。事実、一九世紀アメリカ文学には、文明の辺境にいる一匹狼的な英雄像が数多く登場する。特にジェイムズ・フェニモア・クーパーのナッティ・バンポー、ナサニエル・ホーソーンのヘスター・プリン、ヘンリー・デイヴィッド・ソロー、マーク・トウェインのハック・フィンなどはみな、

文明のはずれに位置しながら、一人で逞しく生きる姿を提示している。

しかしもちろん、アメリカ文学における逞しい個人主義的人物の神話は無批判に受け入れられてきたわけではない。ジェニファー・L・リーバーマンは「長年にわたるアカデミアの個人主義への関心」に注目し、「文学史は、アメリカ文学の中から疎外された個人の場所を選択的に強調してきた」と論じている（Lieberman 7–8）。リーバーマンと共鳴するかたちで、ジョセフ・アランカも次のように述べている。「アメリカ文学研究者にとって、個人の象徴性は強い魅力を有してきた。迎合主義的な社会と格闘する個人の姿は、批評家たちによって、学問的研究の適切な対象として見なされてきた」（Alanka 18）。以下の議論では、エイハブの個人主義を否定するのではなく、個人主義者の複雑で両義的な感情に焦点を当てることで、個人主義の神話を修正しようとする近年の批評的試みに加わることも目指している。アメリカ文学における個人主義を再考するスティシー・マーゴリスは、アメリカ文学研究は「合衆国が個人を特権視するイデオロギーに支配されているという前提の上に成り立ってきた」としたうえで、近年の研究はその前提を修正し始めていると論じている（Margolis 4）。

＊12　『白鯨』を論じる巽孝之は、「捕鯨船がはりめぐらせるネットワーク」に注目し、「捕鯨船は比喩ではなく文字どおり、全地球をめぐる巨大な情報網を織りなしていた」と述べている（四八）。

＊13　コミュニケーション革命に関する歴史学の研究に関しては、Howe; John（1995, 2010）; Starr; Henkin を参照のこと。

＊14　近代コミュニケーションに対する忌避は、同時代に書かれたソローの『ウォールデン』（一八五四年）でも表明されている（Thoreau 67–68）。

＊15　鉄道の比喩が作品内で用いられていることは、ちょうどその時期にアメリカ全土に鉄道網が広がっていた歴史的事実と共鳴する。一九世紀中葉アメリカにおける鉄道の発達に関しては、Taylor を参照のこと。

＊16　『白鯨』におけるテクノロジーの存在については、Ausband 197–211; Idol 156–59; Dalsgaard 243–53; Marx 277–319 を参照のこと。

＊17　マイケル・オマリーが論じるように、コミュニケーション革命はアメリカ全土に時間の標準化をもたらした（O'Malley 260）。

＊18　電信の発明がメルヴィルに与えた影響に関しては、Farmer, "Herman Melville" を参照のこと。

＊19　アラン・ムーア・エメリーが論じるように、メルヴィル作品において、電気は超越的な存在とのコミュニケーションの媒介として描かれている（Emery 555–68）。

＊20　白鯨を神の権化と捉える研究としては、Glenn 169を参照のこと。また、トマス・D・ズラティックは、メルヴィルと電信の関わりについて二本の論考を発表しており、それぞれ『戦争詩集』（一八六六年）と『クラレル』（一八七六年）について論じている。

＊21　「接続された孤独」という概念に関しては、Furui 12–13を参照のこと。

＊22　『白鯨』における人間と鯨の感情的交感に関してはSchultz（1996, 2000）とSchullerの議論に詳しい。また、フィリップ・アームストロングは『白鯨』においては鯨に知的能力を前提している点で、鯨を擬人化していると論じている（Armstrong 1047）。

＊23　一方で、エイハブは白鯨は自分に対して悪意を持っていないかもしれない、ということに勘づいているようでもある。エイハブは「壁をぶち壊さずに、どうして囚人が外に出られるか？　俺にとって、あの白い鯨が、迫りくるその壁なのだ。ときによっては、その背後には何もないと思うこともある」と述べている（164）。

＊24　デッドレター、あるいは宛先に届かない手紙というモチーフは、エイハブと白鯨のあいだの非相互的コミュニケーションのありかたを的確に捉えている。メルヴィル作品におけるデッドレターに関する詳しい議論は、Furui 68–106を参照のこと。この点については本書第三章で詳しく議論する。また、「バートルビー」におけるデッドレターを歴史的文脈の中で解釈した論考として藤本幸伸のものがある。

＊25　孤独な船長室は、エイハブと鯨を繋ぐ象徴的な場所となっている。エイハブの船長室は「地中（subterranean）の場所」にあるとされるが（514）、同じ形容詞が白鯨に関しても使われていることを考えると（567）、船の下に位置するエイハブと海中に潜む白鯨は空間的に重ね合わされて提示されているといえる。

＊26　橋本安央はこの場面の直後における、ソドムの林檎になぞらえられるエイハブの涙に着目したうえで、涙そのものよりはむしろ「涙の不在」（三五）を論じている。

＊27　アルフィアス・T・メイソンは「個人主義者は自由の代償として寂しさを感じることになる」と論じており（Mason 1）、ロバート・N・ベラもまた、個人主義者は自分が得た成果によって「栄光に輝きながらも、恐ろしい孤立」に陥る

と指摘している（Bellah 6）。

＊28　エイハブの寂しさに着目した研究は少ないが、その例としてAnderson 131; Snediker 172; Castiglia 14を参照のこと。

＊29　近年の批評においては、メルヴィルが感傷性を否定するのではなく、むしろ受け入れようとしていたとする論調が強まっているが、そうした議論は感傷性があくまで女性の領域に属するという暗黙の前提の上に立っており、男性であるエイハブは自然と議論の対象とはなっていない。メルヴィルの感傷性に関する研究は、Rosenthal 135-47; Barnes, "Fraternal Melancholies"を参照のこと。

＊30　文学研究において、個人主義という概念はあるパラドックスを提示する。つまり、その概念を小説の登場人物に適用する場合、その人物を抽象的な政治哲学の概念に還元することで、彼／彼女の感情的な深みを平板化し、個人性を損ないかねないということである。アメリカ文学研究では一般的に「個人主義」という概念は、作家や登場人物の政治イデオロギーを強調するために用いられる。例えばソローの個人主義は、作者の政治哲学をめぐる議論の中心となってきた。しかし、文学研究における個人主義の議論において、議論されている個人主義者がどのように感じているのかが問われることはほとんどない。ソローは、ウォールデン湖ほとりの小屋に夜一人で座しているとき、どのように感じていただろうか。『白鯨』において、エイハブは孤独な船長室で夜な夜な海図を見つめているとき、何を感じているのだろうか。個人主義者を英雄視したり、あるいは個人主義の過剰性を非難したりするのは容易であるが、個人主義者が堅牢に見える孤独の中でどのような疑念や恐怖を感じているのかを想像するのははるかに難しい。本章が提起する寂しい個人主義という概念は、個人主義を体現しているように見える個人の内面を想像するための方途なのである。

第二章

『イズラエル・ポッター』における倫理的寂しさ

『イズラエル・ポッター』（一八五五年）が同名の主人公に焦点を当てた作品であることには誰しも異論がないだろう。しかしこれまでの批評は、彼をアメリカ革命戦争の動乱に巻き込まれた犠牲者の象徴と見なし、主として抽象的な存在として扱ってきた。イズラエルは一兵士としてアメリカ独立のために戦争に身を投じたものの、動乱の最中、イギリス軍に紛れ込んでしまう。アメリカ兵としての身分を隠しながら戦争をかろうじて生き延び、老齢までイギリスに滞在せざるをえなくなった彼は、晩年になってようやくアメリカへ戻る機会を得る。しかし自身の貢献が国に認められることはなく、退役軍人年金が与えられないまま無名兵士として没する。かように、イズラエルはアメリカ建国の貢献者を容易に忘却してしまう国家の悲劇的な犠牲者として描かれており、本作品の論者たちは、彼の悲運を背景に浮かび上がる国家形成のプロセスを中心的に議論してきた。[*1] 一方、イズラエルという個人そのものが検討の対象として取り上げられることは少なく、彼の存在は国家をめぐる歴史構築を考察するための媒介としての役割しか果たしてこなかったように思われる。エイハブ船長、バートルビー、ビリー・バッドなど、メルヴィル作品においてしばしば議論の対象となる登場人物たちとは異なり、イズラエルという一個人の内面を掘り下げる分析はこれまでほとんどなされてきていない。国家の歴史形成の脱個人化的性質と、その犠牲者たるイズラエルを対比させることで、皮肉にも批評家たちは彼を脱個人化してきてしまったといえる。合衆国が彼に退役軍人年金を与えないことでイズラエルの存在を認めなかったとすれば、『イズラエル』批評もまた、彼を個人そのものとして十分には認識してこなかったのである。

前章に引き続き、本章では亡命者であるイズラエルが抱える「寂しさ（loneliness）」という感情に焦点を当て、そこに共感のまなざしを向けることで、イズラエルの内的領域に肉薄してみたい。イズラエルの寂しさ、つまり故郷喪失者であるがゆえの他者への希求は、個人と共同体の関係という、メルヴィルが『タイピー』や『白鯨』などの小説で一貫して探求している大きな問題系と接続されうる。そこで本章が注目する共同体とは、アメリカ国家といった政治共同体ではなく、政治的領域の外部、より具体的には国家の時間性の埒外に生起するものである。国家の時間性とはつまり、過去を過去、死者を死者として扱うのではなく、「利用可能な過去（usable past）」という表現が示すように、未来への進歩のために過去と死者を称揚し利用する性質を帯びるものである。

その一方、イズラエルを受け入れる共同体は、小説を通じて彼の運命を目撃する共感的な読者たちによって形成される。以下の議論で強調したいのは、この共同体が本質的に「遅れて」立ち現れるという点である。というのも、イズラエルを描いたこの小説は彼の死後に出版されたのであり、読者はそこに描かれる彼の悲運を目撃し共感を寄せたとしても、その共感は死んだイズラエル本人には届かないからである。本章では、ジャン＝リュック・ナンシーによる死者と生者のあいだに生まれる「無為の共同体」についての議論を参照しつつ、『イズラエル・ポッター』において提示される共同体は、政治制度に内包されることを逃れるものであり、遅れて到来するものであることを検証してゆく。本作はアメリカ合衆国の起源たる革命戦争を描いている点でナショナルな要素を多分に有するが、国家という制度と国家の時間性の外部に出現するこの共同体は、作品中で焦点化される国境という境界線を「越える（trans-）」という意味で、すぐれてトランスナショナルなものである。[*2] 通常、「トランスナショナル」とは複数国家間の繋がりや移動を指す単語として用いられるが、死者と生者の連帯を論じる本章の文脈では、国家という障壁を超越するものを意味することになる。そして、イズラエルの孤独を前にした読者には何がしかの倫理的応答――読むことの倫理――が求められており、その応答こそが遅れて到来する共同体の形成に不可欠なものであることを示していきたい。

亡命者の倫理的寂しさ

「亡命者についての省察」というエッセイで、エドワード・サイードは亡命の経験を「集団の外で経験される孤独」と定義している（Said 140）。さらにサイードは、亡命状態に付随する感情として「本質的な悲しみ」（137）と「みじめな寂しさ」（139）を挙げているが、イズラエルはまさにそのような感情を背負った亡命者であり、帰属すべき共同体への希求ゆえ「みじめな寂しさ」を強く感じている。バンカーヒルの戦いでアメリカの大義のために戦った兵士であるイズラエルは、その後イギリス海軍に何度も強制徴用させられるという不運を経験するなかで、アメリカ人としてのアイデンティティを隠蔽せざるをえなくなる。そんなイズラエルは、自分を認識してくれる共同体を切望しながらも、その願いは小説中で繰り返し挫かれてしまう。ロドリゴ・ラゾが論じるように、この小説の特徴は何よりもまず、イズラエルの満たされざる「共同体への希求」にある（Lazo, "*Israel Potter*" 152）。

寂しき亡命者となったイズラエルは、行く土地土地で自分の苦境を理解してくれる共感的な友人を求めるようになるが、そうした努力は常に失敗に終わる。イズラエルは一時期、革命戦争中のアメリカを支援するイギリス人紳士の家に匿われることになるが、やがてその人物の安否が不明になってしまい、不穏な動きを感じたイズラエルは屋敷から逃げ出す。その後、「月明かりの中を三マイルほど歩いて違う友の家に向か」い（80）、農家の妻に「親切を施してほしい（befriend）」と頼むが、むげに断られてしまう。悄然としたイズラエルはすぐに「違う友を求め」ることになる（*Israel Potter* 81）[*3]。歓待を拒否される場面は、のちにイズラエルが誤ってアメリカ船からイギリス船に乗り込んでしまったときにも反復される。彼は乗組員と「親しくなろう（befriend）」と懸命に努力するが、彼の「親交（intimacy）の申し出」は決して受け入れられない（136）。何度も「お前は誰だ（Who are you）？.」と問われるイズラエルは（137, 138, 140）、異国の船で寂しさを感じ、世界に見捨てられたように思う。さらにイズラエルは、命を賭して戦った祖国にすらも見捨てられてしまう。老齢になってようやくアメリカに戻ったのは奇しくも独立記念日の七月四日であったが、イズラエルはバンカーヒルで戦った英雄たちを讃える群衆が押す「愛国的な凱旋車に危うく轢かれ」そうになってしまう（167）。もちろん、先人の功績と祖国の誕生を祝う人々のなかに、彼の貢献を認め、讃える人は誰もいない。

イズラエルの寂しさを精査する前に、『イズラエル・ポッター』がどのような共同体を描いているのかを明確にする必要があるだろう。個人と共同体の関係を描いたメルヴィルの他の小説群とは異なり――例えば『白鯨』ではエイハブ船長という孤独な個人と、船員たちの友愛的共同体が対比的に提示されている――、この小説ではアメリカやイギリスといった政治共同体が前景化されているように見える。物語の終盤、イズラエルがレンガ職人となる場面で語り手はこう述べる。「人間は、壁として積まれるレンガのように、共同体に組み込まれるようなものではないか？……人間がレンガを供給するように、神は人間を数十億と創造し、自身の意図の壮大な建物に組み上げる。集合体に組み上げられるのでなければ、人間はレンガの高貴さに達しない」（156）。ここで語り手は、個人性を喪失させる国家の暴力を見据えており、政治共同体が行使する脱個人化の暴力を強調している。国家が個人を脱個人化してしまう一例として、アメリカ軍率いるボノム・リシャール号とイギリス軍のセラピス号の死闘を描写する場面で、語り手は犠牲となった無名の兵士たちを国籍の区別なくこう描写している。「その「忘却」の水路、外の海と比較すれば滑らかで池のような水路に、その夜、多くの哀れな魂が落ちていった」(125)。かように本小説では、政治共同体は残酷で非人間的なものとして提示され続けている。たとえ共同体がある人物を英雄として称えたとしても、結局のところそれは兵士一人一人の個人性を無視し、彼らを国家の大義に従属する抽象的な集合体として扱っているにすぎない。しかし『イズラエル・ポッター』はそのような希望のなさを嘆いているだけではない。本作は国家という共同体を批判的に提示する一方で、個人を包摂しながらも個人を脱個人化しないような、国家に代わる共同体の可能性を探っているのである。

一方のイズラエルは、どこにいても常に「故郷」という私的な共同体のことを考えている。彼は革命戦争を支持するイギリス人の使者としてパリに赴き、建国の父祖たるベンジャミン・フランクリンと面会するが、その後、あてがわれた部屋で一人になったとき、そこにあった砂糖を見てこう独りごちる。「これはいい砂糖だ。味見してみよう。うん、これはとてもいい砂糖だ、砂糖のように甘い、地元で作るメープルシュガーよりもいい」(50)。さらにイズラエルは、農業に関するフランクリンの発明案を聞いて、「もし山の上の地元にいたら、すぐに農民たちに紹介するだろう」と考える(54)。本作には「避難所 (refuge)」(10)、「避難民」(22, 33)、「避難所 (asylum)」(29)、「亡命者」(29, 34) といった単語が頻繁に出てくるが、これらは、イズラエルが常に自分の家だと思える安全な場所を探し求めていることを示している。彼の亡命状態は、メルヴィル作品に登場する寂しさを抱えた他の登場人物たちとも共鳴するといえるだろう。例えばクラーク・デイヴィスは、イズラエルに「メルヴィルの小説に見られるイシュメール的痕跡、つまりイシュメールが体現している……温和な暖かさへの絶え間ない探求」を見出し、『イズラエル・ポッター』はつまるところ、「心と暖かさの探求」を描いていると論じている（Davis, "The Body Deferred" 175）。

『白鯨』のイシュメールが深い寂しさを抱えた人物であることは前章でも検討したとおりであるが、個人と共同体の関係性において、イズラエルとイシュメールは重要な対照を成している。イシュメールは、クイークエグとの親密な友情や他の乗組員との交友関係を通じて束の間の安らぎを得る一方、イズラエルにはそのような幸運は訪れない。「私の継母は、どういうわけだか、年中私を鞭で打ったり、夕食抜きで寝室に閉じ込めたりした」（25）と子供時代を回想するイシュメールにとって、ピークォッド号は一時的な避難場所として機能しており、彼は船員仲間との交流を通じて自身の寂しさを和らげてゆく。これも前章で議論した点であるが、「手をにぎろう」の章では他の船員に溶け込むことを恍惚として語っていたりなど、イシュメールは個人性の喪失を寂しさからの解放として歓迎している。たしかに『イズラエル・ポッター』の政治共同体も、『白鯨』における溶け合う友愛も、ともに主人公の個人性を奪うものである。しかし、後者が一時的で水平的な個人性の融解を前提としているのに対し、前者は個人の存在をより大きな抽象的な政治制度の下に強制的に従属させてしまっている点で、両者は大きく異なっていることに注意しなければならない。

イズラエルが抱える寂しさは、序章でも紹介したジル・ストウファーが「倫理的寂しさ（ethical loneliness）」と呼ぶ概念と強く共鳴する。改めて説明すれば、これは「人類に見捨てられたという経験に、自分の話に耳を傾けてもらえないという経験がさらに加わった状態」を意味し、「心ある人々が苦しんでいる人々の声をよく聞くことができないこと」に起因するとされる（Stauffer 1, 2）。[*4] この定義に従うなら、イズラエルは自分の声を聞いてもらえない、自分の存在を認めてもらえないという倫理的寂しさをまさに経験していることになるだろう。イズラエルはその寂しさゆえ、自分の経験を誰かに共有してほしいという必死の思いで、敵対する人物に自分の正体を知られてしまう危険を顧みず、自身の物語を積極的に話してしまう。革命戦争におけるアメリカの大義に賛同するイギリス人ウッドコックから「君の冒険談を聞かせてくれ」と頼まれたイズラエルは、初対面の相手に喜んで自分の体験を話してしまう。また、フランクリンは「君の口から話を聞いてみたい」とイズラエルに過去を語るように促す(42)。また、小説の終盤でイズラエルはたった一人生き残った息子に自分の来歴を語り、「ニューイングランドの丘陵地帯での冒険譚を子に聞かせ」ることになる(166)。

このようにイズラエルは自分についての物語を繰り返し語ることになり、結果として聞き手の共感を得ることに成功する。なかでも印象的なのは、敵国イギリスで身分を隠しながらもなんとか職を得ようとするイズラエルに、一時的な仕事と避難場所を提供してくれるイギリス人紳士ジョン・ミレー卿とのやりとりである。イズラエルが何か秘密を隠していると鋭く察した彼は言う。「「お前の経歴は明らかに、異国人には漏らしたくない秘密だ。お前に何が起きようと、わが名誉にかけて、決して密告しないことを誓おう」。……イズラエルは率直に告白し、自分のすべてを語った」(26)。ミレー卿はイズラエルの話を親身になって聞き、最終的には彼を保護する父的役割を果たすようになる。その結果、イズラエルはこの紳士に強く惹かれていくようになる。「イズラエルは、真のアブラハムのような、この紳士の父のような態度に魅了され、唇には微笑みを浮かべ、目には感謝の涙を浮かべて、時々、一番ふっくらした果実を彼に差し出した」(27)。

感情を揺さぶられるのはイズラエルだけではなく、彼の物語の聞き手も同様である。この小説の中でイズラエルに最も共感を寄せる聞き手は、パリでフランクリンを通じて出会うことになる、アメリカ海軍の司令官ジョン・ポール・ジョーンズであろう。彼がまとう「誇り高い孤独、軽蔑に満ちた孤立(proud friendlessness and scornful isolation)」は、イズラエルが抱える寂しさと響き合う。フランクリンの現実的な性格とは異なり、ジョーンズには「無法者だけでなく詩人の面もある」ため(56)、イズラエルに特別な共感を抱くことができる。イズラエルの来歴を聞いたジョーンズは、次のように強く心を動かされる。

話が終わると、ポール船長は彼を熱烈に見つめていた。彼の荒々しく、寂しい心（wild, lonely heart）は、長いあいだ苦痛から逃れてきたために平凡になってしまった甘やかされ屋には共感することができなかったが、自分と同じように天涯孤独の絶望（desperation of friendlessness）に苛まれ、同じように猛然と圧倒的多数に対して闘ってきた者には強く惹かれたのである。……「獅子よ、手をにぎらせろ。そしてその立髪を振れ。天に誓って、見上げた憎しみだ、俺はお前をたいそう気に入った。お前は俺の腹心となって、わがキャビンの戸口で歩哨に立て。そしてわがキャビンで眠れ。……何百万もの人間の中で、お前ほど自然に好意を抱いたのは初めてだ」。（91–92）

ジョーンズがイズラエルの話に心を動かされたのは、彼もまた、スコットランドに生まれながらもアメリカ独立のために戦った亡命者であるからだろう。このようにイズラエルの経験談は聞き手の感情を揺るがし、共感を引き出し、聞き手と語り手のあいだに、たとえ一瞬だとしても情緒的紐帯を形成することになるのである。

ミレー卿の優しさにイズラエルが涙を流すように、本作品では男性登場人物の感情の表出が印象的に描かれている。このことはジョーンズの場合にも顕著に見て取れる。語り手は、ジョーンズの男性的なペルソナの下に人前では表現できない感情が潜んでいると指摘する。「屈託なげな自制の外観に隠された、疼く感情を持つ人間は、熱狂の突然のそそのかしに決して耐えられない。概して、自制はできるが、一度少しでも激情を吐き出すと、少なくともそのときは、もう爆発してどうしようもなくなる。今、ポールはそのような具合だった。イズラエルへの共感が束の間の激情の噴出を誘発したのだ」（91）。司令官であるジョーンズは公の場では感情を抑えているが、私的空間では自分の「友の不在（friendlessness）」がイズラエルの寂しさと響き合い、強い感情の発露を抑えることができなくなる。作品後半、イギリス船に強制徴用されたイズラエルは「一人の友もいない海軍の暴徒の中に突き落とされ」たと描写され(85)、その中にあって「寂しい奴隷(lonely slave)」と表現されるが(87)、ジョーンズもまた自分が寂しい存在であることを認識しており、「そう、だが一番札は寂しくなければ(lonely)ならないのだ」(93)とイズラエルに向かって孤独な指揮官としての苦しみを吐露している。

イズラエルの涙に象徴的なように、本作品における登場人物たちの感情表現は、男性は感情を抑圧すべしという一九世紀中葉のジェンダー規範に照らすと一種の過剰性を示しており、それゆえ彼らの感情は感傷に接近している。その点で本作は、男性性と感傷の関係についての再考を読者に促しているといえるだろう。メアリー・チャップマンとグレン・ヘンドラーは、アメリカ文学における両者の関係性を再考する著書のなかで、「感傷性と感情を公の場で見せることは、従来、女性的な特徴と見なされてきた」と述べたうえで、「自己信頼的男性としてのアメリカ人男性像の理解」に疑義を呈している(Chapman and Hendler 1, 8）。エリザベス・バーンズもまた、感傷に無縁として考えられてきたアメリカ的男性性を疑問に付している。「古典的アメリカ文学の神話、つまり自律した個人主義がアメリカの小説とアメリカのアイデンティティを体現しているという考えは、初期アメリカ文化における、個人間の共感的な関係を促進しようとする関心の前では成り立たなくなる。同情という感傷的な図式において、アイデンティティの境界は……明らかに柔軟なものとして提示されることになる」(Barnes, *States of Sympathy* 13–14)。小説序盤で語り手は、「このようにして、我々の祖先を国家の独立へと導いた、恐れを知らぬ自立と独立心が育まれた」(9)とイズラエルの逞しい男性像を強調しているが、これまで本章が検討してきたように、この作品は登場人物たちに感傷性を付与することでそうした男性規範を揺るがしている。『イズラエル・ポッター』が提起する個人とは、「軽蔑に満ちた孤立」の中で充足する強い個人ではなく、他者との親密な結びつきを切望する寂しき個人なのである。

感傷の（非）循環

イズラエルが語る物語が聞き手の心を動かす一連の場面では、両者のあいだで、たとえ一時的にせよ互いの感情が循環している。メアリー・ルイーズ・キートは、感傷がアメリカの個人主義を修正する可能性について議論するなかで、「感傷的協働（sentimental collaboration）」という概念、つまり「広がり続ける関係の輪の中で愛情を継続的に循環させる交換のシステム」（Kete 53）を提示している。キートはこの概念をハリエット・ビーチャー・ストウ作『アンクル・トムの小屋』（一八五二年）に応用しながら、本作品では「死んだ子どもたちのフェティッシュな記憶が登場人物たちの人生に大きな変化をもたらしており、……愛情が循環することで感傷的協働が働いている」（84）と論じている。つまりキートは、アメリカの個人主義に対するアンチテーゼとして、感傷によって切り結ばれる共同体を提示しているのである。

しかし、あからさまに感傷的な『アンクル・トムの小屋』の世界とは異なり、『イズラエル・ポッター』における感傷は限定的な形でしか循環しないため、本作品はいわゆる感傷小説とは一線を画している。ミレー卿、フランクリン、ジョーンズといった父的人物から共感を得たとしても、彼らはイズラエルへの共感を私的空間でしか表現せず、彼の話を自分の心の中に留め、共感の輪をより広範に拡げることはしない。この文脈で検討したいのは、かつてイズラエルが結婚しようとしていた田舎娘を奪った、今はイギリス軍の捕虜として囚われているシングルズ軍曹と偶然再会する場面である。イギリス兵のふりをせざるをえないイズラエルの状況を何も知らないシングルズは、「ポッター、お前か？　一体どうやってここに来たんだ？」（151）と無邪気に問いかける。かつての恋敵とはいえ、異国イギリスで懐かしい同郷人を見つけた喜びを感じるイズラエルだが、シングルズの呼びかけを無視するほかない。アメリカ人「ポッター」であることを暗にでも認めることは、イギリス海軍での立場を危うくするからだ。名前を呼ばれたイズラエルは、故郷バークシャーを離れて以来、自分の正体を隠し続けてきた積年の感情がこみ上げてくる。語り手は、その瞬間にイズラエルとシングルズに生起した感情についてこう記す。「今や、大西洋が二つの大陸のあいだではなく、二つの世界、つまりこの世界と次の世界のあいだにうねってでもいるかのように、そのように奇跡的に、二つの無縁だった魂は憎悪を忘れて一つに溶け合っていた」(151)。こうして二人のあいだに生まれる強力な共感の絆にもかかわらず、イズラエルは直接的に感情を表現できないために感傷の循環が生じることはない。「シングルズは合図を見抜き、不機嫌そうに自分の過ちを詫びるふりをして、がっかりした様子を見せた」(152)。

個人性が溶解していく感覚は、先に見た『白鯨』の「手をにぎろう」の章でもイシュメールが経験していたものである。ただ注意すべきは、『白鯨』では溶解の瞬間に他の乗組員からの身体的な反応があったのに対し、『イズラエル・ポッター』ではそれが欠如している。さらに、親密性の構築に国籍が障壁とならない、雑多な人種の水夫が住まうピークォッド号とは異なり、シングルズとの邂逅の場面では国籍が彼らの親密性を妨げている。この場面を男性間の親密性の観点から検討する小椋道晃は、「同国人であるにもかかわらず、両者が他人を装うことによって、異質な魂が二つの世界をまたいでひとつに溶け合い、そこから束の間の邂逅を生むこの場面に見られるのは、ナショナリティの意識を置き去りにする、強烈な情動的経験」であると鋭く指摘する(二五)。[*5] ここで重要なのは、あくまでこの情動的経験は束の間のものであり、結果的に感傷的な循環は失敗に終わるという点である。同様のことは、イズラエルが敵軍のイギリス船に誤って乗り込んでしまったのち、イギリス兵を装って船員たちと親しくなろうとする様子にも顕著である。イズラエルは甲板を「見境なくぐるぐると回る(promiscuously circulating)」が(136)、彼の試みは決して報われることはない。このような循環の失敗、あるいは欠如は、この小説全体のエピソディックな構成に由来するともいえる。人間関係が構築されては繰り返し途絶えてしまうことで、感傷の循環は常に切断される作品構造になっているからである。イズラエルが父的人物たちと出会い、そして彼らの保護から引き剝がされるというパターンの反復により、この小説では持続的な感傷の循環が構造的に不可能となっている。

しかし、この循環の欠如は語り手によって補われているように思われる。作品を通じて語り手は共感的な聞き手としてふるまい、イズラエルと読者を繋ぐ媒介となることで、感傷の循環を可能にしている。循環の欠如が顕著な小説であるからこそ、彼の物語を語り直し、再び印刷物という形でイズラエルを違う形の循環、つまり市場の循環の中へ再定置する行為がより重要なものとなる。語り手は序文で、イズラエルの自伝を偶然見つけた経緯についてこう振り返っている。「ぺらぺらの灰色の紙に侘しく印刷された彼の小さな冒険譚が、行商人のあいだに現れた。……このにじんだ記録は今では絶版になっているが……、たまたまぼろ屑拾いから救出されたのである」(vii)。「侘しく(forlornly)」という単語からも、イズラエルの悲運に対する語り手の共感が伝わってくる。誰も名を知らない一兵士にこのような感情移入をしなければ、この小説はそもそも書かれえなかったはずである。実際、語り手が見つけた時点では、イズラエルの物語は印刷された本という形でもほとんど流通していない。

この物語を忘却の淵から救い出し、自身の言葉で語り直し、市場で再循環させる語り手は、感傷的協働を通じて新たな共同体を作り出そうとしているのではないだろうか。作品の読者は、イズラエルの苦境に対するジョーンズの共感的な視線を目の当たりにし、そして読者自身もイズラエルに共感を寄せることで、共感が作品の外部において循環し始める。つまり小説内における感傷の循環の失敗を繰り返し目の当たりにすることで、読者は循環の欠如を補完すべくその中へ「遅れて」参加するよう促されるのである。前述のキートは『アンクル・トムの小屋』に触れて、「愛情が循環する最も重要な形態は、死んだ子供の記憶である」(84)と述べているが、この議論を踏まえると、読者は死者イズラエルとのあいだに感傷的循環を生み出すことができると考えられる。『イズラエル・ポッター』に記録されている彼の物語は、感傷的協働のプロセスを開始し、生者と死者の両方を包摂する共同体を作り上げることを読者に要請する。本章ではそれを「遅れて到来する共同体（belated community）」と呼びたい。小説内での循環の欠如が『イズラエル・ポッター』の感傷性を特徴づけているとするならば、その循環は小説外において、つまり読者とイズラエルのあいだで「遅れて」生起するのである。

語り手は、伝記作者たる自身と書かれる対象のイズラエルに相互の認識がないことについて、序文でこう記している。「より純粋な形式における、誠実かつ勇敢なる人間の終わった生涯に関する伝記に限って言えば、その伝記は人間の美徳に対する最も美しい報酬、まったく公平無私に与えられかつ受けられる報酬といえよう。なぜなら、伝記作者はその主題からの感謝を望むことはできず、その主題も伝記で与えられる名誉に与ることはできないからである」（vii）。ここで語り手は生者と死者の埋めがたい時間的な距離を嘆いているように見える。しかし両者の双方向の交流が不可能だとしても、イズラエルの物語を読む読者は、彼の運命に共感する聞き手の立場に身を置くことになる。そして読者の共感は、あまりに遅れてイズラエルに届く。自分の存在が国家に認められなかったために伝記を書いたイズラエルは、生前に自分の話を聞いてもらい、共感してもらいたかったはずである。その伝記はまともに読まれることもなく、語り手は偶然そのぼろぼろになった本を見つけたのだった。しかし語り手は、イズラエルの物語を小説という形で復活させ、イズラエルと聞き手としての読者を媒介することで、彼を「聞かれない状態」、つまりストウファーの言う「倫理的寂しさ」から遅ればせながら救い出したといえるのではないか。つまり、語り手はイズラエルの物語に応答することで倫理的責任を果たすことになるのであり、読者もまた倫理的応答を求められていることになる。

遅れて到来する共同体

『イズラエル・ポッター』における個人と共同体の関係をさらに考察するうえで、ジャン゠リュック・ナンシーが「無為の共同体」と呼ぶ概念が参考になるだろう。ナンシーの共同体に関する考察は、死の他者性を中心に展開される。彼によれば、「共同体は他者の死のうちに開示される。共同体はそうして常に他者へと開示されている。共同体とは、常に他者によって他者のために生起するものである」(二八)。ナンシーはさらに、「分有」(フランス語原文では"partage"、英語訳では"sharing")という概念をめぐってこう説明している。

分有とは次のような事態に対応している。すなわち、共同体は私に、私の誕生と死とを呈示することによって、自我の外にある私の実存を開示するのだ。とはいえそれは、あたかも共同体が弁証法のモードや合一のモードに則って私にとって代わるような別の主体であるかのように、共同体においてあるいは共同体によって再び投じられた私の実在ではない。……共同体とは有限な存在たちの共同体であり、それ自体がそのようなものとして有限な共同体である。(四九、強調原文)

同様に、モーリス・ブランショは、ナンシーが提起する無為の共同体に応答して書かれた本の中で次のように論じている。「[コミュニケーションの基盤]とは、おのれを死にさらすこと、それも自分自身の死ではなく、他人の死に、その生々しい至近の現前そのものがすでにして永遠のものであり、いかなる喪の営みも和らげることのできない耐え難い不在であるような他人の死におのれをさらすことである」(五八)[*6]。これらの議論によれば、自己の死は自己の外部でのみ経験されうるものであり、他者の死を目撃すること、あるいは分有することが生者と死者を繫ぐ共同体を作り出すということになる。

彼らの議論を念頭に、語り手によるイズラエルの自叙伝との偶然の出会いを描く序文を再検討したい。活字を通じての生者と死者の出会いは、無名の兵士を冷酷に忘れ去る国家とはまったく異なる、共感的かつ親密な共同体を形成する契機となる。ナンシーは分有の重要性を強調しているが、この小説でも何かを共有しようとする場面がいくつか描かれている。例えばフランクリンは、イズラエルにジョーンズとベッドを共にすることを勧める。「われわれの友が、君に部屋を使わせて（share）くれるよ。ほら、イズラエル、船長を部屋に案内しなさい」（60）。しかしジョーンズは、ベッドを共にするイシュメールやクィークエグとは異なり、イズラエルの申し出を断る。するとイズラエルは残念そうに言う。「一緒に寝ましょうよ。……ほら、大きなベッドですよ。それとも、一緒に寝る相手（bed-fellow）が気にいらないんですか、船長？」（61）。一方『白鯨』では、イシュメールは親しみを込めてクィークエグを「寝床の朋友（bedfellow）」（29）と呼び、「一本のパイプと一枚の毛布を真の友とわかちあう、濃密にして秘密の心地よさを感じていた」と、他者と何かを共有することの深い喜びを記している（54）。つまるところ、『イズラエル・ポッター』の場合、何がしかを共有することは小説内では起こらず、小説世界の外部、つまり生きている読者と死んだイズラエルのあいだでのみ想像しうるものなのである。

生者と死者のあいだに遅れて到来する共同体は必然的に非対称かつ不可能なものであるが、イズラエルの倫理的寂しさはそれでもなお、そのような不可能な共同体を想像するよう読者に求めている。つまり、彼の寂しさの表出は、イズラエルという読者にとっての他者を理解するための開口部、あるいは本書の文脈で言うならば「裂け目」として機能し、読者の理解を誘っている。ここで整理するなら、この作品における他者とは、イズラエルの寂しさが向けられる対象、すなわち自分の物語に耳を傾けてくれる誰かを指すのと同時に、読者にとってのイズラエル自身をも指し示すことになる。

先述したように、語り手は序文で書き手と書かれる側の非対称な関係を指摘することで、両者のコミュニケーションの不可能性への絶望を表明しているように見える(vii)。しかし、語り手が伝記を書くという行為そのものが、死んだイズラエルとの感情的紐帯を示しているともいえる。作品冒頭から語り手は、国家から疎外された亡命者であるイズラエルを、読者と語り手が構築する共同体へと迎え入れようとする。序文で語り手は「荒廃した古い墓石」に言及し(vii)、さらにイズラエルの生誕地を紹介する箇所では「五〇年か六〇年前に、ある農夫が材木を積んだ橇に乗っていたところひっくり返り、重荷に潰されて死んだことを示す、無造作に銘が刻まれた白い石」へと読者の注意を促している(6)。これらの石に刻まれた死者は、例えば建国のために命を落とした兵士を祀るバンカーヒル記念碑などとは違い、公に記憶されたものではなく、ほとんど忘却の淵に位置している。冒頭部分から語り手は、忘却された死者の痕跡を提示することにより、国家の外部で生者が死者と出会うこと、つまり読者がイズラエルを忘却から救い出すことを暗に求めているようである。序文で語り手が述べているように、生者と死者のあいだに相互の認識は存在しないが、そうであるからこそ、読者はイズラエルの死を目撃し、ナンシーの言葉を借りれば「分有」するよう促されているのである。

生者と死者のあいだのコミュニケーションの遅さを描く本小説では、必然的に時間あるいは歴史の問題が重要となる。ここで、先ほども触れたバンカーヒル記念碑と、その建設開始を祝うダニエル・ウェブスターによる一八二五年の演説を検討してみたい。『イズラエル・ポッター』はこの記念碑への献辞で始まるが、このことからもメルヴィルは記念碑にまつわる事情に詳しかったこと、そしてウェブスターの有名な演説も知っていたことに疑いの余地はない。ウェブスターは国家の過去を振り返りながら、輝かしい未来を思い描くよう聴衆に呼びかけている。「我々の国家、国家全体、ほかならぬ国家こそが、神の祝福により、抑圧と恐怖によってではなく、知恵と平和と自由を象徴する大きく壮麗な記念碑となり、世界が賞賛の眼差しを永遠に向けることになりますように！」（Webster 179）。ここでバンカーヒル記念碑は、死者を悼む悲嘆の場所ではなく、現在の世代が過去を利用して未来を想像／創造する場所として位置づけられている。ウェブスターの演説は、国家の起源としてピルグリム・ファーザーズに言及することから始まり、国家の輝かしい未来を指し示すところで終わるが、この構成には未来への直線的な志向性が明らかである。しかし多くの批評家が示しているように、『イズラエル・ポッター』は直線的な時間性、つまりウェブスターが思い描く進歩的な歴史観の欠如を前景化しており、代わりにそれとはまったく異なる時間のありようを描いている。本作品の時間的側面について、ジョン・ヘイは説得的な議論を展開している。「ポッターは異常な時間性の中に閉じ込められている。国の他の人々が……絶えず前進している（そして西漸している）一方で、ポッターは少年時代の場所に絶えず引き戻され、放浪するという宙吊りの状態にある」（Hay 215）[*7]。バンカーヒル記念碑やウェブスターの演説が生者のために死者を讃えているのとは対照的に、メルヴィルの小説は国家の時間性の外部に位置する死者イズラエルに注意を向け、彼を悼むことを読者に求めているのである。

直線的な時間の欠如は、読者が死者イズラエルに共感するための前提を用意する。一九世紀アメリカにおける悲嘆（grief）の時間的側面について、ダナ・ルシアーノは次のように論じている。「悲嘆の痛みは、機械的で非人間的としばしば形容される新しい時間の秩序のなかでは、許容できるもの、むしろ望ましいものとして立ち現れた。それはまさに、悲嘆の時間、つまり深い感情の緩慢とした時間が、個人的で人間的で、そして親密なものとして経験される（そしてかように受け入れられる）からである」（Luciano 2）[*8]。たしかに、死者を悼むためには自身の活動をやめ、死者に意識を集中させなければならない。死者を追悼するはずのバンカーヒル記念碑は、そのような悲嘆を促すものではなく、結局のところ生者の利益のためにあるという事実にメルヴィルは批判の目を向けている。一方で語り手は生者と死者の関係を脱国家化し、私的な関係へと変容させる。ラス・カストロノヴォは、「死してなお、イズラエルはバンカーヒル記念碑に具現化された歴史の冷徹なありように疎外され、触れられないままである」と述べているが（Castronovo 147）、読者はそのような疎外からイズラエルを救い出すよう要請されているのだ。[*9] そしてまた、国家の時間性から逸脱しているからこそ、イズラエルは国家に暴力的に利用されることを免れ、私的な個人性を保つことができるのである。

この小説はさまざまな意味で時機を逸している。イズラエルのアメリカへの帰還は遅すぎ、語り手がイズラエルの物語を見つけるのも遅すぎ、読者はイズラエルと出会うのが遅すぎる。しかし本作品は、生者が死者と出会うのに遅すぎるということはない、とも告げている。本という物質的な形で保存された存在であるがゆえに、語り手はイズラエルを「救出」することができ、遅延があるからこそ、遅れて到来する共同体は直線的に未来を志向する国家的時間と同期することから逃れることができる。[*10] 国家の共同体の外部にあってこそ、共感的な共同体が想像されうるのである。

ここで再びナンシーの「無為の共同体」に立ち返り、国家による暴力的包摂を免れる個人としてのイズラエルを理解してみたい。ジェラード・ディランティが説明しているように、ナンシーが構想する共同体の概念は、「感情に関するものであり、コミュニケーションに関するものでもある。……このような共同体の捉え方は、制度や空間的な構造に固定しようとするあらゆる試みに抵抗するものである。このような理由からも、共同体は無為なものであり、決して何かに利用されたり、制度化されることはない」（Delanty 162）。[*11] つまりナンシーが提示する共同体は、国家によって制度化されたものではなく、個人同士の位相で構築される、脱制度化されたものを指す。『イズラエル・ポッター』でも、イズラエルと読者のあいだの親密性は政治的制度の外部でのみ想像しうる。生者と死者のあいだに遅ればせながら立ち現れるこの親密性は、「国家の枠組みを越える」という意味ですぐれてトランスナショナルなものなのである。

おわりに

生前に帰属すべき共同体を見つけられなかったイズラエルは、死後になってようやく、読者とのあいだに形成される共同体に迎え入れられる。語り手はイズラエルの物語を語り直し、本として出版することでこの共同体を可能にする媒介者となるが、語り手がその際、バンカーヒル記念碑のような石ではなく、紙という脆弱な物質に彼の物語を記録している点に注目したい。先ほども見たように、イズラエルの自叙伝が印刷された紙について語り手は「ぺらぺらの灰色の紙に侘しく印刷された彼の小さな冒険譚」(vii) と描写しているが、その一方で石の耐久性にも繰り返し言及している。イズラエルの故郷バークシャーを紹介する際、「この山にはどこも石がたくさんあるので、石垣の材料に使うには、木と同じようにすぐに手に入るし、はるかに耐久性がある」と語り手が述べているように(4)、作中で石は過去の痕跡の耐久性を保証する重要な物質として捉えられている。この点は、「荒廃した古い墓石」(vii)、「粗野な白い石」(6)、「苔むした抱き石」(169)、あるいは、イズラエルがロンドンを散策するときに目にする「石墓のようなアーチ」や「平らな墓石のような舗道」といった例に明らかである (159)。過去や死者を保存する材料としての石を作中を通じて強調しているにもかかわらず、語り手がイズラエルの物語を紙という物質にあえて記録するのは一体なぜであろうか。

過去と死者を国家の現在と未来のために利用するウェブスターの演説とは異なり、『イズラエル・ポッター』は過去の過去性、死者の死者性ともいうべきものに焦点を当てている。とはいえ、イズラエルの生の記録が生き残るためには紙の本が流通し続ける必要があり、そのためには読者が本を手に取り、その流通を継続させなければならない。墓石であれば、誰もそこに関心を向けず、認識せずとも長いあいだそこに存在し続けるだろう。イズラエルの物語が紙で記録されることの意味はここにある。つまり、生者と死者の共同体が可能になるためには、読者の継続的かつ能動的な反応が求められるのである。亡命者イズラエルが作中で示すみじめな寂しさは、読者の共感のみならず、彼の声を聞きそれに応答するという倫理的責任を要求する。

紙はまた、イズラエルと読者を繋ぐ親密な物質的接点を提供する。ジョナサン・センチャインは、一九世紀アメリカにおける紙に特有の親密性を探る議論において、「ぼろ（rags）」に焦点を当てて世紀半ばの製紙の工程を詳述している。「製紙工場は、路上のごみ拾いや家庭ごみの収拾屋、輸入業者など、さまざまなところからぼろ布を購入していた。製紙工場に運ばれると、布地の質、色や汚れ、強度などで選別された」（Senchyne 10）。センチャインが呼ぶところの「ぼろ紙時代（rag paper period）」における本の読者は、「紙のページを、読むものであると同時に、いかにわずかであろうと、自分が何かしら関わったであろう産業の産物であることとして認識した」のである（14）。ここからセンチャインは、彼が「紙のクィアネス」と呼ぶもの、つまり「ぼろ布に触れることで他者と無限に交信する」という物質的・身体的親密性について議論を展開している（113）。

センチャインはメルヴィルについての章を設けており、短編「独身者の楽園と乙女の地獄」（一八五五年）、さらにホーソーン宛の一八五一年の手紙を分析対象として取り上げているものの、『イズラエル・ポッター』については触れていない。しかし、実はこの小説にはぼろ着への言及が非常に多い。まず語り手は、序文でイズラエルの自伝を「たまたまぼろ屑拾いから」救出したと述懐しているし（vii）、作中でもイズラエルはしばしば「ぼろ布」を着ている（19, 24, 27, 152, 154）。加えて、イズラエルの存在はぼろ紙に印刷された自叙伝という形でほとんど紙に等しい存在として提示されており、彼はぼろの循環の中に位置している。ぼろ着をまとうイズラエルの存在が、ぼろ布を素材とする本になり、その本が語り手によって新たな本として生まれ変わり、その本に読者が触れるという循環である。さらにセンチャインによれば、ページに触れるという行為は、親密な共同体を作り出す。「一枚の紙は、何千枚ものぼろの粒子を細断、粉砕、再構成されたものであり、ぼろ布はしばしば工場の近くに住む人々の家から集められたものであるから、一枚の紙は政治的身体の具現と見なされるようになった」(34)。つまり読者はこの小説のページをめくるとき、情緒的だけでなく物質的な意味においても、遅れて到来する共同体をイズラエルとのあいだに作り上げることになるといえるだろう。

註

＊1　本作品における歴史の問題に関しての議論は、McWilliams; Rosenberg; Colatrella; Insko; Temple; Tendler を参照のこと。

＊2　『イズラエル・ポッター』批評の中で、本章と最も共鳴する議論は小椋道晃のものである。小椋はイズラエルの「クィア・アイデンティティ」(一一六)に焦点を当てながら、ナショナリティを超えたところで形成される親密性に着目している。小椋が男性登場人物間の親密性を議論の対象にしている一方で、本章の力点は彼らを包摂する、ナショナリティを超えた共同体のほうにある。

＊3　テクストの翻訳は原光訳『イスラエル・ポッター――流浪五十年』(八潮出版社、二〇〇〇年)を参照し、必要に応じて変更を加えた。

＊4　イズラエルの寂しさを考察するにあたってもう一つ有用な概念として、ジェニファー・ギャフニーのいう「政治的寂しさ(political loneliness)」が挙げられる。ギャフニーはハンナ・アレントの議論に基づきながら、現代における国家に帰属できない人々の状況を、寂しさという感情に注目しながら理論化している(Gaffney 123)。

＊5　小椋もまた、『白鯨』における個人性の融解に着目し、男性同士の友愛を論じている(一二四)。

＊6　ブランショのこの議論に基づいて、ヒーザー・ラヴはサラ・オーン・ジュエットの『とんがりモミの木の郷』(一八九六年)を、本章の議論と共鳴する形でこう論じている。「ジュエットの作品は、死の影で形成される友情の脆い時間性を描くことで、死において、死を通じて形成される共同体の可能性を探っている」(Love 95)。

＊7　『イズラエル・ポッター』の時間性に関する議論については、Insko 155–56; Irigoyen, "Form and Exile" 15; Tendler を参照のこと。また、本章における時間性に関する議論は、近年のアメリカ文学研究における時間的転回（temporal turn）に多くを負っている。トマス・M・アレン、ダナ・ルシアーノ、ロイド・プラット、エリザベス・フリーマン、シンディー・ワインスティーンらは、小説世界における直線的な時間を疑問に付して議論を行っている。時間的転回については本書第六章で詳述する。

＊8　ミッチェル・ブライトワイザーは、ウェブスターの演説に触れながら悲嘆の時間性について重要な議論を展開している（Breitweiser 33）。

＊9　キャロル・コラトレッラは、「本小説における疎外は、投獄あるいは貧困によって制限された状況といった、生きながらの死に象徴されており、また歴史の記録からほとんど抹消されるということにも象徴されている」と論じている（Colatrella 204）。

＊10　生者と死者のあいだに遅れて形成されるトランスナショナルな親密性については、『イズラエル・ポッター』の一年前に出版されたメルヴィルのスケッチ集、「エンカンタダス、あるいは魔の島々」（一八五四年）にも見られる。この作品もまた、過去を振り返りつつ未来を見据えているという点で本小説と共鳴する点が多い。この点の議論については、本書第六章を参照のこと。

＊11　ナンシーにとっての死の意味については、Fynsk xvi も参照のこと。

第三章

痕跡を書き残す――『ジョン・マーと水夫たち』における孤独の共同体

メルヴィル晩年の詩集『ジョン・マーと水夫たち』（一八八八年）の冒頭を飾る「ジョン・マー」という作品は、メルヴィルの長い作家キャリアのなかで二つの点で特異な位置を占めている。[1] 第一に、無名の語り手によって書かれた散文部分と、表題人物によって語られる詩の部分から構成されているという形式的混淆性である。[2] 第二の特徴として、主人公であるマーは元水夫であるものの、メルヴィル作品に頻繁に見られる「放浪する水夫」というモチーフとは一線を画している点が挙げられる。『タイピー』（一八四六年）や『オムー』（一八四七年）のトンモ、『マーディ』（一八四九年）のタジ、『白鯨』（一八五一年）のイシュメールなど、作品内で陸と海を自由に動き回る登場人物たちとは対照的に、ジョン・マーは「不具の傷」を負ったために開拓地での定住を余儀なくされ、「船乗りとして身につけた放浪する性質」を失うことになったとされる（*Published Poems* 195）。[3] 水夫としてのキャリアを放棄せざるをえなくなったマーは、「放浪に一区切りをつけたあと、結婚した」が、間もなく「熱病が……彼の若い妻と乳児を運び去」ってしまった（195）。このように、海という本来の居場所を失い、さらには家族も失ったマーは、悲壮な孤独を抱えた状態で読者の前に登場する。

これらの特徴を念頭に置いたうえで、本章ではマーの他者を求める感情、つまり本書がこれまで議論してきた「寂しさ」に焦点を当て、彼が過去の船員との「言葉の交わり（verbal communion）」（199）を通してどのように孤独に向き合っているのかを考察する。より具体的には、同じ詩集に収められた他の詩作品を参照しながら、マーの心理的な「空虚」（196）を埋めるために、言語——書くこと・話すこと——が果たす役割を吟味検討したい。「ジョン・マー」においては、「書く／散文」と「話す／詩」という言語をめぐる二項対立が明示的に提示されながらも、それは同時に、マーの詩的発話を書き写す語り手の存在によって脱構築されている。そして本章が最終的に目指すのは、晩年のメルヴィルがジョン・マーに似た孤独な隠遁者であったという従来の作者像の再考である。「ジョン・マー」をメルヴィルの人生に重ねて読み解くにあたって、本章ではこの作品を、一八五〇年代初頭にまで遡るメルヴィルの「郵便イメジャリー（postal imagery）」の系譜の中に位置づけてみたい。「ジョン・マー」ならびに同じ詩集に収められたその他の詩を、将来の読者に宛てた「デッドレター」として比喩的に解釈することで、まだ見ぬ読者という他者の出現を希求した晩年のメルヴィルの姿が見えてくるはずである。

生死の境界線

妻子の死後、ジョン・マーは辺境の開拓地で孤独な生活を送っている。彼の孤独は散文部分を通して接尾辞"less"の頻繁な使用によって強調されている。彼には「親族がおらず（kinless）」（195）、「ホームがなく（homeless）」（196）、そして「仲間がいない（companionless）」（197）。家族を失ったマーの喪失感は「時間の経過とともに和らいでいった」とされるが、語り手は続けて、「心の中には空虚さが残っている」とも述べている（196）。マーは周りの開拓者仲間たちとの「社会的関係を育む」ことで心の空白を埋めようとしているが（196）、結局それは叶わない。散文部分の終わりにかけて、マーは船乗りとしての過去を振り返り始める。「人は幾度も過去に立ち返らなければならない。過去というものは共同体の共通遺産でもあり、そうした過去の共有があってはじめて、人は実際に共感的な親交を深めることができるのである」（196）。そんなマーが、今の開拓生活に「何かが欠けている」と感じてしまうのも無理はない。語り手はこの「何か」を「生の花」と呼び（196）、マーが船乗り時代に経験した生の喜びを表現している。

孤独なマーは、開拓地の仲間に過去の経験を物語ることで心の空虚さを埋めようと試みる。しかし彼の話に興味を示してくれる人は見つからない。

> 孤独な水夫は、当地ではもっとも楽しげなトウモロコシの収穫の集まりで、自分の悲しみ、そして彼らの苦労を紛らわせようと努めた。そして、自分の体験談や海原の風景のことを話し始めるが、誰も聞きたがろうとしないので、すぐに黙り込んだ。そんな皮むきをしている日曜日のことだった。人に熱心に苦言を呈するタイプの年配の大工が、ジョン・マーに本音を告げた。「ここのわしらは、そうしたことはまったく知らんのだよ」と。（196–97）

隣人たちの「無反応」（197）のために沈黙に追いられたマーは、さらに孤独の奥深くへと引きこもってしまう。自分の物語に耳を傾けてもらえないマーは、前章で取り上げたジル・ストウファーの議論を想起するなら、孤独というよりはむしろ「倫理的寂しさ（ethical loneliness）」を体験しているといえるだろう。水夫時代の日々に焦がれるマーは、ついには目の前の大草原を海へと変容させてしまう。「この大草原には何時間ものあいだ、空漠とした静寂が支配した。「干上がった海底」だ、と仲間のいない船乗りのジョン・マーは独りごちた」(197)。開拓地で満足な社会的関係を築くことができないマーは、船員仲間たちとの交わりを切望する。しかし、彼らはマーの記憶の中だけに存在する無形の影としてのみ存在しているにすぎない。「影のようなお前たちは　相変わらず俺のものだ／お前らがまわりを漂う　姿も顔も見える――」(200)。

実体の代替として影を愛するという人物像は、メルヴィル作品では珍しいものではない。スケッチ「ピアザ」(一八五六年)では、山の中で一人孤独に暮らす女性マリアンナが影を愛する人物として描かれている。雲の影が犬に似ていると話すマリアンナに対し、語り手はこう問いかける。「それじゃあなたは、雲と霧しか見えないこの窓辺にずっと座っていたんですか。あなたは影を幻のように話していますが、あなたにとって、影とは本当の物のようなものなんでしょうか。……つまりあなたにとって、これらの命ない影は、生きている友人のようなものだということですか?」(11)。マリアンナが影を信じるのは、どんな仲間でも求めざるをえないほどの彼女の深い寂しさに由来している。語り手の問いかけに対して、彼女はこう説明する。「広いところにいると、ひとりぼっち(lonesome)、ひとりぼっちに感じてしまうの。もちろん、たまには外に少し出たりはするけど、すぐ戻ってきてしまう。だって、岩のそばより、暖炉のそばのほうでひとりぼっちのほうがましですから」(12)。「ジョン・マー」と同じように、「ピアザ」における寂しさは登場人物の強烈な想像力を呼び覚まし、目の前の現実を変容させてしまう役割を果たしている。しかし、マーとマリアンナの影の存在に対する態度は、似ているようではあっても究極的には異なっている。物語の最後まで空想の世界に留まるマリアンナとは違い、マーは詩の中で仲間を呼び寄せることに失敗したあと、深い幻滅を覚えているからだ。必死の呼びかけも虚しく、水夫たちはもちろん沈黙したままであり、マーは「どこへ、どこへ、商船の船乗りたちよ／逆巻く突風のなか、どこへ行く?」(200)と嘆く。マリアンナとは異なり、マーの愛は影そのものに対する盲目的な愛ではない。彼は影を、あくまで現実の代理としてのみ愛するのであり、そのような現実的な認識に根ざす彼の寂しさは、マリアンナのそれよりもいっそう痛切なものとなる。「ジョン・マー」において、現実と身体は密接に関係している。妻と赤ん坊の死による喪失感が時間の経過とともに和らぐにつれ、マーの喪失感の対象は家族から昔の水夫時代の友人たちへと移っていく。なぜ彼にとっては、亡くなった家族よりも今どこにいるか分からない船員仲間のほうが重要となるのだろうか。この問いを考察するためには、マーにとっての家族の喪失と船員のそれとを区別する必要がある。ここで参考になるのがフロイトの喪に関する議論である。フロイトは愛する対象が喪われてしまった現実を受け入れる心的過程について、こう論じている。「現実吟味は、愛する対象がもはや現存しないことを示し、いまやこの対象との結びつきからすべてのリビドーを回収せよ、という催告を公布する。……通常は、現実に対する尊重が勝利を保つ。だが、現実による指図は即座に実現することができない。この指図は時間と備給エネルギーとの多大な消費を伴って一つ一つ遂行される」（四三〇）。ここで論じられる「現実吟味」を踏まえると、マーの家族の喪失が彼の目の前で起き、それによって彼は家族の死に関して「現実吟味」を行ったといえる。「自分の手で」埋葬の儀式を済ませたあと（195）、マーは喪に服し、時間が経つにつれて徐々に心の痛みが和らいてゆく。一方、語り手が説明するように、マーの水夫時代の友人たちは、その存在を確認する手段がないために、マーにとっては生死不明の存在として亡霊のようにマーの心に根を下ろし続けているのである。

マーの友人たちがすでにこの世を去ったかどうかは確定することはできないが、だからこそ彼らはあくまで幻影のようなものとしてマーに理解される。その幻影は、深い寂しさを抱えたマーにとっては精神的な仲間となり、沈黙したままではあるものの、ついには生命を有した存在になっていく。

ジョン・マーの船乗りの仲間の皆が皆、亡くなっているはずはなかった。しかし彼にとって、かつての仲間たちはもう亡霊同然だった。環境ゆえにジョン・マーがますます昔日を回顧せざるをえなくなるにつれ、幻影たちは彼の妻子に次ぐ心の友となっていった。仲間たちは初めは朧げだったが、ついには黙してはいても生きているかのようになっていった。幻影は、人がかつて愛したいかなる者をも包む輝き、想像力の豊かな者が一緒にいたいと恋い憧れる対象を包むあの独特の輝きに照らされて、ジョン・マーの前に現れ出るようになった。(198–99)

かくして、マーの仲間たちは生と死のあいだの不確定な領域に漂い始める。彼らはすでに死んでいるかもしれず、それゆえ彼の呼びかけは無益に終わるかもしれない。マーは「彼らの沈黙を非難」し(199)、次のように呼びかけることで彼の詩が始まる。「夜の当直見張りをしてると、お前らが現れる/どうしてお前らは、ここじゃそんなに黙りこくってるのさ/俺は大昔の当直仲間だろ?」(199)。彼が呼びかける想像上の仲間たちは届かざる他者であり、その埋めがたい距離ゆえにマーの必死の呼びかけ/詩が生まれるという循環がここにある。

マーの寂しさをさらに掘り下げるうえで、本作品において「マウンド・ビルダー(mound-builders)」に何度か言及がなされている点に着目したい(195, 197)。マーが「辺境の草原」に定住したのは、ジャクソニアン・アメリカがいわゆるインディアン問題に取り組んでいた一八三八年とされ(195)、それに先立つ一八三〇年には悪名高いインディアン強制移住法が成立していた。ここでいうマウンド・ビルダーとは、マーのような白人開拓者が入植する以前に大草原に住んでいた先住民のことを指す。[*4] 大島由起子は、本作品で言及される先住民の死は、オハイオ川以北とミシシッピ川以東における先住民の抵抗勢力を鎮圧した、一八三二年のブラック・ホーク戦争の結果ではないかと推測している(「転覆のメカニズム」四九九)。

マーは、征服され、声を奪われ、墓に眠る先住民たちとのあいだに共感的な結びつきを見出していると考えられる。彼は妻と子供の亡骸をマウンド・ビルダーの墓の近くに埋葬する。「ジョン・マーは若妻と幼児を一つ棺に入れた。自分の手で。そうしたささやかな儀式で二人を土に戻した。大草原で小さな盛り土をもう一つこしらえたわけだ。その墓は、今となっては想像で呼び起こすしかない、墳墓作りで知られている人種の作った盛り土からさほど離れていないところだった。かの人種は、奇妙な蛇の形をした段丘の共同墓地に陶芸や骨を残していた」(195)。マウンド・ビルダーたちにとっての盛り土(マウンド)は死者を埋葬するためのものだった事実を踏まえれば(Blazier et al. 113; Shetrone 85–105)、その近くに自分の家族を埋葬するマーの行為は先住民への心理的近しさを示すことになる。語り手は先住民が排斥された過去について、共感をもってこう語る。「このあたり一帯の先住民の生き残りは、白人の正規軍とのあいだに最近起こった、故郷奪回と自然権を求めて戦った壊滅戦争でほぼ全滅し、赤い人はミシシッピー河からさほど遠くない荒野に追われた。――そこは当時、荒野だったが、今は州となり、地方自治体がある」(197)。ここで先住民の存在は、本来の土地を追われ、声を奪われたという点で明らかにマーの境遇に重ね合わされている。

滅びた先住民の存在は、大草原に残された「永続的な印(durable mark)」たる盛り土を通じてマーに認識されている。「芸術の香りのない世界に暮らす仕事仲間からの反応のなさ。そして、当時は機械もほとんど使わない、自然界そのものとさほど違わぬような彼らの農業。こうしたことは、ジョン・マーにとっては、今は滅亡したマウンド・ビルダーたちを除けば永続的な印(durable mark)を作ったものすらまだいないこの大草原では、自然界そのものの人間への無関心と重なった」(197)。この「印」を通じて先住民の存在を幻視するマーは、土地を追われ沈黙を強いられた彼らに共感を寄せているように思われる。先住民排除の象徴である開拓者たちが彼らの存在に思いを馳せることはないはずであり、彼らの死の痕跡を認め、さらにはそれを「永続的」と感じ取るマーは、滅亡したマウンド・ビルダーたちに強い磁力を感じているに違いない。詩人であるマーは、印を読み取る読者でもあるのだ。

このようなマーの先住民への共感は、さまざまな意味で越境的である。それは死者との繋がりを求める意味で時間を超えたものであると同時に、白人と先住民という人種的境界を超えたものでもあり、マーの他者を求める感情の強度を示している。また、「マー（Marr）」という名前が名詞「マー（mar）」と共鳴していることにも注目すべきであろう。この名詞は、「発話が阻害されること」を意味する。[*5] さらに、エリザベス・レンカーが指摘しているように、この名前は「作品テクストがその重要性を強調している「マーク（mark）」という単語と反響している」（Renker, *Strike* 124）ことも考え合わせれば、「マー」という名前は、彼の現在の沈黙の状態と、先住民の「永続的な印」を読み取るという共感的な読解を二重に示しているといえる。

沈黙は音によってのみ破ることができる。マーにとって想像上の船員たちに語りかけることは、自らの沈黙を破ることでもある。マーの発話行為が彼らの存在を復活させるためになされているのだとすれば、それは彼自身の沈黙を破り、自分の言葉を取り戻す行為でもあるだろう。この文脈において、マーが使う言葉が文章（writing）ではなく、話し言葉（speech）であることに注目したい。ここで改めて確認すべきは、「ジョン・マー」は散文と詩の両方からなる作品であり、それぞれが語り手によって書かれた散文、そしてマーによる詩に対応しているという点である。この作品は、語り手の散文によるマーの人生の説明から始まり、途中からマーの発話による詩が続く構成になっており、散文が終わり詩が始まる結節点となる段落では、「ジョン・マー」の言語は文章から発話へとゆるやかに移行する。「彼は先見の明のある者たちを呼び寄せ、彼らと言葉の交わり（verbal communion）を持とうと努力し、あるいはさらに強い幻想のもとに、彼らの沈黙を非難する」（199）。直後に続く詩を考えると、この一節の「言葉の（verbal）」という単語は、「書くこと（writing）」ではなく、『オックスフォード英語辞典』の定義の一つにあるように、「話すこと（speech）」に関係していると理解すべきであろう。[*6]

「ジョン・マー」の詩部分では、全体として音が強調されて描かれている。彼が恋い焦がれる過去の船員仲間たちは、今では声と音としてしか存在しておらず、マーの記憶の中でそれらが反響している。「あの頃のお前らは、海の闇もものにせず／やたら声を張り上げた（your voices raised）／嵐が歌う（sung）ときに打って出て／嵐をものともせず嵐用の帆をすいすい揚げながら／「人生は嵐だ――荒れようぜ」なんて怒鳴ってよ（rung）」、「音楽（music）に合わせて、ますます傲慢にかき立てられる心」、「逆巻く（roaring）突風の中、どこへ行くのか」、「今、太鼓が船尾からやかましく鳴らさないなら（dinned drum）」、「「全員起床！」のつんざく（shrill）声が／皆の睡魔に勝つこともない／ラッパ（trumps）も無駄だろう」（199–200）。一貫して読者の聴覚に訴えかけるこれらの詩行において、マーは結局のところ幻影に呼びかけているにすぎないために なんの反応も得ることができず、その呼びかけが報われることはない。詩の終わりに近づくと、マーは仲間たちの沈黙に絶望し、彼の声は静寂の中へと消えていく。作品最後の二つのスタンザでは、これまで使われてきた主語（I）が一度も登場せず、あたかもマー自身が消失するかのように描かれている。「心のこもった鼓動なら／鼓動、心臓の鼓動が皆を集める／集めるのさ。しかし手をにぎりしめて、引き止めろ／皆にメインマストの揚げ綱のところで出会うため――／お前らの唱和をまた聞くためにさ！」（200）。この締めくくりのスタンザにおいて、マーの身体は自身の「心臓の鼓動」という音へと変容していき、彼の存在自体が音へと霧散するようにしてこの作品は終わる。

『ジョン・マーと水夫たち』のポリフォニックな声

最終的にマーが音へと消失してしまうという事態は、彼のコミュニケーション行為の不毛さを示しているように見える。実際、批評家たちはマーだけでなく、本詩集に登場する（元）水兵たちによる詩のモノローグ性を強調することで、『ジョン・マーと水夫たち』におけるコミュニケーションの不可能性を指摘してきた。代表的な例として、クラーク・デイヴィスは次のように論じている。「『ジョン・マー』の話者たちが遠い世界との繋がりを見つけるために頼りにしているのは、究極的には言葉という媒体である。……彼ら水夫たちの発話は、自分たちの歴史を現在に持ち込もうとしているが、ほとんどの場合、自分のそうした欲望の不可能性を明確に自覚していることを示している」（Davis, *After the Whale* 157）。[*7] モノローグ性を強調する先行研究に対し、本章ではむしろ、これらのモノローグ的発話はポリフォニックな声の反響の中で間接的な対話へと変容している、と考えてみたい。本詩集の冒頭を飾る「ジョン・マー」、「花婿ディック」、「トム・デッドライト」、「ジャック・ロイ」という四つの詩に着目すると、これらの作品群は過去の記憶に淫する（元）水夫たちを描いているという点でテーマ的に統一されていることが見えてくる。さらなる共通項として、時間的な側面も挙げられる。マーが開拓地に入植した年が一八三八年とされていることに加え、四編のうち二編の詩のタイトルには、「花婿ディック（一八七六）」と「トム・デッドライト（一八一〇）」と、日付が付されている。ハーシェル・パーカーは、「「花婿ディック」は、おそらく執筆の日付として括弧内に一八七六年と書かれているが、一八八七年一二月四日こそが、メルヴィルがこの作品の改訂を終えた日であると思われる」と推測しているが（Parker, *Biography* 881-82）、「トム・デッドライト」に付せられている日付「一八一〇」を考えると、この推測は誤りであると言わざるをえない。「一八一〇年」が一八一九年生まれのメルヴィルが執筆した日付であるはずはないからである。とすれば、メルヴィルはこれらの日付を、それぞれの（元）水夫／詩人が詩を発話した日付として意図しているのではないだろうか。つまり、これらの詩における声は互いに時間的に分離しており、彼ら（元）水夫たちは別々の時間を生きた、関わりのない他者同士なのである。

そうした時間的な隔たりにもかかわらず、本という形式の中で並置された四つの詩はノスタルジックな回想を通じて互いに強く共鳴しているともいえる。「ジョン・マー」ではマーが行方の分からない元水夫たちに呼びかける場面が描かれているが、それに続く「花婿ディック」でも同様に、今や老齢のディックが過去の水夫時代の友人たちに想像の中で呼びかける場面が描かれる。

妻よ、あの若い男たちはどこにいるだろうか
あんなにも力強く、あんなにも陽気な、旗を掲げた彼らは？
旗を少しでも海に浸したことのない彼ら
そんな彼らはどんよりしたある日、旗を放り投げてしまったのか
あるいは、どこか遠くでボートを乗り上げてしまったのか？

(212)

「ジョン・マー」と「花婿ディック」を続けて読む読者は、マーとディックが詩的言語でもって不在の友人たちを呼び寄せるようとしている、という共通点に気づくことになる。これらの詩の並置は、マーの友人への呼びかけが、直接的にではなく、「花婿のディック」に見られるような回想を通して間接的に、ここではないどこかで応答されているかもしれないといういわずかな可能性を提示する。つまり、それぞれの詩では孤独な（元）水夫たちの声のモノローグ性が強調されているものの、彼らの声が同じ詩集内で近接して並置されていることで、その声は時間的距離を超えて互いに呼びかけあい、反響しているように見えてくる。本という物質的空間の中で、それぞれの水夫の呼びかけが他の水夫の声と響き合い、「孤独な人々の共同体（community of isolatoes）」と呼びうるものが生起する。マーは開拓地での寂しさを嘆いているが、孤独な詩人たちが互いに近接することで、彼らはある種の共同体を形成しているのだ。また、このような時間差を伴う共同体は、前章で検討した「遅れて到来する共同体」とも通底する。ここでいう「孤独な人（isolato）」という単語は、本詩集の孤独な（元）水夫たちを描写するのにまさに似つかわしい。実はこれは、『白鯨』の一節でイシュメールがピークォッド号の船員たちに言及する際に用いる造語である。イシュメールは、それぞれの船員の独立性を地理的な比喩を通じて説明する。「理由はよく分からないが、島育ち

は最上等の鯨捕りになるらしい。わたしがそう言うのは、ピークォッド号でも船員はほとんど島育ちで、しかもそれぞれが離れ島のようなものだ。彼らは人類共通の大陸などは認めず、おのれ独自の大陸に住む孤島のような人間(isolato)だからである」(121、強調原文)。ここでイシュメールは二つの単語、すなわち「疎外する(isolate)」と「島(island)」とを共鳴させつつ、個々の独立した島を「共通の大陸(continent)」と対立させている。その意味するところは、船員たちは同じ船に乗って物理的に一緒にいるが、それでも互いの個別性を保ちつつ、独立した個人として存在しているということである。この「孤島のような人/孤独な人(isolato)」という表現は、『ジョン・マー』という詩集が提示する、一緒にいながらもばらばらである――同一の詩集にまとめられながらも互いに関係がない他者同士である――という(元)水夫たちの逆説的なありようを的確に捉えている。共同体から疎外された彼らの声は、この詩集にまとめられることで、今ひとつの共同体を構築しているのだ。

この共同体はさらに、音が記憶の触媒として機能する点でテーマ的にも統一されている。先述したように、マーは過去の仲間を呼び起こす際に音に対する鋭い感受性を示しているが、それは他の(元)水夫たちにも共通している。「トム・デッドライト」では、死の床にある主人公が水夫時代に聞いた音を想像することで過去を鮮明に思い起こしている。「信号だ! 艦隊に停泊するよう流れてくる/艦長たち、トランペット、大騒ぎだ!」(215)。さらにこの詩の導入部にあたる散文部分では、語り手はデッドライトの音楽的感性に注目している。「朦朧とする意識のなかで流れる、古くから伝わる有名な水夫の唄の律動が、混濁した思考の最後のはためきを調音する」(214)。また「ジャック・ロイ」は、水夫仲間たちが歌っていたコーラスを主人公が思い出す一節から始まる。「若い世代に代々引き継がれてきた/陽気な合唱は揚げ綱では終わらない」(216)。記憶と音の関連性は「花婿ディック」に最も顕著である。ジョン・マーと同様、ディックは今では行方知らずの水夫仲間たちの沈黙に苛立ちを感じている。「妻よ、彼らはどこにいるんだ?/嵐の中のトランペット、戦いの恐怖/雷のように甲板で命令を発した/でもあいつはいまは静か（silent）で、雷も鳴り止む」（208）。この沈黙を破るため、ディックはかつて仲間たちが歌った音楽を想起しようとする。

オール・ア・タント司令官はどこだ？
下で歌っているオーロップ・ボブはどこだ？
韻を踏むネッドはどこだ？
口琴ジムは？　リゴドン・ジョーは？
ああ、音楽は終わった、
物憂げなトロンボーンをのぞいて、一団は解散してしまった！
（211）

ディックは、このスタンザ全体で押韻を繰り返すことにより、彼自身が「韻を踏むネッド」ならぬ「韻を踏むディック」になっていく。先述したように、それぞれの詩における（元）水夫たちの呼びかけは、孤独の共同体の中で他の（元）水夫／詩人たちの声と共鳴しているが、ここではさらに、彼らの呼びかけはそれぞれの詩の中で歌っている船員仲間たちへの応答としても機能している。音楽的かつ詩的な発話を通して、彼らは記憶の中で聞こえてくるコーラスに参加しようとし、結果として『ジョン・マー』という詩集にもう一つのポリフォニーを形成するのである。また、声は身体から発せられるものであり、先に論じた「ジョン・マー」における身体の不在を踏まえるなら、声を想起することはその身体の不在を埋めようとする試みとも読むことができる。

これら四つの詩の統一性をさらに考える際、それぞれの詩の発話の背後にいる語り手が果たす統合的な役割を無視することはできない。語り手の「書く」という行為がなければ、これらの声は話し手の身体の消失とともに霧散してしまうだろう。つまり発話の脆弱性を背景にして、声を書き写し、詩集という物質的形態に変化させる語り手の存在が際立ってくるのである。本章冒頭で確認したとおり、「ジョン・マー」は無名の語り手によるマーの人生の軌跡を記録する長い散文で始まるが、この構成は語り手の書き手としての立場を否が応でも強調することになる。音となって消失してしまうマーの声、さらにはそれに続く他の（元）水夫たちの声は、文字の形で残され、本の形になることで存在し続けることができる。これらの声は、時間的にも空間的にも距離があるため、互いにコミュニケーションの不可能性を運命づけられているように見えるが、文字に変換され、一冊の詩集にまとめられることによって、ポリフォニーを形成するようになる。この詩集で際立っているのは孤独な（元）水夫たちの声であるが、その声が詩集という永続的な（durable）形で読者に届くのは、その声を文字に書き写す語り手の存在あってこそである。散文と詩という形式の混淆性がこの詩集の特徴であるが、散文と詩、あるいはライティングとスピーチは対立した二項対立をなすのではなく、両者は相互補完的な関係性を成しているのである。[*8]

デッドレター、あるいは永続的な印

孤独の共同体の成立を考えるうえで、詩的発話を書き写す語り手と同様に重要になってくるのは、読者が果たす役割である。先住民が残した「永続的な印」が、共感的な読者であるジョン・マーの存在があって初めて認識されるように、読者の存在なしには文章は意味を成しえない。この文脈で、メルヴィル文学におけるデッドレターの系譜を考察したい。ある時期から、メルヴィル作品には「郵便イメジャリー」（手紙、郵便局、郵便受けなど郵便に関連するモチーフ）と呼ぶべきものが頻繁に登場することになった。メルヴィルと郵便イメジャリーの関係については本書第五章で詳しく検討するが、ここで簡単に説明しておくなら、メルヴィルは特に『白鯨』（一八五一年）と

『ピエール』(一八五二年) の批評的・商業的な失敗を経て、文学を通したコミュニケーションの可能性に不信を抱くようになり、郵便イメジャリーを用いてその不信を表現するようになったのである。[*9]

『ジョン・マーと水夫たち』にも、郵便イメジャリーへの言及をいくつか確認することができる。例えば語り手は、マーが船員仲間たちとある時期まで手紙を通じて連絡を取っていたと書いている (197)。しかし、現在住んでいる開拓地には「アクセス可能な郵便局がない」ため (198)、マーは彼らとの文通を断念せざるをえない。さらに、この土地には郵便受けがないことが強調されている。「孤独な緑の道には頑丈な棒に粗末な革製蝶番をくりつけた程度の、鳥が止まる程度の郵便受けすらなかった。つまり、開拓者が間断なく到来し始めると苔むした記念碑となる郵便受けのことだ」(198)。メルヴィルが本詩集の執筆時に郵便イメジャリーに強い関心を持っていたことは、序文の「W・C・Rへの書簡的献辞」にも見て取れる。[*10] 献辞の相手である「W・C・R」とは、W・クラーク・ラッセルというアメリカ生まれのイギリス人作家のことであり、メルヴィル文学の愛好者でもあった人物である。つまりこの詩集を開いた読者がまず目にするのは、メルヴィルのイギリス人宛の「手紙」であり、あたかもこの詩集自体が手紙であるかのように構成されているのである。

手紙や郵便のモチーフを多用する『ジョン・マーと水夫たち』は、メルヴィルが一八五〇年代から使用してきた郵便イメジャリーの系譜の中に位置している。『白鯨』の第七一章「ジェロボーム号の物語」では、死んだ男に宛てられた手紙を描写しており、このエピソードは郵便が宛先に届かないというコミュニケーションの失敗、すなわちデッドレターを描いている。

エイハブはさりげなく顔を背け、しばらくしてメイヒューに言った。「船長、いまふと本船の郵便袋のことを思い出した。思い違いでなければ、たしか貴船の航海士宛に手紙が一通あった。スターバック君、袋の中を探してくれたまえ」。どの捕鯨船もさまざまな船宛の手紙を預って出港するものだが、それが宛名の人物に届く可能性は四つの海のどこかで当の船に出会うという微々たる偶然に依存している。したがって、大抵の手紙は目的の人物に届くことはない。たとえ届いても、二年か三年、あるいはもっと先のことになる。……「なんだ、あのメイシーじゃないか、死んだ航海士の！」「可哀想なやつだ！　哀れなやつだ！　女房からとは」メイヒューはため息をついた。

(*Moby-Dick* 317–18)

このデッドレターに関するエピソードは、メルヴィル文学における郵便コミュニケーションのありようを凝縮して示している。作品を発表しては批判に晒されたメルヴィルにとって、郵便イメジャリーは、言語を通じたコミュニケーションの（不）可能性について考える手段となっていった。特にデッドレターのモチーフは、「バートルビー」はもちろん、『ピエール』、「エンカンタダス」にも登場しており、いずれの場合も読まれない／理解されない言葉がデッドレターの比喩を通じて提示されている。晩年に出版された『ジョン・マーと水夫たち』も郵便イメジャリーの点で一八五〇年代の諸作品と連続性を成していることになるが、以下で検討していきたいのは、この詩集自体を一つのデッドレターとして読むことができるのではないか、という可能性である。

一八五二年にホーソーンに宛てた手紙で、メルヴィルは「アガサの物語」という小説を書くよう先輩作家に勧めている（*Correspondence* 241）。メルヴィルは、アガサという女性のことをナンタケット訪問中に耳にしたという。アガサは、航海に出て行った水夫の夫の帰りを待つ、孤独な女性である。メルヴィルはこの実在した女性をもとに、ホーソーンが書くべき物語の骨格を素描してみせる。彼女は夫からのいつ届くとも知れない便りを待ち続け、毎日のように遠く離れた郵便受けまで通う。[*11] そしてメルヴィルはこう強調する。「かなり時間が経過したあと、アガサが若い夫の長期不在を心配するようになり、彼からの手紙を熱烈に待ち焦がれるようになったとき、郵便受けを登場させなければいけません」(236)。さらにこの郵便受けは、アガサの住まいから遠く離れた場所にある。「灯台が住まいから離れているため、普通の郵便物はその郵便受けには届きません。しかし、一マイルほど離れたところに、二つの郵便局のあいだを繋ぐ道があって、この道と灯台がある道が交差するところに、小さくて簡素な木箱が郵便受けとして立っており、それには蓋と革の蝶番がついているんです」(236)[*12]。しかし、夫からの便りが届くことはなく、彼女の献身は報われない。「彼女の希望が徐々に朽ちていくにつれ、郵便受けと小さな木箱も朽ちていきます。郵便受けは、ついには地面から朽ち果ててしまいます。ほとんど、いやまったくと言っていいほど使われないために、その周りには草が生い茂ってしまいます。ついには小さな鳥がその中に巣を作り、最後に郵便受けは地面へと朽ち落ちてしまうんです」(236)。このエピソードに象徴的なように、メルヴィルの文学的想像力においては手紙の存在よりも不在、郵便の機能よりも機能不全が強調されている。

さらに、ガラパゴス諸島を舞台にした「エンカンタダス、あるいは魔の島々」(一八五四年)という作品でも、語り手は船員が互いに連絡を取るための郵便受けについて記述しているが、その描写は「アガサの物語」や「ジョン・マー」のそれと酷似する。

> この不毛の地にあって郵便局の話をするのは非常に奇妙に思えるだろうが、しかしここには郵便局も時に見つかるのだ。郵便局とはいっても、一本の杭と瓶からできているものにすぎない。手紙は封印されるのみならず、コルク栓もされる。大抵の場合、こうした手紙は、ナンタケットの捕鯨船長たちがこのあたりを通りかかる漁船のためを思って投函するのであって、手紙の内容は捕鯨や亀獲りの成果に関するものであった。しかし往々にして何ヶ月、何年もの歳月が流れ去っても、受取人が現れないこともある。杭は腐朽して倒れ、これはどう見ても心の浮き立つ情景ではない。(*The Piazza Tales* 172)[*13]

地理的にアメリカ大陸から切り離された島々を描いた「エンカンタダス」において、届かない手紙、つまりデッドレターはその物理的な孤立感を強調することになる。手紙は船乗りたちにとって唯一のコミュニケーション手段だが、それは何より将来現れるかもしれない未知の他者に向けて書かれたものであり、読まれる保証などない潜在的なデッドレターなのである。

ここまで概観してきたメルヴィル作品における郵便イメジャリーは、おしなべてコミュニケーションの機能不全を強調している。郵便受けは朽ち果て、期待していた手紙は来ず、手紙の宛先たる読者は所在不明である。メルヴィル文学におけるデッドレターは、『白鯨』と『ピエール』の出版を経た作家にとっての、読者との「コミュニケーションの崩壊」（Thompson 409）の兆候としてこれまで理解されてきた。しかし、デッドレターはむしろ、未来の読者を求める彼の希望をこそ示しているのではないだろうか。結論を先取りすれば、デッドレターとは、コミュニケーションの不可能性ではなくわずかな可能性を示しているのである。

「バートルビー」の最後で、語り手はバートルビーがかつて配達不能郵便物局（デッドレター・オフィス）で働いていたという噂を語る。「バートルビーは首都ワシントンにある配達不能郵便物局の下級職員だったのですが、管理者が代わったことにより、突然罷免されてしまったということです。この噂を考えるとき、私は自分に襲ってきた感情をうまく表現することはできません。デッドレター！　そこには死者のような響きがないでしょうか？」（*The Piazza Tales* 45）[*14]。配達不能郵便物局はメルヴィルの架空の発明ではなく、当時ワシントンD・Cの郵便局に実際にあった部署の一つで、宛名書きがなく宛先不明などの理由で目的地に届かなかった手紙が、正当な受取人が手紙を受け取るまで一時的に保管されていた場所だった。そして、一定の時間が経過しても受取人が現れなかった場合は、最終的には焼却される運命にあった。

メルヴィルが郵便イメジャリー、特にデッドレターに興味を持ったのは、歴史家のデイヴィッド・M・ヘンキンが「郵便時代(the Postal Age)」と表現する一九世紀中葉の歴史的背景と大きく関係している。一八四五年と一八五一年の郵便法に代表される郵便制度改革により、一般のアメリカ人が郵便システムに安価にアクセスすることが可能となった(Henkin x)。「デッドレター」は今日の読者にとっては謎めいた響きがあるかもしれないが、「バートルビー」が出版された当時はそれにまつわる噂、小説、詩などが流行しており、「デッドレター文化」と呼ぶべき現象が起きていた(Furui 74–85)。一八三七年には一〇〇万通の手紙が「死亡」を宣告され、ピーク時の一八六六年にはほぼ五二〇万通の手紙が配達不能郵便物局に届いたとされる(Henkin 158–59)。

ハーシェル・パーカーは、メルヴィルによる配達不能郵便物局についての言及の出典を、一八五二年に『オールバニ・レジスター』に掲載された「デッドレター」というタイトルの記事と特定している。この記事で匿名の著者は、配達不能郵便物局について次のように述べている。「中央郵便局として知られている建物の一階には、毎日、朝から夜まで座っている一群の厳かな雰囲気で物静かな男たちがいる。彼らの義務は、生者に死への近しさを教える聖書を体現するかのような、霊安室の遺体を扱うことにあった。……「交信」を構成するすべて数多の感情、同情、表現は、ここでは生命のない、無意味なごみ屑と変容してしまっている」(qtd. in Parker, *Biography* 92)。しかし、この記事の筆者が述べているように、デッドレターは本当に「生命のない」ものなのだろうか。ヘンキンは、デッドレターは「完全に死んだわけではないが、危機的な状態にあった」という重要な指摘をしている(159)。死んだ手紙が「完全には死んでいない」のは、近い未来に受取手が現れて手紙が読まれる可能性が残されていたからである。「バートルビー」の語り手も右記の一節の筆者も、デッドレターを死と関連づけているが、メルヴィルの時代の配達不能郵便物局は死んだ手紙の墓場ではなく、未配達の手紙が一時的に保管される避難所であった。それはつまり、読者の出現如何によってデッドレターには「死」を免れる可能性が残されていたということである。となれば、「デッドレター」とは手紙の死ではなく、生死を行き来しながら読者の到来を待つ、一時的な仮死状態を指すことになる。前述の「倫理的寂しさ」を想起するなら、デッドレターはその仮死状態から救うよう、読者からの倫理的応答を誘っているのである。

『ジョン・マーと水夫たち』は一八八八年に出版され、メルヴィルが六九歳の時に出版された。海洋冒険譚を書くことで人気を博しながらも、のちに『ピエール』という野心作の失敗を経て読者を失っていった作家メルヴィルは、「誰も聞きたがろうとしないので、すぐに黙り込んだ」ジョン・マーの姿と重なり合う。ロバート・サンドバーグが指摘するように、「晩年におけるメルヴィルの感情、思考、状況は、多くの点でフィクション内のジョン・マーのそれに似ていた」(Sandberg 234)とするならば、『ジョン・マー』を伝記的に解釈することが可能だろう。つまり、孤独なメルヴィルは本詩集の(元)水夫たちに自らの姿を投影することで、彼自身が創り出した孤独の共同体に参加しているといえるのではあるまいか。

このような伝記的読解を行う際に重要となるのが、出版物に関する私的なものと公的なものの境界線である。メルヴィルは『ジョン・マー』を匿名で、かつ「私家出版」という形で二五部のみ印刷し、彼の友人や家族に配布した(Parker, "Historical Note" 544)。一八八〇年代後半には、メルヴィルはより広範な読者に向けて本を出版することが可能な経済状態にあったことを考えると(Shurr 127)、作家初期に読者の存在を渇望していた作家が、私家版という限定的形態で詩集を発表したのは驚きである。彼が私家出版を選んだ理由はいくつか考えられる。例えばG・トマス・タンセルは、『戦争詩集』(一八六六年)や『クラレル』(一八七六年)といった過去の詩集の商業的失敗に絶望していたのだろうとその原因を推察している(Tanselle 544)。さらにウィリアム・H・シャーは、「ホーソーンのような理想的な読者は二度と現れないだろう」とメルヴィルが考えていたと述べ、よき理解者を失った作家の絶望にその原因を求めている(Shurr 128)。また、メルヴィル最後の詩集『ティモレオン』(一八九一年)も

『ジョン・マー』と同じく二五部しか出版されなかったが、ダグラス・ロビラードは私家出版について、「編集者の干渉を受けることなく、本の内容を完全に管理できるという付加的な利点があった。出版社は単なる印刷屋にすぎず、著者は大きな自由を得たということになる」(Robillard, "Late Poetry" 33)と述べている。

この「私家出版」という出版形態に関して注意すべきは、『ジョン・マー』や『ティモレオン』について批評家たちがいささか無批判に用いている「私的(private)」という概念そのものである。エドガー・A・ドライデンはこの出版形態に注目して、『ジョン・マー』を「私的発言(private utterance)」と見なしている。「この本は、どうやら家族や友人のために二五部のみ印刷された私家版であり、『クラレル』(一八七六年)以上に私的で、作家自身に向けられた皮肉な芸術という印象を与える」(Dryden 326)[*15]。あるいは、パーカーは晩年二冊の詩集について、「実際には印刷され、製本されたあとに私的に配布されたものであり、「出版」されたものではない」とすら言い放つ(Parker, *Biography* 884)。しかし、メルヴィルがこの詩集を書籍の形で出版(publish)し、公(public)にしたという意味で「出版」したことはまぎれもない事実であり、彼が出版することを選んだ限り、そこに「公の読者に読まれたい」という作家の欲求を認めるほうが理にかなっているだろう。

メルヴィル晩年の詩を私的なものとして理解してきた先行批評を修正すべく、近年の批評家たちは晩年におけるメルヴィルの読者への希求を指摘している。マシュー・ジョルダーノは、「メルヴィルは晩年の詩のなかで、真剣な公の芸術家として自分を形成し続けた」と論じており(Giordano 67)、ジョン・フォードもまた、「メルヴィルは晩年そしてキャリア後期になっても、公の読者に語りかけることに専念していた」と指摘している(Ford, "Authors" 257)[*16]。これらの議論は、読者に読まれ、理解されたいというメルヴィルの欲求を認めるものであるが、ここで本章がさらに強調したいのは、デッドレターの時間を超えた性質、つまり作家の生涯を生き延び、未来の読者へ届かんとするコミュニケーションの志向性である。

自分が書いたものを「私的なもの」であれ「公的なもの」であれ、特定の形式で形に残すことは、後世の読者という、見知らぬ、そして来るべき他者に向けて「永続的な痕跡（durable mark）」を残すことにほかならない。すでに検討したように、ジョン・マーのマウンド・ビルダーに対する追慕は、絶滅に追いやられた先住民が共感的読者の記憶の中でのみ存続しうることを示唆している。実際、マウンド・ビルダーたちは死後の世界への信仰を持っていた。ヘンリー・シェトローンは、マウンド・ビルダーに関する考古学的研究の中で次のように述べている。「葬儀の儀式が忠実に執り行われていたことは……マウンドが確認される地域に、考古学的に顕著な証拠がある。……無数のマウンドにおいて、すべては死では終わらないという考えがはっきりと示されている」（Shetrone 85–86）。この理解を踏まえるなら、『ジョン・マー』を出版するにあたり、メルヴィルはいつか共感的な読者が現れ、作家としての自身の存在が活字の形で認識されることを期待し、詩集という形で比喩的な「マウンド」を作ろうとしたのではないだろうか。

パーカーによれば、『ジョン・マーと水夫たち』が出版されたのと同じ時期に、メルヴィルは遺書を書いている。「一八八八年四月下旬、メルヴィルは新しく印刷された『ジョン・マー』の二五部のうち一つに、友人ラッセルのためにサインをした。……一八八八年六月一一日にハーマン・メルヴィルは遺書を書き上げ、それに署名した」（*Biography* 894–95）。つまり本詩集を出版する時点で、メルヴィルは自分の人生の終わりを予感していたことになる。この作品は、ある種の遺書として、あるいは本論の文脈で言えば「デッドレター」そして「永続的な印」として意図されたと考えることができる。いつか誰かに読まれるかもしれないし、読まれないかもしれないというコミュニケーションの不確実性は、不可能性とは同じではない。不確実性にはわずかな可能性が残されており、その成否は読者の応答に委ねられている。

とはいえ、『ジョン・マー』を特徴づける時間はもちろん未来だけではない。足の不自由なマーは、メルヴィルの過去作に登場するトンモとエイハブ船長を想起させるし、一八五〇年代に積極的に使用していた郵便イメジャリーを使用することで、メルヴィルは自身の長い執筆キャリアを振り返っていたといえる。また、サンドバーグは、「何年も前、場合によっては数十年前に書かれた詩や詩行を再び使うことで、メルヴィルはついにそれらの一部を『ジョン・マーと水夫たち』で出版することができた」と述べている（246）。[*17] さらにメルヴィルは、本詩集の二五部を身近な友人や家族、さらにはイギリスにいる自身の愛読者に送ることで、いまその時点で読まれることも切望していた。[*18] このように『ジョン・マー』という詩集は、過去、現在、未来という異なる時間性を同時に胚胎している。

しかしそれでも、本章の文脈で最も重要となるのは未来への志向性である。年老いた作家メルヴィルは、詩集という形で自らの「永続的な印（durable mark）」を刻んだといえるが、「永続的、一過性ではなく恒久的」という意味の形容詞“durable”には、未来への意識が色濃く刻印されている。[*19] メルヴィルのこの詩集は、身近な読者たちのためだけではなく、不確実な他者の到来に向けられているのである。前章で検討した「遅れて到来する共同体」にせよ、本章の「孤独の共同体」にせよ、それらの共同体は、作品内の登場人物、そして彼らとは違う時間を生きる読者によって構築される。これらの共同体の形成において鍵となるのは、読者の倫理的応答である。世界から打ち捨てられてしまった登場人物たちを前にしたとき、彼らの孤独な声に耳を傾けるのか、それともマーの周りの開拓者たちのように無関心でいるのか。メルヴィル作品を読むとき、読者にはそうした倫理的態度が否応なく問われてしまうのである。

註

＊1　過去三〇年のメルヴィルの詩に関する重要な研究については、特に Bryant（1996）; Dryden; Robillard（1998）; Spengemann（1999, 2010）; Renker（1996, 2000, 2014）; Giordano; Marrs; Marovitz を参照のこと。

＊2　この散文と詩の組み合わせはメルヴィルの遺作『ビリー・バッド』を彷彿とさせるものである。この中編小説のほとんどは散文で書かれていながらも、最後は処刑寸前のビリーの心情を謳ったバラッドで締めくくられている。ロバート・サンドバーグは、メルヴィル晩年の作品における散文と詩の混在について詳細な議論をしている。Robillard, "Introduction" 26も参照のこと。

＊3　「ジョン・マー」の翻訳は大島由起子訳「ハーマン・メルヴィル作「ジョン・マー」試訳」(『福岡大学人文論叢』第三七巻第四号、二〇〇六年)を参照し、必要に応じて変更を加えた。「ジョン・マー」以外の詩については拙訳。

＊4　「ジョン・マー」における先住民表象に関しては、大島「転覆のメカニズム」四九八―五〇八を参照のこと。

＊5　*Oxford English Dictionary*, 2nd ed., s.v. "mar."

＊6　*Oxford English Dictionary*, 2nd ed., s.v. "verbal."

＊7　同様の評価は、Robillard, "Theme and Structure" 200; Shurr 128; Stein 20にも見られる。

＊8　語り手は書き写す書き手としてだけでなく、これらの詩を配置する編集者としても見なすことができる。

＊9　『ピエール』におけるデッドレターについては、本書第五章で詳細に議論する。

＊10　ドライデンはこの手紙的献辞に触れながら、メルヴィルは公の読者ではなく少数の個人的読者を想定して書いていたと論じている(331)。この献辞に関するさらなる詳細な議論に関しては、Ford, "Melville's Late Biographical Aversions"を参照のこと。

＊11　リン・ホースによれば、メルヴィルは「アガサの物語」を、原稿が現存していない『十字架の島(*The Isle of the Cross*)』に収録したとしている(Horth 241)。

＊12　この一節における「革の蝶番(A leather hinge)」は、「ジョン・マー」で郵便受けの描写に使用される「革の蝶番(leathern hinges)」と呼応している(198)。

＊13　テクストの翻訳は杉浦銀策訳『乙女たちの地獄――H・メルヴィル中短編集Ⅱ』(国書刊行会、一九八三年)を参照した。

＊14　テクストの翻訳は牧野有通訳『書記バートルビー／漂流船』(光文社古典新訳文庫、二〇一五年)を参照した。

＊15　ジョルダーノはドライデンの見解に対して説得的な反論を加えている(Giordano 66)。

＊16　貞廣真紀は、晩年のメルヴィルのアメリカのみならずイギリスの愛読者たちとの交流に焦点を当て、彼の「公(public)」への意識を強調している（四三―六九）。

＊17　A・ロバート・リーもまた、本作品における記憶の問題を論じている（Lee 104-24）。

＊18　メルヴィルは二部を自分の作品の愛読者であったイギリス人、ジェイムズ・ビルソンに送っている（Giordano 68; Parker, *Biography* 896）。

＊19　*Oxford English Dictionary*, 2nd ed., s.v. "durable."

第二部

他者を見つける——不気味な自己像

第四章

他者を貫く——『タイピー』における個人と共同体

メルヴィルは他者表象を「深さ」に関係づけた作家である。それは例えば、『白鯨』や「バートルビー」などの作品に顕著に認められる。『白鯨』では、圧倒的他者である白鯨が海の奥深くに潜在することにより、人間には到達できない不可知な（inscrutable）他者性を強く帯びることとなる。つまり、深さとは物理的な状態以上に、深みを覗こうとする側の認識論的問題なのである。第三六章「後甲板」で、エイハブはスターバックに向かって、表面に現れ出て目に見えるものに対する疑念を呈する。「あらゆる目に見えるものは、いいか、ボール紙の仮面にすぎん。……人間、何かをぶちこわそうというのなら、仮面をこそぶちこわせ！」（*Moby-Dick* 140）。これに対しスターバックは「わたしがここにおりますのは、鯨をとるためでして、船長の復讐に手を貸すためではありません」と意見するが、エイハブは「もう少し深いところ（a little lower layer）」を見なければいけないと言って、単なる商業的な対象としてしか鯨を認識せず、表面的な価値しか認めないスターバックに深みを覗くように促す（139）。事実、白鯨というエイハブにとっての他者は、最終的に彼の眼前に「海の奥底から（from the furthest depths）」現れる（415）。さらに、エイハブは自身が放った銛を繋ぐ綱に首を絡め取られ、白鯨によって海の奥底へと引き摺り込まれて死んでしまう（"disappeared in its depths"）（426）。[*1] さらに、この他者と深さという組み合わせは「バートルビー」でも顕著である。本書第八章でも論じるとおり、語り手はバートルビーが不在の際に彼の机に注意を向け、そこに謎めいたバートルビーの秘密の内面が隠されていると思い、引き出しを勝手に開けてしまう。ここで重要なのは、机の引き出しが「奥まった場所（deep recesses）」として描かれている点である（*The Piazza Tales* 28）。つまりバートルビーの内面は、手の届かない奥深くに潜んでいる。このように、メルヴィル作品における不可知な他者とは、しばしば「深さ」という空間表現を通じて提示されているのである。

これまでもメルヴィル文学における深さの表象は関心を集めてきたが、その議論はほとんど『白鯨』に集中してきた。例えば『表面と深さ』の著者マイケル・T・ギルモアは、海の深みに位置する白鯨は、「エイハブを苦しめる「名付けえないもの」、「隠されたもの」、「不可知なもの」を示す」と論じている（Gilmore 9）。[*2] しかし本章では、他者表象と深さという問題系がメルヴィルのデビュー作『タイピー』（一八四六年）にも明らかであり、彼のキャリアにおけるこの問題意識は本作に起源を持つことを紐解いていきたい。しかしこの作品では、のちのメルヴィルの作品群が行うように「深さ」そのものを提示しているのではなく、むしろ「深さの欠如」を強調している。ここでいう深さの欠如とはつまり、主人公トンモの、タイピー族という彼にとっての他者に対する関わりの度合いを指す。他者との関係において、先述したエイハブ船長とトンモは好対照を成すと考えられる。エイハブは白鯨という他者を求めて深みに潜り込んだ結果、自らを死に追いやってしまったが、一方のトンモは他者に深入りすることを周到に避けることで自らを救った、といえるからである。トンモはタイピー族の秘密に深く分け入ろうとする強い欲望を持ちつつ、同時にそうすることを無意識に拒否してしまっている。その意味で、『タイピー』における深さの欠如はトンモの内面の浅さを意味するのではなく、彼の心理の深層に関係している。

トンモとエイハブが好対照を成す、と述べたが、その一方で『タイピー』と『白鯨』の両作品は、「他者を知ることの危険」という同じテーマを扱っている点で共通している。メルヴィル批評史では、これまで両作品をカニバリズムや海洋冒険譚といった視点から比較する試みは多くなされてきたものの、トンモとエイハブという二人の登場人物を比較する読解はほとんど行われてこなかった。[*3] そこで本章で検討したい一つの仮説は、エイハブとトンモは鏡映しのように存在しており、エイハブの原型はトンモに見出すことができるのではないか、というものである。また、深さに関する考察は、トンモの個人と共同体で引き裂かれるさまを照射する。トンモのタイピー族への興味そして深みへ達することの拒否は、彼の共同体への帰属意識と連動している。共同体における個人というテーマは、『白鯨』における船員たちの友愛関係、それと対照的に立ち現れるエイハブ船長の個人主義に引き継がれるものであり、デビュー作『タイピー』の深さをめぐる読解は、メルヴィルという作家がキャリアを通じて取り組むことになるさまざまなテーマの一貫性を裏付けることになるだろう。なかでも本章で明らかにしたいのは、タイピー族という人種的他者に惹きつけられながらも、その共同体に同一化できず、かといってアメリカという祖国にも同一化しきれない孤独な個人としてのトンモの姿である。タイピー族という他者との邂逅は、トンモがつまるところ、どの共同体にも帰属できない自己の姿を明るみに出す。その意味で、タイピー族という人種的他者は、トンモ自身が気づいていなかった自己の他者性へと通じているのである。

茂みを貫く

『タイピー』という作品は、トンモと彼にとっての他者であるタイピー族との深くも浅い関わり合いを描くわけであるが、彼はタイピー族と出会う前に、まず地理的な深みを通り抜けなければならない。捕鯨船ドリー号から脱走したトンモと相棒トビーの二人は、ヌクヒヴァ島の森の深みに分け入ってゆくことで、最終的にタイピー族の集落に到着する。二人の旅の始まりを描いた一節で、トンモは「広い森の奥（depths of an extensive grove）」へ進んでゆく冒険者として描かれる（*Typee* 36–37）[*4]。その後も、二人は地理的深みへ身を投じることを繰り返しながらタイピー族の集落へと近づいていく。そして最終的には、「ほとんど貫通できない茂み（an almost impenetrable thicket）」を抜けた先に（66）、タイピー族と思しき少年と少女に遭遇する。「密生した群葉に部分的に隠された二つの人影がちらりと目に映った。彼らはぴったりと身を寄せて立っていて、微動だにしていなかった。彼らは前もってわれわれに気づき、見つからないように森の深み（the depths of the wood）へ入っていったに違いなかった」（68）。トンモとトビーは彼らを追い、森の奥深くに立ち入ることでタイピー族の集落に期せずして侵入することになる。のちほど詳しく見るが、本章ではこの「貫通できない茂み（impenetrable thicket）」なる表現で使われている「貫く（penetrate）」という単語が重要なキーワードとなる。結論を先取りすれば、トンモにとって、タイピー族とはまさにこの「貫通できない茂み」なのであり、彼は他者を貫く欲望と貫かれることの恐怖のあいだで葛藤することになる。ドリー号がヌクヒヴァ島に停泊する前から、トンモは「抗しがたい好奇心」に駆られ、「異教の儀式に人身御供……といった珍しい異様な様相」を見たいという他者を知ることへの欲望を抱いていた（5）。ここまで見たように、トンモたちは深い茂み、あるいは深い谷の先に隠されたものを知りたいという欲求に駆られ、やがてタイピー族と出会うことになる。つまりタイピー族と出会う前から、彼らの捉えがたい他者性と、地理的・空間的な深さが作品内で結びつけられているのである。

かくしてトンモは深みに分け入ることでタイピー族の内部へとたどり着くわけだが、認識のレベルでの彼のタイピー族理解は表層に留まるもので、あくまで「見た目」からの判断に基づいている。その証拠に、彼がこの部族に関するなんらかの判断をする際には「見える（seem, appear）」という表現が頻出する。「あらゆるタイピー人のあいだには、心配事、悲しみ、諍い、あるいは苛立ちの種がまったくないようだった（seemed）。……この絶えざる幸せは、私が判断できる限りでは谷間全体に広く行きわたっていたようだった（appeared）」（126–27）[*5]。トンモは実際にタイピー族の中で暮らしたインサイダーとしての認識を読者に対して示しつつ、あくまで一時的な逗留者、あるいはアウトサイダーとしての視線をタイピー族に投げかけ、対象との距離を強調している。つまり、インサイダーでもありアウトサイダーでもある、という中途半端な状況に身を置いている。もちろん、噂に聞いていた「極めて残忍なタイピー族」とは違う、内部に入ってみないと分からない彼らの姿を実際に目の当たりにすることになるのだが、やはりそれでも、タイピー族はトンモにとっては理解しえない他者であり続ける。トンモ自身も、タイピー族に関して「彼らのすべてを見ているけども、私は何一つ理解できていない」と認めているが（177）、彼らの表層、しかもそのごく一部しか捉えられていないのが実情である。

　トンモの認識の深さの欠如は、タイピー族のカニバリズム、つまり食人行為に関する描写に最も如実に表れている。トンモは彼らがカニバリズムを行っていることを示唆する手がかりを見つけるものの、そのたびに不完全な証拠しか目にすることができず、彼の視野と理解は限定を余儀なくされる。例えば、ある日マーヒーヨの家で寝転がっていると、トンモの目は「横たわっている場所の頭上のごく近くにある三つの包み」に惹きつけられる（232）。さらに、ある日マーヒーヨの家に戻ってくると、マーヒーヨとコリコリらが、「謎めいた一連の包み」を物色しているのを偶然見つける。「秘密を突き止めたい（penetrate the secret）という抑えがたい欲望」に駆られたトンモは、強引にその輪の中に割って入る。「車座の真ん中へ押し入ると（forced my way into）、辛うじて人間の頭骨が三つ、目に映った（caught a glimpse）。それらを仲間内のほかの者たちは、ほどいた布地で急いで隠そうとしている最中だった」（232）。さらにトンモは、頭の一つは「白人の頭骨だった」と述べ、こう結論づける。「それはそそくさと私の目の前から隠されたが、垣間見た（glimpse）だけで間違いようはないと確信するに十分だった」（233）。これら一連の場面で、カニバリズムの証拠を目撃したと言いつつ、トンモは「垣間見る（glimpse）」という単語を使うことであくまで留保をもって語っており、隠された覆いの向こう側、深みを見ることができていない。さらにこの引用箇所では、先ほども触れた「貫通する（penetrate）」という単語が、物理的に「分け入る（force into）」行為と相まって、認識的に深いところを理解するという意味で使われている（もちろん、実際に理解できているかどうかは別問題である）。

さらにもう一つの例を挙げるならば、ある日、タイピー族の戦士たちが敵対するハーパー族との戦いを終えて村に帰ってくるが、このときトンモは、彼らが覆いのついた荷物を運んでいることに気づく。「四人の男が、八ないし十フィートの間隔を置いて縦に並び、ほぼ同じ長さの棒を二人ずつ肩で担いでいて、それぞれの棒に樹皮の紐で長細い包みが三つ縛りつけてあって、いずれも抜き取ったばかりのヤシの葉でしっかり包まれ、竹の裂片で束ねられていた」（235）。トンモはその場を離れるように命じられるが、「原住民たちは独特の習慣に基づいて何か不気味な祝いをこれから始めるところで、それには私を列席させてはならないと決めているのだ」と想像する（236）。儀式が終わったころ、トンモは同じ場所を再び訪れるが、彼は「珍しい彫刻を施された木製のある容器」を見つけ、そこに隠された秘密を覗こうとする。「好奇心を駆り立てられ、我慢しかねて通りがかりに蓋の一方の端を持ち上げた。……その一瞥（the slight glimpse）で十分だった。私の目は、一人の人間の遺骸の散乱している部位をとらえていた」。トンモの行動に気づいたコリコリは、トンモの疑念を振り払おうと、それは「ブタだ」と叫ぶ（238）。

トンモはコリコリの説明を聞き入れるふりをするが、カニバリズムの決定的証拠を目撃したと思い、恐怖に震える。彼自身も、いつカニバリズムの対象となってもおかしくないからである。ただ、確信したといっても、トンモはやはり本当の意味で自分が見たものを理解できていない。彼は次のような留保を伴った表現で、自分が目撃したものの意味を結論づけている。「あらゆることが、現に執り行われている祭りの性格にまつわる私のさまざまな疑いの正当性を裏付けていた。いまや疑問の余地はほぼなかった（almost to a certainty）」（237）。隠された真相を「一瞥（glimpse）」しかできないトンモは、やはり究極的にはその真相から遠い位置にいる。この点で、本作品の副題が「ポリネシアの生活の一瞥（A Peep at Polynesian Life）」となっているのは示唆的である。「一瞥（peep）」という単語を使ううえでは、「〜への一瞥（peep into）」という違う前置詞を使うこともできるはずだが、このタイトルからは、トンモの認識があくまで“at”、つまり物事の表面にしか触れられないということが窺われる。トンモは結局、タイピー族の深い秘密にはたどり着けず、表層的な一瞥しか得られない。『白鯨』におけるエイハブ船長が深く読みすぎる人物であるならば、トンモは深く読めない人物として捉えられる。すべてはトンモの目の前にあるのだが、彼はその可視的な表面の向こう側を貫くことができないのである。タイピー族は目の前にいながらも、彼にとっては「貫通できない茂み」として存在し続ける。

ここで議論をメルヴィル作品一般に敷衍すると、彼の作品群では、読者にとって他者性を象徴する登場人物たちは、しばしば沈黙することによって読者に圧倒的な理解不可能性を突きつける。それは先述した白鯨、バートルビー、そしてのちに本書で議論する「ベニト・セレノ」（一八五五年）における黒人の反逆者バボ、『信用詐欺師』（一八五七年）の冒頭に登場するブラック・ギニーらの沈黙に明らかである。「ベニト・セレノ」では、白人によって捕らえられたバボがなんの弁明もせず黙って処刑を迎え、そして『信用詐欺師』では、障害を負っているブラック・ギニーという人物が人々の嘲りに耐えながら物乞いをし、「秘密の感情（secret emotions）」を黙って飲み込む（*The Confidence-Man* 11）。本書第四部で議論するように、沈黙に閉ざされて見える彼らの他者性には、わずかな「裂け目」がテクスト上に周到に用意されており、読者はその裂け目から他者の「秘密の感情」を理解することを促されている。しかし、メルヴィルの第一作『タイピー』では、まさにこの裂け目がトンモの目の前に提示されているにもかかわらず、彼はその裂け目の向こう側を見ることができないだけではなく、積極的に見ようとしていないように思われる。

翻ってタイピー族側の視点に注目してみると、彼らはトンモにどう見られるか、どう読まれるかという点に非常に自覚的で、トンモの読解行為を巧みに阻害することで自分たちのカニバリズムを巧妙に隠そうとしている。読む・読まれるという主客の関係性において、トンモは常にタイピー族が提示する何かの表面、いうなればテクストを読もうとする読者に見えるが、実のところトンモは読まれるテクストであり、タイピー族は彼をまなざす読者なのである。その証拠に、トンモはタイピー族の集落に到着したそのときから彼らの好奇の視線、あるいは監視の視線にさらされている。「いまだかつて、これほど異様な一途の眼差しに見つめられた経験はなかった。その視線は彼の胸中をまったく窺わせず、私の心を読みとっている（reading）ように思えた」（71）。一方、タイピー族の顔は刺青に覆われ、読解不可能なテクストとして提示されている。例えばトンモの付き人ともいえるコリコリの顔は「刑務所の格子窓の向こう側にある」と表現されており（83）、トンモにとって不気味な他者性を帯びている。タイピー族とは、常にトンモの目の前に存在しながら、彼が知覚できる範囲の向こう側におり、その暗がりからトンモを常に注意深く見返しているといえる。その点で、この作品ではまさに「語り手として見る側と見られる側が反転」しているのだ（竹内一二六）。

ここまで、トンモの認識が表層的な見た目に留まると論じてきたが、かといって見た目が重要でないわけではない。例えば、トンモはタイピー族の服をまとうことで、彼らの文化に同化する姿勢を見せる。当初は、「私はタイピーの衣服を余儀なく着ることになった」（121）と不平をもらしていたトンモであるが、その後、「自分を飾り立てる（appearance）何かの方法を考えようと少なからず頭を悩ました。……自分の力の及ぶ範囲でと心に決めた。その上、彼らの身なりを真似ると原住民が一番喜ぶことをわきまえていた」（161）と言って、積極的にタイピー族の習俗に馴染もうとする。しかし、トンモはのちに顔に入れ墨を入れることを求められ、刺青彫り師に追いかけられるようになるが、この要求を彼は必死に拒否する。「間が悪ければあのようにして変形させられ、たとえ故国へ帰る機会に恵まれても、同胞の前に出る顔を失いかねないのだと信じていた」(219)。服も刺青も、同じ見た目の問題ではあるが、一番の違いは、服は簡単に脱ぎ去ることができるのに対し、刺青は消去できない痕跡となる点にある。[*6] その意味で、服は「表層的な見た目 (surface appearance)」、刺青は「深さを伴った見た目 (deep appearance)」と呼ぶことができるだろう。この深さをめぐる違いは時間の問題と関わってくる。つまり、いずれタイピー族の元を離れようと考えているトンモにとって、服装という簡単に着脱可能なものとは違い、消去不能な痕跡を身体の表面に残すことは、故郷へ戻る際の大きな障壁となってしまうのである。彼は右記の一節で、刺青を入れてしまったら自分の故郷へ帰る顔がなくなる、と言っており、あくまでこの集落に留まるのは一時的なものであることを強調している。[*7]

トンモは、深みにいる不可知な他者であるタイピー族に魅了され、それを捉え損ねるという点で、深みに隠れている白鯨を捉えようとして失敗するエイハブ船長に似ている。トンモはタイピー族に疑いの目を向ける。「ひょっとすると、一通り真っ当な外観の下に (beneath these fair appearances) 島民たちは二心ある意図を隠していて、われわれに対する親しげな応接は何か身の毛のよだつような破局の序奏ではないか?」(76)。しかし、両者には決定的な違いがある。エイハブは身を賭してその他者を知ろうと試み、その深みに飲み込まれてしまった一方、トンモはあくまで深く潜りすぎず、中途半端な状況に留まり続ける。トンモは恐怖の深みに潜るのではなく、あくまで恐怖の表層に位置するのだ。彼はタイピー族への恐怖をこう表現する。「にこやかな笑顔の下に隠されている殺意に襲われかねない残酷の死の領域外に、わが身を置きたいとしきりに思った」(97)。

ここで浮上する疑問がある。トンモのタイピー族に対する理解が表層的なままなのは、すでに見たようにタイピー族がトンモから秘密を守ろうとしており、彼らがトンモの理解を阻んでいるからなのであろうか。もちろんそれも一因ではあるだろう。しかし本章では、その理由をトンモが実は「タイピー族のことを深く知ろうとしたくない」からであり、あくまでトンモの側の問題であると仮定し、以下の議論を進めていきたい。

深さを貫く

「タイピー族を深く知ろうとしない」トンモの深層心理を考えるうえで、これまでも幾度か触れてきた「貫く(penetrate)」という、この作品で繰り返される単語が重要となる。先ほど、作品冒頭でトンモたちが茂みや谷の深さに分け入る場面を考察したが、これらの行為は繰り返し「貫く(penetrate)」という単語で表現されている。「口を開けている亀裂ごとに谷底まで潜り込まねばならないし(penetrate)、引き続き眼前の頂を一つずつ登らねばならなかった。……足許に黒々と口を開けている谷間を走破してきた(penetrate)のだ、とはにわかには信じられなかった」(53, 54)。さらにトンモたちは「男らしく(manfully)」いくつもの茂みや森を分け入って、タイピー族の集落へと迷い込んでいく(67)。そして村に到着したあと、トンモは「われわれが彼らの領域のこんな奥地まで入り込んだ(penetrated thus far back into)最初の白人だ、と私はなんの疑いも持っていなかった」と誇らしげに言う(74)。さらにトンモはこの単語を地理的な移動だけではなく、「理解する」という比喩的な意味でも使用している。タイピー族のある人物の発言の意味を探る一節で、トンモは「その真意をとらえる(penetrate)ために私はさんざん思いをめぐらせた」(173)と述べている。このように、トンモが地理的・認識論的にタイピー族の中に入っていくためには、彼の男性的かつ暴力的な貫通が必要とされる。*8 実際、茂みを貫くには「暴力的な運動(violent exercise)」が必要であるとも描写されている(38)。

もちろん、「貫く（penetrate）」という動詞には、「女性器に男性器を挿入する」という性的な意味があることに注意しなければいけない。ここで、作品内ではトンモが「性的貫通」を行っていない、あるいは行っているということが明示されない、という点に着目したい。彼がタイピー族の村落に到着してまもなく、彼らから過剰ともいえる歓待を受けるが、その最たる例は、ファヤウェイという美女がトンモにあてがわれることだろう。これはタイピー族という共同体がトンモの不安を取り除き、村に留まらせようとする奸計の一部として捉えることができる。トンモはファヤウェイに感じる性的魅力について、こう熱弁する。

唇はふっくらとしていて、微笑んでほころぶと眩いばかりに白い歯がこぼれ、陽気さに駆られて薔薇色の口がはじけると、谷間の果実で二つに裂けている〈アルタ〉の乳白色の種さながらに、歯が上下の赤く瑞々しい歯髄に収まって並んでいる。……この若い女性の肌は沐浴と柔和用軟膏の常用によって信じられないほど滑らかで柔らかかった。……ファヤウェイはタイピーで出会った女性では議論の余地などのない最高の美人である。（85, 87）

このように強い性的魅力を感じているにもかかわらず、不思議とトンモはファヤウェイを神秘化するに留まり、彼女となんらかの性的行為に及んでいるかどうかについては何も言及しない。彼女に対してだけではなく、トンモは作品を通して、あらゆる女性とも性行為に関わろうとはせず、あくまで傍観者でいようとしている。その一方、トンモ以外の人物による性行為は作品中で何回か明示的に描写されている。例えば、捕鯨船の船員たちとヌクヒヴァ島の女性たちとの乱行行為が挙げられる。船が島に近づくとき、現地の女性たちの歓迎を受けたことについてトンモは陶然と振り返る。「われわれ独り者の船乗りにとって、なんたる素晴らしい眺めだったことか！　これほど強烈な誘惑をどうして避けられよう？　眼前の天衣無縫な娘たちを船外へほうり出すなんて、誰が考えつこう？」

(15)。しかし、トンモはその後の船上での乱行行為からは距離を置いて語る。「われわれの船は、いまやあらゆる種類の騒擾と放蕩に支配された。船員たちの俗なる欲望とその無制限の成就のあいだには、なんの障害もなかった。最もおぞましい好色と恥ずべき酩酊がそこにはあった。……このような有害な影響にさらされる野蛮人たちの哀れなことよ！」(15)。さらにトンモは、タイピー族の首長メヘヴィが一五歳の少年とともに若い女性と性行為に及ぶ場面に遭遇している。「ときおり私は、少年と族長が同時に彼女を愛しんでいるところを目撃した」(190)[*9]。

本作品内の露骨な性描写と、トンモのファヤウェイに対して感じている性的魅力を考慮するなら、彼自身の性行為が間接的にも描かれないのはいささか驚きともいえる。もちろん、性行為を描写することは当時の道徳規範と出版事情では許されなかったという反論も可能であろう。しかし、メルヴィルがトンモの性行為を描けなかったのではなく、トンモが性行為に至ることができなかったと考えることもできる。トンモは、ファヤウェイと関係を持てばタイピー族の共同体に取り込まれてしまうという恐怖に常に脅かされているのではないだろうか。ファヤウェイを性的に貫くことは、トンモが望んでいたようにタイピー族の深層を貫いてしまうことと同義だからである。ジョン・サムソンによれば、「トンモ」とはマルケサスの言語で「何かの中に入る」という意味の動詞を指す（Samson 281)。事実、部族側もトンモがファヤウェイと懇意になるように、トンモの求めに応じてタブーを解除するという特別措置を講じ、二人の親密さを促進しようとする。「タイピーの神官階級が今回の一件と自分たちの良心との折り合いをどうつけたのか、私は知らない。しかし折り合いがつき、タブーのこの部分からファヤウェイを除外することがついに実現した」(133)。タイピー族からすれば、トンモとファヤウェイを性的に結合させ、結果的にはファヤウェイに子供を孕ませることによって、トンモを共同体の中に絡め取ろうとしていることになる。このように、トンモとファヤウェイの私的関係性は、必然的に公的な意味を帯びざるをえない。ファヤウェイが個人として存在しているのではなく、あくまで共同体の一部として自分に差し出されていることはトンモ自身も気づいており、だからこそ彼女を貫くことができないのである。

従来、トンモの足の怪我は彼の性的不能の象徴として解釈されてきた。それは例えば、「トンモの病は、性的罪悪感、抑圧、不能を含む内的葛藤を示唆している」といった解釈に代表される（Marx 284）。事実、トンモは足の怪我によって「男性性が奪われた（unmanned）」と繰り返し述べている（46, 232）。しかし、これは単純に彼の男性性の欠損だけではなく、タイピー族に取り込まれたくないという彼の心理的拒否の表出としても捉えられるはずだ。つまり、彼は性的男性性を否が応でも抑圧せざるをえないのである。トンモはタイピー族における結婚という習慣の存在についてこう述べる。「総じてタイピー族に見られる結婚生活は、未開社会に認められる慣例より明確な形を取っているし長続きしている（enduring）ようである」（192）。トンモはここで、タイピー族にとって結婚の絆は「長続きする（enduring）」と述べているが、これは刺青に関連して先ほど考察した時間の問題とつながる。トンモはあくまで一時的な逗留者としてタイピー族の中にいるのであり、彼らと「長続きする」関係性は構築したくはない。ファヤウェイと性交渉を持つことは、部族社会の中に半ば永続的に取り込まれる可能性を意味するのであり、彼自身もその意味をよく理解しているはずである。そもそもトンモは、船上での労働契約による隷属状態に嫌気がさしてタイピー族の中へと結果的に逃げ込んできたわけだが、そこで見出したのは違う形での隷属状態の可能性であった。[*10]「貫通できない茂み」というフレーズをここで想起するならば、該当箇所では「ほとんど貫通できない茂み（an almost impenetrable thicket）」（66）と書かれており、「ほとんど（an almost）」という留保がつけられている。つまり、意思さえあれば貫通できる可能性が提示されているのである。先ほど、メルヴィル作品における他者性にはわずかな裂け目が用意されていると述べたが、その議論を『タイピー』に適用するならば、ファヤウェイの女性器がその「ほとんど貫通できない茂み」、あるいは他者性の裂け目を性的に象徴するのであり、トンモはその性的な裂け目を貫き、他者に到達することができないのである。

個人としていかに魅力的であろうとも、ファヤウェイはタイピー族という共同体の一部を成す。この点に関してワイ・チー・ディモックは、「ファヤウェイは自身が不可侵の一部であるところの、共同体の全体性と分かち難く結びついている」（Dimock, "Typee" 32）と指摘している。[*11] 脱個人化され、共同体の延長として存在しているということは、ファヤウェイだけではなく、トンモの従者ともいうべきコリコリにも当てはまる。ファヤウェイとコリコリは、トンモと寝食を共にし、彼を歓待する友人としてふるまってはいるものの、その実はタイピー族という共同体を仮象する存在なのだ。[*12]

トンモは貫くことを恐れるが、貫かれることも恐れている。ダニーン・ウォードロップは、本作において刺青を入れる行為を「文化的レイプ」と捉えている（Wardrop 141）。たしかに、トンモが現地民の体に刺青が刻まれるところを偶然目撃する箇所では、刺青を入れることがあたかもレイプの場面のように描かれている。「茂みに入って行った私は、島民たちが行っている刺青の現場を初めて目の当たりにした。地べたに仰向けになっている一人の男を、私はまじまじと見つめた。強いて平然とした顔を装っていたが、彼が苦痛に苛まれているのは明らかだった。彼を痛めつけている男は、小槌と鑿を携えた石工さながらに平然と仕事を続けた」（217）。槌と鑿といったファリックな道具を持った刺青彫り師は、苦悶に喘ぐ人物の皮膚の表面を暴力的に貫いている。カーキーと呼ばれるこの刺青彫り師はトンモの顔に刺青を入れさせてほしいと懇願し、彼を執拗に追い回すことになるのだが、ウォードロップの指摘を踏まえると、彼はトンモを貫き陵辱しようとする暴力的な存在として立ち現れる。刺青を書き込まれてしまうことは、トンモが共同体の内部へと書き込まれてしまう事態を意味し、刺青という形で貫かれることを拒否することは、タイピー族を深く理解する（penetrate）ことの拒否と同義なのだ。

このような危険を察知したとき、トンモは自分がやはりタイピー族側の人間ではなく、「文明社会」側の人間であるという認識を強くするわけだが、かといって彼の帰属意識の問題が解決されることにはならない。次節で検討するように、彼はアメリカが過去に犯した先住民への暴力に対する批判、そして現在進行中のハワイ諸島における「文明化」批判を行っており、自分の故郷であるアメリカという「文明社会」からも疎外感を感じているからである。大島由起子が指摘するとおり、メルヴィルはアメリカ白人としての「加害者意識」を持っていたことが想像される（『メルヴィル文学』四七）。そしてトンモは、タイピー族という他者によって暴力的に自己を奪われてしまう危険あるいは被害者意識を感じつつ、それと同時に、アメリカ白人が原住民たちの他者性を剝奪してきたことの罪責感にも苛まれているのである。

個人と共同体のはざま

ある共同体に参入することは、共同体への帰属意識と引き換えに、自分の個人性の一部を明け渡すことにほかならない。しかし、トンモはその特異な個人性、つまり部外者という立場によってタイピー族からの厚遇を享受することにもなっている。作品後半、どの部族にも属さずに部族間を自由に行き来するマーヌーという人物が登場するが、彼はタイピー族の人々から注目を浴びる。それを見たトンモは、タイピー族における自分の特別性が失われたことを嘆き、マーヌーに嫉妬を覚える。「彼に対する原住民たちの異様なまでの傾倒、さらには私に対する関心のにわかな雲散霧消を目の当たりにして、私は少なからず感情を害した。トンモの栄光は消え失せた、彼が谷間から早くいなくなってくれるに越したことはないと私は思った」（137）。これまでタイピー族の中で唯一無二の存在であったトンモの個人性は、マーヌーというどこにも属さず複数の境界線を横断する存在によって脅かされる。このようにトンモは常に個人と共同体のはざまで揺れ動いている。ディモックは、タイピー族がトンモの個人性に与える脅威について、「共同体をまとめ上げる、統一する（そして脱個人化する）力は、それが文字通りの意味で、そして物理的な形を伴って現れるとき、それはカニバリズムとなる」(Dimock, "*Typee*" 35) と論じている。タイピー族の共同体性は、カニバリズムという暴力的なモチーフとともに、トンモの「妥協を許さぬ個人主義」(Samson 287) に深刻な脅威を与えることになる。

ここで問題となるのは、トンモは独自の個人性を求めつつ、共同体への帰属も同時に欲望してしまうという矛盾した事態である。彼は個人性への欲求と、共同体への帰属の欲求のあいだで引き裂かれている。先述したように、彼は繰り返しアメリカの植民政策批判を繰り広げながらも、自分がアメリカ人であることを強烈に意識せざるをえない。例えばカーキーに刺青を入れられそうになったとき、彼は「たとえ故国へ帰る機会に恵まれても、同胞の前に出る顔を失いかねない」と述べる (219)。あるいは、「われわれアメリカ人の船乗りたちは、まっすぐで清潔な円材を誇りにしている」と言って、「アメリカ人」という表現を誇らしげに使っている (134)。しかし一方で、アメリカによる植民政策と布教活動を繰り返し批判することで、アメリカ人としての自己認識から距離を取ろうともする。「邪悪さをもってではなく、恩恵をもって未開人を文明化しよう。異教徒の破壊をもたらさずに異教を破壊しよう。こうしてアングロ・サクソン人は、異教信仰を北アメリカ大陸の大半の地域で絶滅させた。だがそれと同時に、彼らは北米インディアンの大部分を絶滅させた。文明は徐々に異教のわずかな生き残りを地上から追放しつつあるし、同時に哀れな異教信仰者の慣例を圧迫しつつある」(195)。トンモはこのように、タイピー族からも祖国アメリカからも疎外された自己のありようを語っている。言い換えれば、トンモは否定形によってしか自己を定義できない。彼はタイピー族ではもちろんないし、かといって良心の呵責なくアメリカ人であると自己認識できるわけでもない。彼からそうした共同体を差し引いて残るのは、自分を受け入れてくれる共同体を求め続ける、根無し草の孤独な個人の姿である。トマス・P・ジョズウィックは、「トンモの島の中心への旅は共同体への欲求に突き動かされている」と述べたうえで、彼の「相互の絆、敬意、調和を与えてくれるホーム」への欲求を正しく指摘している(Joswick 338)。

トンモの共同体への希求は、繰り返し吐露される彼の孤独からも明らかである。トビーがタイピー族を離れたあとに、トンモは一人取り残された孤独について嘆く。

[ファヤウェイ]の態度は、私の置かれている境遇を、故国や友人たちから切り離され、救いの手のまったく届かぬ土地に置かれていることを、心底から労ってくれているのだと身に染みた。……彼女は無残にも断ち切られた絆に気づいていたようだ。かつてはわれわれを故国と結びつけていた絆に。……トビーは去ってしまい、後に残された私は周囲を取り巻いているありとあらゆる危険と一人で戦うしかなかった。(108–09)

さらに作品後半でもトンモの悲嘆は続く。「自由に話し合える者が一人もいなかった。胸中の思いを伝えられる相手が一人もいなかった。誰も私の苦しみを理解できなかった。……私は一人取り残されたのである」(231)。そもそもトンモは、ドリー号を脱走する時点から一人であることの不安を感じ、トビーを同行者として誘ったのだった。「冒険の危険を分かち合い、その困難を軽減してくれる仲間があってしかるべきではないのか? おそらく、山中に何週間も身を隠すことを余儀なくされることだろう。そうした時に、仲間がいたら、すこぶる慰めとなってくれるのではあるまいか?」(33)。船員の中からトビーを選んだ理由も、彼も船の上の共同体に疎外感を感じているはずと直感したからである。「トビーが私と同様、身過ぎ世過ぎのために別世界に入り込んできたことは明らかだった。……彼は船上でときおり出会うその手の流れ者の一人で、決して身許を明かさないし故郷を匂わさず(allude to home)、とうてい逃れえない何やら謎めいた運命に追い立てられてでもいるように世界中を放浪し続けていた」(32)。ここで、トビーが「故郷を匂わさない」ことが彼に惹かれる一因だと述べていることからも、トンモ自身にも帰属しうる故郷や家族がないことが推測できる。事実、トンモは孤独を吐露する際に、アメリカについて言及することはあっても、具体的な場所や人物を思い出すことはない。

　こうしたトンモの孤独を埋めるかもしれないのは、タイピー族で見出したマーヒーヨ一家である。集落に着いてからトンモはマーヒーヨの家で暮らすようになり、この人物を家長とする一家とともに大半の時間を過ごす。トンモは彼に対して「父のような（paternal）」という単語を繰り返していることからも、マーヒーヨは擬似的な父親の役割を果たしていることは明らかであり、トンモはこの一家で心地よさを覚える。「マーヒーヨはこのうえなく父親らしい（paternal）人情味に富むご老体で、その点では息子のコリコリと少なからず似ていた。彼の母親は一家の女主人であり、家のやりくり上手な主婦であり、すこぶる働き者だった」（84）。作品が進むにつれ、さらに両者の擬似父子関係は深まってゆく。「繕いが終わると、老体マーヒーヨは優しく私を父親のように抱きしめた（paternal hug）」（121）。この一家は孤独なトンモに疑似家族を提供するものの、彼にとっては残酷なことに、この家族も結局はタイピー族という大きな「家族」の一部にすぎない。サムソンが論じるとおり、「タイピー社会全体が首長メヘヴィの父権的支配下にある家族」なのだ（Samson 287）[13]。タイピー族が一つの家族を成していることについては、トンモ自身も、「原住民たちはあたかも一家族を形成している感じで、その成員は強い愛の絆で結ばれている」（204）と述べている。つまり、マーヒーヨという疑似家族と同化することは、タイピー族一家という共同体に取り込まれることを意味してしまうのである。

　これまで何人かの批評家がトンモの孤独について触れてきた。ジェイムズ・L・バビンは、トンモが船を脱走した一つの理由は、船上における孤独にあったと述べている（Babin 94）[14]。トンモは船上で孤独を感じ、捕鯨船から逃げて来たのだったが、その逃亡の先に見出したのは、自分を受け入れてくれるタイピー族という食人部族であった。ここでトンモはあるジレンマに直面することになる。自分を温かく受け入れてくれるタイピー族に同化すれば彼の孤独は軽減されるかもしれないが、それは自分の個人性を失うことにつながる。そして彼は、孤独に耐えてでも個人性を守ることを選ぶ。先に論じたトンモの認識論的深さの拒否は、個人性を明け渡すまいとする彼の強い意志の現れとして捉えられるだろう。

そのような根無し草のトンモにとって、マーヌーはありうべき生き方の一つを示しているように思われる。ロバート・K・マーティンが論じるように、「純粋な原住民でもなければ、純粋な文明化された白人でもないマーヌーは……両方の世界の一番良いところを組み合わせた人物」(Martin 34) であるが、トンモはマーヌーのようになることは選ばない。[*15] トンモはあくまで自分のホームとなる共同体を求めつつ、共同体に包摂されない個人でもあろうとしており、この二律背反に引き裂かれている。トンモは、「真実とは常に両極のあいだに見出される」と述べ、さらにこう続ける。「中庸を重んずる人たちは、真相を両極端の中間に見つけている。人食いは南太平洋の未開の数部族のあいだで、ある程度の広がりを見せてはいるものの、殺された敵に対してのみ行われているのであるが、それでも断じて忌避され否定されるべきである。しかしながら私は、人食いの習慣がある彼らがほかの面では人間的であり美徳を具えていることを強調したいと思う」(205)。両極のあいだで宙吊りになった個人というモチーフは極めてメルヴィルらしい。妥協すべき中間地点がないという分裂のありようは、ホーソーンによるメルヴィルを評した有名な言葉と響き合う。「彼は信じることもできなければ、信じないということに安住することもできない。彼はどちらかを選ぶにはあまりにも正直で勇敢すぎる」(Hawthorne 163)。

『タイピー』という作品は、トンモが命からがらタイピー族の追跡を振り切り、ある船に助け出されたところで終わるが、この結末は、最後まで彼がどこにも帰属感を得られない孤独な個人のままであることを象徴的に示している。一見するとこの結末は捕囚体験からのトンモの帰還を提示しているようであるが、実のところ彼はどこにも帰れていない。トンモを救い出すのはアメリカの船ではなく、オーストラリア船籍の船であり (252)、この結末はトンモがアメリカという母国に帰属すべき共同体を見出せず、今後も孤独であり続けることを示唆する。トンモはタイピー族の追っ手から逃げようとするとき、マーヒーヨから同情の言葉をかけられる。「彼は腕を私の肩にかけると、私が彼に教えたたった二つの英語を力強く発音した。〈ホーム〉と〈マザー〉」(248)。ここでおそらくマーヒーヨは、トンモには帰るべき本当のホームがあると仮定して彼の境遇に同情を寄せているのだと思われるが、実のところ、トンモには帰るべきホームはそもそも存在しないのではないだろうか。

『タイピー』の出版から数年後、トンモはエイハブ船長に姿を変えて再び現れる。個人と共同体の問題を描いているという意味において、そして届かない深みに他者を見出すという点において『タイピー』と『白鯨』は共通しているが、他者への向き合い方は、これまで何度か指摘したように大きく異なる。[*16] 一八四九年のエヴァート・A・ダイキンク宛の手紙で、メルヴィルは深く思考する人を指して「思考に潜る人(thought-divers)」と呼んだ。「私はあらゆる潜る人が大好きです。どんな魚でも表面の近くを泳ぐことはできますが、五マイルかそこら海中深く潜るには、大きな鯨でないとできません……。私が話しているのは、この世界の原初から、潜っては目を真っ赤にして海面に上ってくる、思考に潜る人のことです」(*Correspondence* 121、強調原文)。メルヴィルはここで果敢に深みへ潜ろうとする人を称賛している。これまで見てきたとおり、トンモは確かに「潜る人」ではなく、表面に留まり続けた人物である。ただ重要なのは、彼は深く潜ることがあまりに危険ということをよく知っていたからこそ表面に留まることができたという点である。また、タイピー族という他者との邂逅を通じて浮き彫りになったのは、あらゆる共同体から疎外されているという彼の孤独な姿といえる。つまり、この物語を通じてトンモが最後に遭遇したのは、実はタイピー族という外部にいる存在ではなく、それまで知らなかった自己という他者だった。しかし、トンモ自身がそのような深い自己認識に到達したという描写はなく、タイピー族を最後まで正確に認識できないのと同様、トンモは遭遇した他者たる自己を捉えられないまま作品は終わるのである。

註

＊1　第一三二章「交響楽」において、エイハブは海に映じた自分の影を海の深みに認めようとしている。「エイハブは舷側から身を乗り出し、水面に映じた自分の影を見つめたが、見つめれば見つめるほど影はますます深く海中へと沈んでゆくばかりであった」(543)。ここに顕著なように、エイハブにとっての他者とは、自分の外側にいる他者（白鯨）だけではなく、ナルキッソス的に捉えがたい自分自身の姿を指すことも指すといえる。

＊2　メルヴィル作品における深さを議論した論考としてはMaudを参照のこと。

＊3　『タイピー』と『白鯨』を比較した論考としては、Elmoreを参照のこと。

＊4　テクストの翻訳は中山善之訳『タイピー――南海の愛すべき食人種たち』（柏艪舎、二〇一二年）を参照し、必要に応じて変更を加えた。

＊5　他の例としては次のようなものが挙げられる。「戦闘の様子は、私の知りえた限りでは、上記のようなものだった」(130)、「少なくとも外見から判断する限りでは、依然としてこのうえなく暖かくもてなしてくれていた」(187)、「みんな死別の思いを陽気に飲み食いして忘れようとしているように見受けられた」(194)、「どう見ても（To all appearances）法律や裁判所はなかった」(200)。

＊6　本作における刺青に関する議論は、Alberti 332; Berger 101; Berthold 563; Breitweiser, "False Sympathy" 412; Edwards 70; Goudie 222; Wardrop 386–405を参照のこと。

＊7　トンモは、ポリネシア諸島に関する体験記を書いた著者たちを「学識ある観光客」と皮肉を込めて呼んでいるが(170)、彼自身も四ヶ月をタイピー族と共に過ごした観光客にすぎない、ともいえる。『タイピー』を論じるダグラス・アイヴィソンは、旅（travel）と観光（tourism）を区別してこう論じている。「旅をするとは、勝手知った境界線に留まりつつも「真なる」他者と接触すること、そして探検によって「発見された」ことを世に知らしめることである。一八世紀後半になると、旅から観光への変化が起き始め、観光とは……すでに確定され評価が定まった存在、つまりは「真正ではない」他者との接触を意味した」(Ivison 117)。この定義に従えば、トンモは旅人と観光客の中間に位置づけ

られるだろう。「真正なる」他者を見たいという欲求を持ちつつも、実際にそのように行動することはできないため、結局は観光客に留まってしまうからである。

＊8　タイピー族のヨーロッパ人との交流に関して、トンモはこう述べている。「ヨーロッパ人との出会いが極度に限られているので、あの谷の住民たちがわれわれに多大な好奇心をあらわにしたのは、特殊な状況下でわれわれが彼らの前に登場したことでもあり、驚くには当たらなかった。われわれが彼らの領域のこんな奥地まで入り込んだ最初の白人だ、と私はなんの疑いももっていなかった。少なくとも、渓谷の頂から下りてきた最初の白人のはずだった」(74)。

＊9　メヘヴィの性行為に関する詳細な議論に関してはHurley 71を参照。

＊10　捕鯨船との契約について、トンモは「ドリー号に乗り込んだとき、当然のことながら船員契約書に署名したので、航海中に一定の役割を自発的に行うばかりでなく、法的にも務める責務を負った」と述べている(20)。

＊11　エマン・ムカタッシュもまた、ファヤウェイの身体はタイピー族の共同体の延長を成すと論じている(Mukattash 167)。

＊12　トンモは観光客の立場を失わないまま、タイピー族の秘密を「貫こう」としており、危険を伴わないそのような試みは必然的に失敗に終わる。真に貫くには、自分のアイデンティティの一部を差し出さなければいけないからである。ドリー号から逃げる道中、トンモとトビーは深い渓谷に突き当たり、トンモはその奥底に何があるか見ようとするが、トビーはこう警告する。「この地で好奇心を刺激する物に出会うたびに詮索していたら、近いうちに見事に一発、頭に食らわずにすまないぞ」(45)。この警告にもかかわらず、トンモは渓谷へ下りていく。危険を顧みないで隠されたものを明らかにしようとするトンモではあるが、自分のアイデンティティを喪失しかねない場面では危険を冒そうとはしない。

＊13　サムソンはトンモのファヤウェイとの性交渉の欠如に関しても論じている。Samson 288を参照のこと。

＊14　トンモの孤独についてはAlberti 340も参照のこと。

＊15　「文明」と「野蛮」の境界に位置する人物のさらなる例として、作品前半部に登場する「南太平洋の本物の流れ者」が挙げられる。トンモはこの人物をこう説明する。「この変わり者がかつてイギリス海軍の大尉であったことを知った。ところが彼は、本土の主要な港で軍律に悖る何か罪を犯して艦を脱走、長いあいだ太平洋の島々を渡り歩いた」(12–13)。

＊16　Fluck 211とBellah 144を参照のこと。

第五章

「誰も自分の父たりえない」——『ピエール』におけるデッドレターと血縁

エヴァート・A・ダイキンク宛の一八四九年の手紙で、メルヴィルは血縁関係に関してこう述べている。「我々はみな自分たちに先行する者の息子、孫、または甥や大甥であるということです。誰も自分の父たりえないのです」（*Correspondence* 121）。この手紙から三年後、メルヴィルは『ピエール』（一八五二年）を発表したが、これはまさに血縁関係ないしは家族を主題とした作品である。主人公のピエールと他の登場人物たち——特に死んだ父、そして姉と思しきイザベル——との家族関係は、プロットが展開されるうえで中心的役割を果たしている。また、「書く」という行為も同様に重要なテーマであることは間違いない。作品中盤にピエールがかつて感傷的な詩の作者であったことが明かされるし（*Pierre* 245）、後半部分では彼が小説を書く過程に焦点が当てられるようになる。

この「血縁」と「書く行為」という二つの主題は一見すると互いに関係性がないように思われるし、事実『ピエール』批評においてもこれらの問題は別個に論じられてきた。しかしこれから論じていくように、この両主題は実は密接に結びついており、血縁というテーマを論じるためには、ピエール自身の書く行為ならびに書かれたものを読む行為を吟味せねばならない。そこで本章では特に手紙の存在に着目する。『ピエール』には驚くほど多くの手紙が登場する。イザベルがピエールに自らの出自を明かす手紙をはじめ、手紙が物語を駆動する重要な装置となっていることは疑いをいれない。「手紙」の定義を拡張し、ピエールの父の肖像画、プロティナス・プリンリモンのパンフレット、ピエールの小説など、作品内に登場するなんらかのメッセージを担った紙媒体すべてを「手紙」と比喩的に理解するなら、その数は膨大なものになる。また、『ピエール』執筆時にメルヴィルがホーソーンとの手紙のやりとりを活発にしていたことも、作品の背景情報として見逃せない点である。

手紙に着目し、「血縁」と「書く行為」を接続することを通して考察したいのは、「小説を書くことによって、ピエールは独立した自己を獲得できるのか」という問いである。『オックスフォード英語辞典』で「author／作者」という語を引くと、「産む者、父親、先祖」という定義が挙げられている。[*1] 実に、『ピエール』における小説を書く行為は、作品という子の「父」となるという比喩として機能している。『ピエール』を論じるワイ・チー・ディモックは、「オリジナルであるということは、「父や母がいないこと」、つまり血縁関係の外に位置すること」(Dimock, *Empire* 141) と述べているが、この指摘を裏付けるように、ピエールが自分の家柄を捨てニューヨークへ旅立とうとするとき、彼は血縁から自由な自己の獲得を宣言する。「これから先、追放されたこの俺ピエールは父を持たないし、過去も持たない。「未来」はすべて一枚の白紙。だから、二度も廃嫡されたピエールは誰にも束縛されず、永遠の現在の自我を押し立てるまでだ!」(199)。[*2] ここで重要なのは、ピエールが家も母親も放擲し、いわば「孤児」となるのと同時に、彼が小説を書き始めるという点である。以下の議論では、血縁と書く行為という両主題の密接な関わりを検討することで、ピエールが他者としての自己に向き合うことを拒否するさまをたどっていく。本作において誘惑する他者はピエールその人であり、彼はその誘惑を拒否し続けるのである。

書簡的メルヴィル

『ピエール』における手紙の問題は単体の作品に限定的なものではなく、メルヴィル文学全体に敷衍しうる問題である。そこで、まずはメルヴィルと手紙の関係性について手短に整理をしておきたい。メルヴィルにとっての手紙は、大きく二種類に分けることができる。まず第一に、メルヴィルが現実生活において書き、受け取った手紙、すなわち「現実の手紙」があり、第二に、メルヴィルが小説作品の中に書き込んだ手紙を「虚構の手紙」としておこう。だが、これはあくまで便宜上の区分にすぎない。メルヴィルは現実において手紙を書き、そして小説内でも手紙を書いたため、これら二種類の手紙は互いに連動しており、相互排他的には決して論じえないからである。つまり、手紙に満ちた『ピエール』という作品は、手紙をめぐる作品内外の往復運動の中で執筆されたことになる。

まずメルヴィルにとっての「現実の手紙」の特徴をまとめるならば、メルヴィルは実生活における手紙のやりとりを通じ、何より「応答されること」を欲望していたといえる。ここで取り上げたいのは、一八五一年一一月——まさにメルヴィルが『ピエール』を執筆していた時期——にホーソーンに宛てられた手紙である。この手紙を特徴づけるのは、応答されることに対してのメルヴィルの異常なまでの執着、あるいは不安である。手紙の冒頭でメルヴィルはホーソーンの『白鯨』評価に触れ、「あなたが私の本を理解してくれたおかげで、えも言われぬ安心感が今私の中にあります」と言って喜ぶ（*Correspondence* 212）。[*3] さらにメルヴィルは、ホーソーンとの合一を欲望する。「神なる磁石があなたの中にはあって、私の磁石がそれに反応します（responds）。どちらがより大きな磁石か？愚問だ——その二つは一つなんです」（213、強調原文）。しかしメルヴィルは、徐々にホーソーンの『白鯨』理解に対する不満を述べ始める。「あなたはあの本を気に入らなかったのでしょう」（212）。そして、手紙の「誤配」の可能性についてこう述べる。「長い手紙になってしまいましたが、返事（answer）を下さらなくてまったく結構です。返信を書いてハーマン・メルヴィル宛に投函しても、おそらく送り違い（missend）になってしまいます」（213）。さらには、最後の段落でホーソーンをこう突き放す。「私に手紙を出せば、決まってすぐにうっとうしい返事が返ってくる――そうやって私たちは永遠に書き机でこつこつと手紙を書き続ける、そんなことはありません。ご心配なく！　あなたの手紙にいつも返事する（reply）とは限りませんし、あなたはあなたでお好きなように」（214）。このわずかな引用中に繰り返される"respond"、"answer"、"missend"、"reply"といった語の使用から、「応答」にメルヴィルが執着している様子が見て取れる。

この手紙でメルヴィルが求めているのは、つまるところ「コレスポンダンス（correspondence）」である。彼は自分が求めているのと同程度（corresponding）の理解をホーソーンにも求める。そしてその過剰な欲望にホーソーンは応答できない。言い換えれば、メルヴィルは「一致すること／correspondence」への欲望を、「手紙の交換／correspondence」を通じて満たそうとしている。ホーソーンとの合一への欲望は右記の引用で確認したとおりであるが、メルヴィルは他の手紙でもホーソーンにこう書いている。「あなたのお宅への訪問は本当に楽しかったです。あなたも同様に楽しんでくれた（corresponding pleasure）ならいいのですが」（242）。「手紙の交換（correspondence）」は、メルヴィルにとって、手紙の受け手との感情の「一致（correspondence）」を求める親密な行為なのである。自信作『白鯨』を糾弾した当時の読者に不信を抱いたメルヴィルにとって、ホーソーンは自分のことを理解してくれるかもしれない唯一の存在として映ったものの、やはり完璧な一致は存在しえないと絶望したのだろう。本書序章でも指摘したとおり、合一を希求しながらその望みが失敗に終わるとき、自己と他者の境界線が立ち現れるという運動がここでも働いている。

次に「虚構の手紙」についてであるが、メルヴィル作品には繰り返し手紙が登場する。ホーソーンに宛てた一八五二年の手紙でメルヴィルが披露する「アガサの物語」を例に取ると、すでに本書第三章で紹介したとおり、この物語は水夫の夫からの手紙を待つアガサという女性の孤独な姿に焦点を当てている。アガサは夫からのいつ届くとも知れない便りを待ち続け、毎日のように遠く離れた郵便受けまで通う。メルヴィルはこの物語を説明する際に、「ここで郵便受けを登場させなければいけません」と言って（234）、「郵便受け」の重要性を強調している。アガサは一七年間の長きにわたりこの郵便受けのもとに通い、夫からの手紙を待ち続けるのだが、ついに夫からの手紙が届くことはなく、やがてこの郵便ポストは朽ち果ててしまう（236）。なお、メルヴィルはこの物語を下敷きに小説を書くようホーソーンに懇願したのだが、その誘いはむげに断られてしまった。ここでもメルヴィルは再びホーソーンとの「一致／correspondence」を果たすことができず、皮肉にも、孤独なアガサ像に自らが近づいてしまう。「アガサの物語」が書かれた同じ一八五二年、メルヴィルは手紙に満ちた『ピエール』を出版することとなる。メルヴィルの手紙を編纂したリン・ホースは、『ピエール』は手紙が重要な役割を果たす、初めてのメルヴィル作品である」と指摘している（794）。[*4] 翌年の一八五三年には「バートルビー」の中で「デッドレター」が登場し、さらに一八五四年には「エンカンタダス」という短編で再び「朽ちる郵便受け」が登場し、『ピエール』を契機に郵便にまつわるイメージがメルヴィル作品に頻繁に登場し始めたといえる。[*5] 第三章で議論したとおり、さらに時代を下って晩年のメルヴィルの詩集『ジョン・マーと水夫たち』（一八八八年）でも、主人公ジョン・マーは、「郵便局がないため」に友人たちと隔絶されており（*Published Poems* 266）、郵便がコミュニケーションの不全を示す形で印象的に登場している。

メルヴィルは現実においても手紙を書き、小説においても手紙を書いた。そしていずれの場合も、手紙はコミュニケーション手段としての本来の機能を果たしてはおらず、応答の不在のためにコミュニケーションが失敗に終わるという点で共通している。手紙とは、書かれる以上は応答への欲望を内包しているといえるが、メルヴィル作品に描かれる手紙は、応答されることのないデッドレターとしての潜在的性質を常に帯びているのである。

コレスポンダンスの欠如と回帰する手紙

前節で概観したメルヴィルと手紙との関係性を念頭に、『ピエール』における手紙の特徴をまとめるなら、「交換されない」ということ、そして「消えても回帰する」という二つの特徴が挙げられる。『ピエール』に登場する数多くの手紙で本章に特に関連性のあるものとして、まず、ピエールにこれまで知らされていなかった異母姉の存在の可能性を突きつけるイザベルの手紙がある(63–64)。さらには、作品後半、元婚約者のルーシーはニューヨークにいるピエールに手紙を送りつけ、これから彼の元に向かうと一方的に告げる(309–11)。また、従兄弟グレンはピエール宛に手紙を送り、その中でピエールのことを侮辱する(356–57)。これがきっかけとなってピエールはグレンを殺害するに至り、牢獄に入れられ、そこで服毒死するという結末を引き寄せることになる。エリザベス・ヒューイットが指摘するとおり、『ピエール』における手紙は実に「小説全体を通じて物語の軌道を描いている」のである(Hewitt 84)。

しかし、この小説に手紙が多く登場するからといって、登場人物たちのあいだでコミュニケーションが成立しているとはいえない。小説一般における手紙の機能について、ガーキン・ジャネット・アルトマンは次のように述べている。「手紙の読み手は応答するよう求められている。交換の欲求がなければ、書かれたものは日記と大して変わらない。書き手の世界における特定の読者からの応答の欲求、これこそが書簡的契約の大部分を成す」(Altman 89)。しかし『ピエール』における手紙の特異性は、アルトマンの定義とは異なり、「応答の不在」にこそ求められる。すでに触れたように、「手紙のやりとり」は英語で“correspondence”と表現されるが、ここで強調したいのは、

『ピエール』における手紙の過剰はそれに比例するコレスポンダンスを成さない、という点である。『ピエール』における手紙は一方的に送られるばかりで、手紙の送り手は相手からの返信を求めない。あるいは手紙の受け手も、返信を書こうとはしない。例えば、イザベルは手紙を通じてピエールに自分の家に来るように懇願するが、ピエールがそれに応じるのが当然のように返事は求めないし（64）、あるいはルーシー宛の手紙でピエールは、「ぼくに手紙を送らないこと。ぼくのことを尋ねないこと」と命じている（94）。この命令は、『ピエール』に登場する手紙の性質を簡潔に要約しているように読める。つまり、『ピエール』における手紙は徹底して交換されないのである。[*6]

コレスポンダンスの欠如に関してはのちの議論で再び触れることとするが、『ピエール』における手紙にはもう一つの見逃せない特徴がある。それは、「手紙が物理的に消失しても、その手紙は回帰する」という点である。手紙、あるいは書かれたものを燃やす、という行為は繰り返し『ピエール』の中で描かれる。ピエールは父の肖像画を燃やし（198）、従兄弟グレンからの手紙を燃やし（217）、自身の肖像やサインを求める手紙を燃やし（255）、過去に書いた文学作品を燃やし（283）、イザベルからの手紙を燃やす（315）。このように、ピエールは作品中に五回、何かが記録された紙を燃やしており、それは常に過去を抹消するために行われる。この行為の根底にあるのは、過去の物理的な記録を消せば、その過去は消えてなくなるはずだというピエールの淡い期待である。また、イザベルからの手紙の中ほどで、「この手紙は焼き捨ててください。そうすれば、確かなことは何も知ることなく済むでしょうから」という一文が出てくることも見逃せない[*7]（64）。

ピエールによる自分の家を放擲する行為は、父の肖像画を燃やすという儀式的行為によって象徴されている。「ピエールは絵の描かれた巻物が縮れて黒くなっていくのを目を離すことなく見ていた。……「さあ、すべて終わった、すべて灰になったんだ！」（198–99）。元来、この肖像画は、愛する亡父があたかも現在でも生きているかのような感覚をピエールに与えるものであり、彼にとって非常に特別なものであった。この肖像画を前にして、ピエールの伯母は幼少期の彼にこう話して聞かせる。「たまに私、ここに一人で座って、あの顔をじっと、いつまでもじっと見つめることがあるんだけど、そうしたら、お父さんも私を見返してくれてるような気がするの。私に微笑みながらうなずいてね。こう言うの――ドロシー！　ドロシー姉さん！ってね」(79-80)。この一節でドロシーは、現在形を用いて肖像画について語っており、この肖像画は「描かれた過去」の時間を記録しつつも、それが「観られている現在」という時間を生きているともいえる。その後、伯母の所有物であったこの肖像画は、そこに何か重大な秘密が隠されているかのように厳重に梱包され、ピエールの元へと送り届けられる。「じっさい送られてきた絵は、三重の箱に梱包され、さらに防水布にくるまれていた。その絵を特使としてサドル・メドウズに運んできたのは、伯母からの信頼がとりわけ厚かった人物だった」(73)。その後ピエールはこの肖像画を「クローゼット」に飾り(86)、それを前に父との想像上の対話に耽る。[*8]

では、この肖像画を物理的に焼却することが、そのまま過去の消去につながるのだろうか。興味深いことに、肖像画を燃やしたあとピエールの手は黒く汚れてしまう。「火傷の跡は黒くなったが、ピエールは気にもしなかった」(198)。その後ピエールは、火傷を心配するイザベルに次のように言う。「いや、なんでもないんだ。怪我じゃないんだよ、軽い火傷だけど――今朝、たまたま火傷してしまってね。だけど、これはなんだろ？……黒い煤が付いたんだ！」(201)。ピエールは過去を物理的に消そうとするのだが、その煤が彼の手を汚し、その黒い汚れは彼の肌から離れようとしないのである。

自分の家を捨てニューヨークに旅立つとき、ピエールは象徴的な意味で自分の家族を殺す。肖像画を燃やして父の記憶を抹消し、婚約者ルーシーと母メアリーをもはや自分にとっては存在しないものとして忘却し、ピエールはこう嘆く。「見るがいい！　俺の行く先はどこであっても、死体の山を築くばかりではないか！……後ろには死体、前には最悪の罪ときている。それなら俺の行為はどうやったら正当なものになるというのだ？」(206)。家族の擬似的な「死」は、たとえ一時的にせよ、過去と血縁から自由になったような感覚をピエールに与える。しかし、ピエールがニューヨークに到着すると、死者が地面の下の墓から「表面」へと出てくることが予言的に語られる。ピエール、イザベル、従者のデリーが街に入ったとき、次のような会話がなされる。「デリーが何週間ぶりかに、自分から口を利いた。「緑の草地ほど心地よくありませんね、ピエールの旦那様」「そうだね、アルヴァー君」ピエールが苦々しく答えた。「おそらく死んで埋葬された市民の心臓が地中から出てきたんだろう（come to the surface）」（230）。死者が「表面／surface」へと浮き上がってくることがここで述べられているが、事実、作品全体を通じてピエールを苛むのは、棄却したはずの過去が繰り返し表面へと浮き上がり回帰するという反復である。

燃やす行為に関連して、非常に謎に満ちた一節がある。ニューヨークでイザベルとデリーと居を構えたのち、ピエールはある日ルーシーからの手紙を受け取る。すると一緒に住んでいるイザベルに、「その手紙を読ませてほしい」と言われる。自分にルーシーという婚約者がいたことをイザベルから隠したいピエールは、あわててその手紙を燃やしてしまうのだが、不可解なのは、ピエールが手紙を燃やすのを見てイザベルが言う次の一節である。「手紙は焼けた、でも、焼き尽くされたわけじゃない。手紙はもうないけど、失われたわけじゃない。ストーブ、パイプ、煙突の煙道を燃えながら昇り、天国への巻物のように消えていくだけ！　それはまた現れるでしょう（It shall appear again）」（315）。「それはまた現れるでしょう」というイザベルの言葉は実に奇妙だ。手紙はすでに燃やされたのであり、その手紙はもはや物理的な意味では存在しないはずだからである。

face／surface に浮き上がる秘密

なぜ手紙は燃やされてもピエールの元に回帰するのか。この問題について考える出発点となるのが、「顔／face」

あるいは「表面／surface」の特異な描写である。『ピエール』では、手紙と同様に顔もまた強調された形で描写されている。なかでも重要なのは、イザベルとプリンリモンの顔である。ピエールは、彼らの「顔それ自体」に怯えている。例えば、ピエールにとってイザベルの顔は「彼女の顔（*her* face）」ではなく、「あの顔（*the* face）」として想起される。「あの顔（the face）！――あの顔！……あの顔がぼくにのしかかってくる」（41）。さらに、プリンリモンの顔は「顔それ自体（a face by itself）」（293）と描写され、顔の物質性が強調されている。

この「顔」の表象について、最も鋭い洞察を示している批評家はエリザベス・レンカーである。彼女は『白鯨』と『ピエール』の二作品を対比させ、後者における「深み」の欠如を強調しながら、『ピエール』において重要となるのは「表面の下」にあるものではなく、「表面そのもの」だと主張する。「重要なことに、白鯨の顔の不可視性こそが、『ピエール』においては失われている。その不可視性こそが『ピエール』において形而上学的探究を支えるものでありながらも、不可視な深みから顔／表面が現れ出て主人公に憑依してしまうことで、最終的にその探究は破滅してしまう」（Renker, *Strike* 26）。ここでレンカーは、『ピエール』における「顔／face」を「表面／sur*face*」と読み替えている。表面の下に隠れるものよりむしろ表面そのものが重要だとするこの議論は、前章の『タイピー』論と共鳴することになる。これから議論するように、タイピー族という他者の深みを覗き込めず表面に留まるトンモと同様、ピエールは自己という他者の深みへと潜航することはなく、その他者性を捉えきれない。

顔の象徴的意味に着目するレンカーの議論の具体例は、作品前半部でピエールが受け取るイザベルからの手紙に確認できる。ここで目を引くのは、手紙の内容よりもその届けられ方である。次の一節は、ある夜、婚約者のルーシーに会おうと、ピエールが彼女の家の前までやってくる場面である。

彼がもう少しでルーシーの待つ田舎家の前の小さなくぐり戸までたどり着こうとしたとき、角灯が道を横切って彼の方へ近寄ってきた。そして彼が素早く手を田舎家の前の小さなくぐり戸の上に置いて——ああ、これで一安心、素晴らしい時間が待ち受けていると思えた——まさにそのとき、肩に重々しい手が置かれ、それと同時に角灯が顔へ向けて持ち上げられた。それは頭巾を被った、姿がぼんやりとしか分からない人物で（a hooded and obscure-looking figure）、半ば顔を背けていた（half-averted countenance）ため、ピエールはその表情をはっきりと見分けることができなかった。だが、ピエール自身の無防備な容貌のほうは、その人物によって素早く確認されたようであった。「ピエール・グレンディニング宛の手紙をお持ちした」とその見知らぬ人物は言った。「あなたがそうだと思うんだが」。（61）

この一節で注目すべき点が三つある。まず、この手紙が郵便局を通してではなく、名の知れない配達人によってピエールに届けられるという点である。この人物を訝るピエールは、「ぼくに手紙など書いてくる人はいない。そうした手紙は郵便局を通じて届くものだ」と言って不思議がる（62）。第二に、この配達人がピエールから意図的に顔を隠しているのも異様である。彼は頭巾を被っているだけでなく、顔を半分背けている。第三に、ピエールと面識がないはずのこの配達人が、ピエールの顔を暗闇の中で見分けることができる、という点も不可解である。これらを踏まえると、ピエールの顔を一方的に知りながら自分の顔を隠すこの配達人は一体誰なのか、という疑問が浮上することになる。

さらに、この手紙に対するピエールの不自然な反応も注意を引く。手紙を受け取ったピエールは屋敷に帰り、自分の部屋へと急ぐ。「人目につくことなく玄関に入り、自室へ上がると、暗闇の中で急いでドアに鍵をかけて、ランプを灯した。……やがておもむろに、胸元から例の手紙を目を背けるようにして（avertedly）引っ張り出した。……だが、それでもしばしのあいだ、彼はその手紙から目を背けたまま（averted）だった」（62）。ピエールはこの手紙を読もうとする際、過度なまでに人目を気にしながら自分の部屋へと入り、部屋に鍵をかける。あたかも、手紙を開く前から彼は手紙の内容を知っており、その内容を誰かに知られるのを恐れているかのようだ。この一節で注目すべきは、「目を背ける（avert）」という単語である。この単語はピエールがイザベルの手紙を受け取る場面から頻出するようになる。手紙を届ける配達人は顔を「半分背けて（half-averted）」おり、ピエールは「目を背けるように（avertedly）」手紙を取り出し、顔を「背けた（averted）」まま手紙を手にする。この単語の反復が示唆するのは、人間の「顔／face」、あるいは手紙の「表面／surface」は、ピエールの目から背けられるべきものであるということだ。

　この手紙がさらに興味深いのは、その署名の曖昧さである。ピエールは手紙に書かれた「イザベル」という署名を疑っている。「これは何か呪われた夢のようだ！――そうだ、この紙切れは、こいつはきっと、――卑劣で悪意あるでっち上げのごまかしものだ――ああ、あの角灯提げた下劣な伝令め、顔を隠していたわけが分かったぞ」（65）[*9]。ここで、「配達人は誰なのか」という最初の問いに、さらにもう一つの問いが付け加えられねばならない。「誰がピエールに手紙を書いているのか」という問いである。

　以上の問いの鍵となるのが、プリンリモンのパンフレットである。ニューヨークへ向かう車中、ピエールは、プリンリモンという人物による論文の切れ端を見つけ、それを読む。大づかみに要約すれば、この論文で展開されるのは、キリスト的理想を地上の人間が実践するのは不可能だ、という趣旨の論である。しかしこのパンフレットを読んでも、ピエールはあまりその内容を理解できないとされる（209）。彼はその後このパンフレットを失くしてしまうのだが、語り手はある後日譚を語る。ピエールの死後、彼が生前着ていたコートの内側にパンフレットが見つかったというのである。「ピエールは、馬車の中にいて知らぬ間にそれをポケットに入れたつもりで、裂け目から自然に落ちて裾の所までいき、裏地の足しになっていたに違いない。だから、あれだけ懸命に探していたときも、彼はパンフレットを身に着けていたのだ」(294)。このように述べたあと、語り手は次の一節で、「実際のところ、ピエールはこのパンフレットの意味を十分に理解していた」と主張する。

恐らく、この奇妙な出来事は、馬車でパンフレットを初めて読んだとき、理解できないと思ってしまったピエール自身の状況を暗に表しているのかもしれない。同じように仮のこととして考えるならば、彼は頭で完全に理解していたが、自分でそのことに気づかなかったと言えるのではないだろうか? 私は――ある光を当ててみると――ピエールは生涯の最後の時点で、それを実際に理解していたということを示していると思う。ここで出まかせに書かせてもらうと、些細なことだが、人は、自分が知らないと思っていることであっても、そのことを完全に理解できていないというわけではないかもしれないのだ。いわば、自分の中に封じ込めているにもかかわらず、自分自身からは秘密にされてしまっているだけなのだ。 (294、強調原文)

プリンリモンのパンフレットは、ピエールのある秘密を示しているが、この秘密は心の内奥に抑圧されているため、彼はこの論文を理解できない。しかし、それは彼自身の秘密なのだから、無意識のレベルではこの論文の意味を理解していたはずだ――という一節である。語り手は、パンフレットはコートの「内側」に入っていったと述べているが、それは結局のところ、「内側」というよりピエールの体の「外側」にあるともいえる。内側に隠されるべき秘密が書かれた文字としてピエールの外側で剝き出しになっているが、彼自身はそのことに気づくことができない。心の内奥が目に見える形で自分の外部に露呈し、それを見るように誘われているにもかかわらず、秘密の自己は彼にとっての他者であり続ける。その意味で、プリンリモンのパンフレットはピエールにとって自身の他者性の裂け目として機能している。

このパンフレットは、そもそも一般の読者に向けられた論文なのではなく、ピエール個人に宛てられた私的な手紙として考えることはできないだろうか。ちょうどピエールがイザベルを救う大義、つまりキリスト的な自己犠牲という大義を自分自身で疑い始めるころ、その自己犠牲など人間には不可能だと説く論文が、突如として彼の前に現れるのは偶然ではありえない。[*10] 語り手はプリンリモンのパンフレットの中身を読者に示す前に、ピエールに芽生え始めた自己懐疑について次のように述べる。

今かりに人が、自分の全般的な人生観や実際の人生についての本質的な正しさやその卓越性に関して、ぼんやりとした潜在的な疑いを持ったとしよう。そして、もしその人がだれか他の人間、あるいは何かちょっとした本、あるいは説教にふと出会い、それらがいわば意図的にではないが、しかし極めて明らかに、その人の人生観や実際の人生の両方にわたって、本質的な正しさも卓越性もないと指摘したとしたらどうだろう。そうなったらその人は——多かれ少なかれ無意識的に——自分がそのように咎められることを認めまいとして、そんな事態を理解しないようにと、一心に身を引こうとするだろう。この場合、理解することは自分自身を咎めることになる（to comprehend, is himself to condemn himself）からであり、それはいつも人間にとって非常に不都合で不快だからである。（209）

自分の生き方に疑いを持ち始めている人が、もしその人生を否定するような人物、論文に出会ったならどうなるか。その人は、自分を否定するその人物、論文を知らないふり、あるいは理解できないふりをするだろう。「理解することは自分自身を咎める」ことならば、ピエールに彼自身の秘密を突きつけようとするプリンリモンのパンフレットは、まさにピエールの目から隠されるべき危険なものである。もしプリンリモンがピエールの無意識的な認識、つまり自分がイザベルを救おうとしているのは自己犠牲的な動機ではない、という秘密を体現しているならば、このパンフレットは、ピエールの無意識が外側に表出したものなのである。トンモが目の前にいるタイピー族の表層を深く読めないとすれば、ピエールは自分自身について書かれた眼前の文章すら読むことができておらず、そこに明かされている自己は、自分には無関係の他者として意識の外へ追いやられてしまう。

パンフレットだけではなく、筆者プリンリモンの顔もまたピエールの目から背けられるべきものとして提示されている。ニューヨークのアパートに住み始めてすぐ、ピエールは向かいのアパートに見えるプリンリモンの顔と対峙する。「あの青い目をした謎めいた穏やかな顔が、ピエールの心を驚くほど支配するようになっていった」(292)。この顔がピエールにとって脅威なのは、それが彼の秘密を知っているように思えるからだ。「最も恐ろしかったのは、何か魔法のような方法によって、その顔に彼の秘密が握られていることだった。「ああ、」ピエールは身震いした。「あの顔は、イザベルがぼくの妻でないことを知っているのだ！　だから流し目で見続けているのだろう」」(293)。ピエールはこの顔を隠すためにカーテンを窓に取り付けるが、それでもこの顔から逃れられない。「ピエールは、その布の向こうに流し目でこちらを見続ける顔があることを知っていた」(293)。

プリンリモンのパンフレットの例で見たように、ピエールにとって不都合な秘密が、彼の内部ではなく外部、あるいは「表面／surface」に文字として剥き出しになっているのだとすれば、あらゆる手紙――パンフレットもピエール宛の比喩的な手紙である――が突如としてピエールの前に現れ、常に彼の元に届くという事態は驚くべきものではなくなる。なぜならそれらの手紙は、ピエールの内側ですでに書かれているのであり、ピエール自身に向けられているからだ。そのような可能性を考えると、プリンリモンのパンフレットが言及される直前に、ピエールの「黒く汚れた（blackened）」手が描かれるのも単なる偶然とはいえない（198, 201）。のちに詳しく議論するが、『ピエール』における「黒さ」は「インクの黒さ」と密接に結びついている。そうだとすると、ピエールの黒く汚れた手は、「黒いインクのしみ」を示唆するといえ、この黒く汚れたピエールの手から、「かすれたインク（blurred ink)」(206)で書かれたとされるこのパンフレットが浮き上がるように出てきた、と考えることができるのではないか。つまり、「黒い汚れ」は外側からもたらされるのではなく、ピエールの内側から染み出してくるのではないか、という可能性である。

語り手は、ピエールがパンフレットの存在に気づいたときの様子をこう描く。「突如、膝の上に置いた自分自身の固く握った手に視線が止まった。自分でそれをしっかりと握っていたにもかかわらず、彼にはそれがなぜそこにあるのか、あるいはそれがどこからきたのか分からなかった。……誰か以前に乗り合わせた旅行者がそこへ偶然置き忘れていったものに違いなかった」(206)。しかし、ピエールは「偶然」このパンフレットを手にしたのだろうか。手紙はピエールの体内から浮き上がるのだとすれば、手紙は必然的にピエールの元に届けられるということになる。比喩的に言えば、ピエールの体自体が郵便局であり、この郵便局を通じ、ピエール宛の手紙が送られ続ける。「郵便局はピエールの住まいの近くにあった」(285)と言及されるが、郵便局は彼自身の内部にこそ見つけられるのである。

『ピエール』において、過去の記憶は文字という形で顕在化する。例えば次の一節では、ピエールの「記憶」は「文字」と結びつけられている。「彼は記憶のなかにあった、以前はまったく不鮮明で判読不能でもあった文字(inscriptions)を読み取るようになる。その読解のなんと素早く驚異的なことか! そうだ、彼はそこら中を引っ掻き回して、まだ隠されている文字(writings)はないかと探すようにさえなるのだ」(70)。さらには、ピエールの父が死ぬときに発した「娘よ! 私の娘よ!」というピエールの脳内に「種(seed)」として記憶された声は、イザベルの手紙をきっかけに彼の意識内で「発芽した」と語られる(70–71)。また、イザベルはピエールに向かって、自分の心臓に文字が刻まれていると述べる。「この心臓を抉り出して、それを手に取ってみることもできるでしょう。そうすれば、あなたはそこら中一杯に、私の思いが書き尽くされていることに気づくはず。あっちにもこっちにも、切ない願いや望みを書き連ねた行が何行も続いて、横線で消されては、また消され、おしまいの行は見えないくらいに続いていくけど、しまいには突然あなたの名前を呼んで終わることになるの」(158)。『ピエール』において、心の深層に書かれた「文字／letter」は、「手紙／letter」の形を取って表面に浮き上がってくる。たとえ手紙が燃やされ、物理的な形が消滅しようとも、その内容はピエールの脳そして心臓に、消え難く書き込まれているのであり、内部から否応なく再生され続けるのである。以上の論点を踏まえれば、頭巾を被った配達人はピエール自身である、といえるし、その書き手もまたピエールその人であると結論できる。ピエールは書き手、郵便局、配達人、受取手という、郵便システムのすべての要素を一人で兼ねているのである。

他者との遭遇

前節で、ピエール自身が頭巾を被った使者である可能性について論じたが、ピエールが見る顔(プリンリモン、イザベルの顔)は繰り返し描かれる一方、ピエールの顔自体はほとんど描写されていない。小説全体を通じ、彼の顔は実に「頭巾を被っている(hooded)」のだ。ただ三回のみ、ピエールは自分の顔を見る。そして自分の顔を見るたび、それがあたかも自分の顔ではなく誰か知らない人の顔であるかのように驚いている。

ピエールは……正面にある鏡を見たが、そこに映った自分の姿にぎょっとした。それはピエールの外観をしていたが、容貌が異様に変容しており(features transformed)、もはや自分の目にも馴染みのないものとなっていた。(62)

巨人の腕のない胴体の上に、敗北と苦悩の予兆を伴った、ピエール本人と瓜二つの容貌を持つ顔が拡大して、ギラギラした光とともに間近に迫ってきた。全身に震えが走るなか、ピエールは椅子から飛び上がり、恐怖の幻覚から目を覚ましたが、目に入ったのはただ、現実の深い悲哀だけであった。（346）

さらにピエールは、プリンリモンの顔や手紙の表面を恐れるのと同じように、自分の顔に浮かぶ「黒い啓示」に怯えている。「見るも耐えられない黒い啓示（dark revealments）が映ることをひどく恐れていたため、ピエールは最近、鏡に身を映すことを完全にやめていた」（347）。ピエールの顔は「黒い啓示」に満ちているとされているが、それらが彼の顔に比喩的な意味で「書かれている」ともいえるだろう。『ピエール』には顔を読解する擬似科学である「人相学（physiognomy）」に言及があることからも、本作品では人間の顔が読まれるべきテクストであることが示唆されている。伯母ドロシーはピエールに対して次のように言う。「お父さんが肖像画を描かれたのは、じつはあのフランスの若い女性と恋に落ちていて、その秘密を絵でばらされたくなかったからかもしれない。言ってみれば、あの人相学本が、お父さんにそんな危険を冒さないように、と密かに警告したってことだね」（79）。ピエールの父は、内側に隠された秘密が表面に出てきてしまうことの恐怖を、自身の顔がキャンバスの表面に描かれることを通じて経験していたのである。

メルヴィル作品ではしばしば、主に刺青のモチーフを通じ、人間の顔は何かが書き刻まれる表面として機能する。前章で検討したとおり、『タイピー』の主人公トンモはタイピー族のカーキーという刺青彫師につきまとわれ、顔に刺青が彫られるかもしれないという恐怖を体験する。白人であるトンモの「白い顔」は、このカーキーに「人間のキャンバス」を提供する（*Typee* 254）。トンモは顔の代わりに腕を差し出すが、カーキーは妥協に応じない（254–56）。トンモの恐怖とはつまり、他人にとっては最も目に見える箇所であり、かつ自分の目には最も見えない箇所である顔に、異教徒／他者の徴が書きつけられてしまうことに対する恐怖である。

『ピエール』に先立つ、『タイピー』、『オムー』、『マーディ』、そして『白鯨』といった諸作品において「刺青が施された顔」というモチーフが一貫して描かれていることを考えれば、メルヴィルがピエールの顔（face）を書かれるための表面（surface）として考えていたとしても不思議ではない。しかし、先行するそれらの刺青が施された顔とピエールの顔には大きな違いがある。それは、ピエールの顔は刺青彫師という外部の存在によってではなく、ピエール自身の内部から書かれるという点である。さらに、メルヴィル作品における刺青が通常、白人キリスト教徒の主人公にとっての人種的・宗教的な他者性を象徴する一方、「黒い啓示」が書かれたピエールの顔は、彼自身が自己から他者化されている状態を示す。先行する諸作品が主人公と人種的他者（イシュメールにとってのクイークエグ、トンモにとってのタイピー族など）との遭遇を描いたものだとすれば、『ピエール』という作品は、主人公の視線を外部の他者ではなく、自己という内なる他者に向けさせているといえるだろう。総じてメルヴィル批評には、『ピエール』以前の海洋小説と、陸での物語のみを書いた『ピエール』とのあいだに断絶を見る傾向があるが、他者との遭遇という主題の点では『ピエール』は過去の作品と連続性を成している。しかし、そのうえでなお『ピエール』の特異性を認めるならば、それは見る主体と見られる客体という自他の関係性が、ピエールというただ一人の人物に収斂しているという点にこそ求められる。

見る主体としてのピエールとは、すなわち読者としてのピエールでもある。ピエールの自分自身の読解（の失敗）を理解するうえで、小説全体を通じて繰り返し使用される「巻物（scroll）」という語が重要となる。ピエールの人生は「燦然たる一巻の巻物（illuminated scroll）」であり、イザベルの手紙は「引き裂かれ、血を滴らす心臓の巻物（scroll）」と形容され、ルーシーの手紙も「巻物（scroll）」と語られ、さらにはルーシーの身体も同じ単語で形容される（7, 65, 315, 360）。あるいは、プリンリモンのパンフレットも「巻かれた」状態でピエールの元に現れる（206）。"scroll"とは「巻かれた紙」という意味であるが、この単語の反復が示唆するのは、書かれたものは開いた状態で読者の目にさらされているのではないということである。書かれたものが読まれるためには、それを開き、読もうとする読者の能動的な意志がなければならない。最も象徴的なのは、ピエールがイザベルの手紙を読む場面である。ピエールはこの手紙の中ほどで、次の言葉にぶつかる。「もうこの先は読まないで下さい。そして、この手紙は焼き捨てて下さい。そうすれば、確かなこと（certainty of knowledge）は何も知ることなく済むでしょう。でも、そのことをもし知れば……自分を咎めるあまり、身を斬るような痛みに襲われることになるでしょう」(64)。つまるところ、手紙を読むかどうか、あるいは真実を知るかどうかはピエールの選択と決定に委ねられているのであり、彼の読むことの倫理がここで試されている。

この一節では「読むこと」が「知ること」と結びつけられているが、複数の批評家たちが指摘しているように、「知る（know）」という語は本作品のキーワードとして機能している。[*11] 例えば、ピエールはイザベルの「顔」に向かってこう言う。「お前はぼくの何かを知っているようだ（know somewhat of me）、ぼく自身が知らないことを――それなら、それは一体なんなんだ?」(41)。また、ピエールが自分の父に対して抱く憧憬は、ピエールが父について「知っていること」に基づいたものである。「彼の魂のなかにある純粋で高貴な父の理想像とは、父の人生に関してすでに知られ、公認された事実（the known acknowledged facts）に基づいていた」(82)。この一節は、「知る」というほぼ同義の言葉（known, acknowledged）の過剰な反復により、「本当にピエールは父のことを知っているのだろうか」と暗に読者に問いかけているかのようである。そして、これまで知られていなかったイザベルの登場により、ピエールの中で神格化されてきた父のイメージは崩されることになる。イザベルの存在を認めることは、父が隠し子を持っていたという秘密の過去を認めることになるからだ。イザベルの存在を知り、認めることとはつまり、神格化された父の存在を脅かすことと同義なのである。

この文脈に照らせば、ピエールが文字を読む際、たいていの場合その文字が「かすれている」ことも偶然ではなくなる。イザベルのギターの中に見える、「イザベル」という文字は「金めっきが施され、色褪せて（fadedly gilded)」おり（148）、プリンリモンの論文は「かすれた（blurred）インク」で印刷されており（206）、ルーシーのトランクに書かれたイニシャルは「かすれて記されて（blurredly marked）」いる（319）。これらの文字が「かすれた状態」であるのは、実際に物理的に読みづらい状態にあるというより、それらの文字を読もうとしない、ピエールの認識上の問題であるからではあるまいか。

本章はここまで「読むこと」に着目して、自分自身を知ろうとしないピエール像を提示してきたが、そのような断定には一つの留保が必要であろう。少なくとも、ピエールは自伝的な小説を「書くこと」で、自分に向き合おうとしているかのように見えるからだ。ピエールは手紙／lettersから逃れるようにアパートに引きこもり、文学／lettersの執筆に没頭する。[*12] しかし、ピエールの苦闘にもかかわらず、語り手はピエールに対して「彼は直に自分自身の経験を剽窃している」と批判を呈する（302）。ピエールが書く小説の主人公ヴィヴィアは、小説を書くことで生計を立てようとしている点で、作家ピエール自身の姿をそのまま反映した人物である。「自己剽窃」という語り手による批判は、自分の認識の範囲内での自己を書き写しているにすぎないというピエールの執筆態度に向けられている。この批判はさらに、自己について書くことの限界をも示しているといえるだろう。すでに知っている（と思い込んでいる）自己についてのみ書くという行為は、今まで知らなかった（と思い込んでいる）自己を知ることの忌避なのだ。

これまで見てきたように、ピエールは、「知る／知らない」、あるいは「読む／読まない」という葛藤に苛まれている。そして、ピエールは常に「知らない」、「読まない」という選択をしている。ここで一つの具体例を考えてみよう。ピエールはイザベルの存在を世間に認めさせようと、イザベルと「結婚」、より正確には、「結婚をしているふり」をする。ピエールは、イザベルとの結婚偽装を申し出る一節で、“acknowledge”という単語を「認める」という意味で使っている。「君はぼくの姉で、ぼくは君の弟なんだ。そしてぼくのことを知ってる限りの世間の人たちには、ぼくが君のことを認め（acknowledge）させずにはおかないさ」（160）。イザベルと結婚しようとするピエールの決断は、一見すると彼女との関係をより密にするようではあるが、それは逆に、イザベルを血の繫がった姉ではなく、結婚相手としての他人に仕立て上げることでもある。そう考えれば、この結婚はイザベルとの血縁関係から逃れようとする行為としても解釈しうるだろう。この結婚によって、ピエールは父の黒い過去、つまりフランス人女性と関係を持ち、隠し子を作ったという過去をなかったことにしようとしていると考えられるのだ。つまり、イザベルを妻として認めることは、イザベルを姉として認めることの拒否であり、それはイザベルを守るためというよりは、父を守るためなのである。そもそも、父にフランス人の愛人がいたことは肖像画を観ながらピエールが考えていた可能性であり（83）、さらに父に隠し子がいたという可能性は、死に際に彼が叫んだ「私の娘よ！」という言葉によりピエールの脳裏に「種（seed）」として植えつけられた可能性であった（71）。その意味で、イザベルという存在は抑圧された状態でピエールの心の中に長らく胚胎していたはずなのである。

イザベルがピエールの姉かもしれないという決定不可能性は、この小説における血縁の表象を考察する際に重要な点である。血縁関係とは、厳密に言えば、当人にとっては不可視で不可知なものである。多くの人にとって、自分の体内に流れる血が、はるか遠くの元をたどれば誰の血から発したものなのか、そして親、あるいは祖先の血を自分以外の誰と共有しているのかは確実には知りえないはずだ。ピエールにとっては恐ろしいことに、物語が進むにつれ、ピエールの血縁関係（の可能性）は認識の範囲を超えて拡がっていき、血縁に関する知識／knowledge は大きく揺るがされることになる。そして、ピエールは血縁の可能性を必ず手紙を通じて知る。もちろんその最たる例は、「イザベルはあなたをわが弟と呼びます――わが弟よ！」と、自分を姉として認めるよう迫るイザベルからの手紙であるが（63-64）、手紙を通じて血縁を明かすのはイザベルだけではない。ルーシーは、ピエールにニューヨーク行きを告げる手紙で次のように書いている。「あなたと私の家族のあいだになんらかの繋がりがあったのではなかった？　私の母からそのような家系——私たちが間接的ないとこだとか——があると聞いたことがあります」（311）。ルーシーもまた、ピエールとの血縁関係に関して曖昧である。ピエールはイザベルの弟かもしれないし、ルーシーの遠いいとこであるかもしれない。このようにピエールは、小説の進行とともに自分の血縁に関する認識に大きな変更を迫られる。つまり、既知の固定化された関係性としての血縁から、たどればたどるほど根を張るように拡がっていく、不可知なネットワークとしての血縁への変化である。そして、血縁（の可能性）は手紙を通じてピエールに知らされることから、本作品における血縁をめぐるネットワークは郵便ネットワークによって代理表象されているといえる。

ここまでの議論の文脈に照らしてピエールと手紙との関係を整理すれば、郵便システムすべての要素を一人で担うことから、ピエール自身が郵便ネットワークを形成していると考えられる。そしてこのネットワークには一つの逆説がある。それは、手紙は物理的にはピエールに届きながらも、ピエールがその手紙を読もうとしないために、それが真の意味ではピエールに届いたことにはならない、というものだ。プリンリモンのパンフレットが、黒く汚れたピエールの手から現れた可能性はすでに触れたとおりであるが、手紙が宛先の内部から浮き上がってくるものだとすれば、それは宛先に確実に届くはずである。しかし問題は、プリンリモンのパンフレットを読まずにすぐに失くしてしまうことからも明らかなように、ピエールは受け取った手紙を自分のものとしては認識（acknowledge）しないという点である。ピエールが自分宛に書く手紙はそうした意味で誤配されてしまう。読まれない手紙、つまりデッドレターが「死んだ状態」から回復するためには、読まれなければいけない。しかし、ピエールは常に読むことを拒否する読者として提示されている。ピエール宛の手紙は郵便システムの不完全性によって誤配されるのではなく、手紙の受け手の読むこと／知ることの拒否によって、その手紙はデッドレターとなるのである。[*13]

黒いインク／血

血縁と手紙の関係性は比喩的なレベルに留まらず、血液とインクという二つの液体の物理的な混じり合いを通じて可視化されている。イザベルのピエール宛の手紙には赤いしみがあると記述される。「この手紙は……あちこち涙の跡で文字が滲んでいたが、インクと化学反応を起こして、奇妙な、赤っぽい色合いを出していた――まるで便箋に落ちたのが涙でなく血であったかのようだった」(64-65)。不思議なことに、手紙を書いている最中にイザベルがこぼした涙が、インクと混じってまるで「赤い血」に変わってしまった、というのだ。*14

インクが血に変わるというこの不可解な現象は、『ピエール』の核心につながるものだと考えられる。というのも、「血縁」と「書く行為」という二つの問題が、この血液とインクの混合に象徴的に集約されているからだ。シンディ・ワインスティーンが論じるように、この小説における「血液」が「血縁」の換喩であるならば(Weinstein, "We Are Family" 38)、「インク」は「書く行為」の換喩でもあるだろう。つまり、この小説の「血液とインクの混合」は、「血縁と書く行為の混合」を指し示す。イザベルの手紙は、文字通りの意味、比喩的な意味の両方において、ピエールに「血」を届けている。その手紙の表面には目に見える形で「血のしみ」があり、そして「血のしみ」がついたこの手紙には、ピエールにとって、今まで知らされなかった自分の「血縁」についての可能性、つまり自分には姉がいるかもしれないという可能性が書かれているからである。

さらに奇妙なことに、ピエールの血はたびたび「黒い(black)」と表現されている。ピエールにとって唯一の友人ミルソープは、「あいつ、グレンディニング[ピエール]には以前から黒い血(black vein)が流れていたな。今、その黒い血管が膨れ上がったんだ。まるで緊く締めすぎた止血帯の上を釘が一刺ししたみたいだ」(358)と述べている。ピエールの「黒い血管」が強調されるのはここだけではない。ミルソープはピエールの死を目にして、「あの黒い血管（the dark vein）が破裂してしまった」と述べる（362）。しかし、ピエールの体内に「黒い血管」があるとは一体どういうことか。

語り手はピエールが小説を書くのに使うインクを「地獄のように黒いインク（infernally black ink）」と呼んでいるが（302）、この表現は、単なるインクを描写するには極めて異様である。なぜここまでインクの黒さを強調するのだろうか。ここで、この"ink"という語を"kin"という「血縁」を表すアナグラムとして読んでみたい。この小説において、「血縁と書く行為」、あるいは「血液とインク」が結びつけられていることは先ほど見たとおりである。また、ワインスティーンは「"*kindred*"、"*kind*"といった、kinという文字を含む単語が作品中で繰り返し用いられている」という重要な指摘をしている（"We Are Family" 25、強調原文）。本章の冒頭で述べたが、ピエールは、父からも過去からも独立した「オリジナルな自己」を獲得すべく小説執筆に駆り立てられるわけだが、彼にとって小説を書くこととは、白い紙の上に「地獄のように黒いインク」を書き、それを常に目にすることである。それは言い換えれば、「地獄のように黒い血縁（infernally black kin）」を可視化し、その黒さを目にし続けることでもある。そしてさらに、この「地獄のような」という語は、「時に嘘は天上のものとなり、真実は地獄のものとなる（a lie is heavenly, and truth infernal）」というピエール自身の言葉と共鳴しており（92）、ここで「地獄」は「真実」と結びつけられている。

それではこの「地獄のように黒い血縁」とは具体的に何を指すのかといえば、ピエールの黒いink/kinは、彼の父の黒い過去だけでなく、さらに遡って、彼の祖先の暗部をも示すのではないだろうか。これまでの『ピエール』批評は、人種をめぐる暴力に満ちたアメリカの過去に光を当ててきた。サミュエル・オッターは、サドル・メドウズというピエールの生まれ故郷の風景描写に、グレンディニング家の先住民との血にまみれた歴史が書き込まれていることを解き明かしている（Otter 195）。さらにロバート・S・レヴィーンはピエールの「黒く汚れた手」に焦点を合わせ、この小説における「黒さ」を黒人奴隷制の歴史に結びつけている（Levine 34）。つまりオッターとレヴィーンは、栄光に輝くように見えるグレンディニング家の繁栄の根源には、先住民の制圧と奴隷制という後ろ暗い過去が横たわっていることを明るみに出している。

ここで問題となるのは、彼らの議論が同様にピエールの「盲目」を指摘している点である。例えばレヴィーンは「ピエールは父のことばかり考えており、彼の先祖のことに対して盲目である」と述べている（34）。こうした解釈の根底にあるのは、ピエールは一族の不都合な歴史に対してまったく気づいていない、という前提である。しかし、ピエールは自分の血縁の過去に対して無自覚なのだろうか。なぜなら、彼は小説を書きながら、黒い ink/kin を見続けるからである。ピエールは物語が進むにつれて、視力を失っていくことを考えれば（341）、この視力の低下は紙の表面を見ることの拒否として解釈できるはずだ。「彼は両目をあまりに無謀に酷使したため、目が紙を見ることすら完全に拒絶するようになった。目を紙に向けても、目は勝手に瞬きを始め、勝手に閉じるのだ」（341）。小説を書くことは、ピエールにとって独立した自己を獲得するための手段のはずであった。しかし皮肉にも、小説を書く行為はピエールを血縁から自由にさせるどころか、その血縁をピエールに突きつける行為となっているのである。本章はここまで表面に焦点を当ててきたが、ここでその表面に「深さ」を付け加えることができるだろう。つまり、歴史という時間の深さが紙の表面には刻まれているのである。

メルヴィルが生きた時代において、手紙はほぼ唯一の遠隔コミュニケーション手段であった。一九世紀中葉が「郵便時代（the Postal Age）」であったことは第一章と第三章で概観したとおりである。当然のことながら、手紙は物理的な距離を隔てた人と人を繋げる働きをする。手紙のこの機能は、幼少期のメルヴィルにとって非常に重要な意味を持った。父アラン・メルヴィルの死後、メルヴィル一家は離散を余儀なくされたが、リン・ホースが述べるように、この離散した家族同士を繋ぎとめたのはまさに手紙であった。メルヴィル一家は「心理的・経済的生命線として手紙に頼った」のであり、手紙こそが「家族の一体感」を維持していた（Horth 774）。メルヴィルの実人生において手紙が物理的な距離を越え、家族同士を繋げたのと同様に、いやそれ以上に、『ピエール』においての手紙は時間的な距離を超え、ピエールを血縁関係の網の目に一方的そして暴力的に絡め取る。

『ピエール』において、血縁関係はその暴力性の点で郵便システムと類似している。手紙を欲している、いないにかかわらず、手紙はある日突然その受取手を襲う。受取手は、手紙に対して本質的に受動的である。ピエールが故郷サドル・メドウズを捨てたすえ、やっとのことで見出した過去から自由な避難所としてのニューヨークのアパートは、ルーシーからの手紙によってその防御壁を破られる。この手紙は、彼の中で死んだことにしていたルーシーと母の存在を意識上に蘇らせることになる（311）。[*15] ピエールの手紙に対する受動性は、ちょうど血縁に対するそれと重なり合う。ピエールの血管には、否応なしに父と祖先の罪深い血が流れているのであり、いくらピエールが手紙を読むこと／知ることを拒否しようとしても、血が流れる自分の肉体からは決して逃れられない。『ピエール』における血縁表象の特徴は、抽象的な概念として血縁を提示したのではなく、血縁を身体的な問題として描いている点にある。手紙は暴力的なまでに境界侵犯的であり、過去と現在、内と外の境界を越えてピエールを襲う。奇妙なことに、従兄弟グレンを殺害する際、ピエールは弾丸と一緒に、グレンから送られてきた手紙を拳銃に込め、ピエールにとっては最後の血縁者であるグレンを殺す（359）。まったく文字通りの意味で、手紙がこの従兄弟を殺すのであり、この手紙と弾丸の異様な結びつきは、この作品における血縁と手紙の暴力性をグロテスクに具体化したものといえる。

「お前は彼のことを知らない！」

内奥に潜む自己を認識できないピエールの分裂したありようは、小説の結末部において極まる。ピエールは従兄弟のグレンを射殺したあと、投獄される。その後、ルーシーとイザベルが彼の独房に面会に訪れるが、ピエールはイザベルがなぜか隠し持っていた毒薬をあおって、独房の中で自殺してしまう。そして独房の壁から不思議な声が響いてくる。「すべては終わった。そしてお前は彼のことを知らない！（All's o'er, and ye know him not!）」（362）。もちろん、ピエールの死を見届け、そして自らも同じ毒によって自殺しようとしているイザベルが声の主であると考えることもできるが、そもそもこの声が一体誰のものなのか、そして「お前」、「彼」とは一体誰を指すのか、これまで多くの議論がなされてきた。なかでもリチャード・グレイは、「この声はピエールの声であり、他の登場人物、語り手、そして読者に向けて発せられている」として（Gray 131）、この声の主をすでに死んだピエールのものと見なす興味深い解釈を提示している。しかし、彼が論じるようにこの声は語り手と読者に向けられたものなのだろうか。すでに本章では、この小説における「知る／know」ことの重要性、そして手紙の読解を拒否することでピエールが自己について知ることを拒否しているという可能性を検討してきた。この文脈に照らせば、この一節にある「知る」という語もまた、ピエールの自己を知ることの困難に関わるものと考えることができる。そしてピエールの分裂した自己のありようを踏まえれば、この一節の「お前」と「彼」は、両方ともピエール自身を指すと考えられるのではないか。つまり、この声の中でピエールは「お前」という二人称と、「彼」という三人称に分裂しているということになる。「お前は彼を知らない」という一文を言い換えれば、「ピエールはピエールを知らない」となるだろう。

ピエールは、作品全体を通じて「私（I）」という主語の単数性を徹底的に剝奪されている。イザベルの「私の弟よ」という呼びかけに対し、ピエールは怒ったように「もうぼくを弟と呼ばないでくれ！」と言い、さらに「ぼくはピエールだ（I am Pierre）」と返す（273-74）。そのように名乗るとき、ピエールはあらゆる関係性から自由な「私」を意図しているはずだ。しかし、『ピエール』を通して問われ続けるのは、そのような「私」の限界である。「ぼくはピエールだ」と言うときですら、ピエールは図らずも血縁関係の中に自らを投じてしまっている。というのも、「ピエール」という名前は父の名前であり（73）、祖父の名前でもあり（153）、ピエールが自分を「ピエール」と名乗った瞬間、「私」という主語の単独性は血縁上の複数性に拡散してしまう。ピエールが作品中で初めて発する言葉は、ルーシーの「ピエール！」という呼びかけに応じた「ほかならぬピエールだ（Nothing but Pierre）」という台詞であるが（4）、このピエールの無邪気な応答は不気味な意味を帯びる。「ピエールでしかない」とも読めるこの言葉は、ピエールがグレンディニング家と絶縁し、「グレンディニング」という名字を失うという今後の展開を予言的に示しているといえるし、さらには、「ピエールでしかない」状態とはそもそもありうるのか、ということの小説の根本的な問いを、作品冒頭から当のピエールに言わしめているとも読めるのである。

手紙が読まれない限り、それに対する返信が書かれることはない。この小説において、徹底して手紙が交換されないことはすでに見たとおりである。また、これらの手紙がピエール自身によって書かれ、ピエール宛に届けられ、そしてピエールによって読まれることのないデッドレターであるという点も議論してきた。こうしてみると、「コレスポンダンスの欠如」は「ピエールの分裂した自己」に由来すると考えられる。ここでいう「分裂」とはつまり、「自分の血縁の秘密について知っているピエール」と、「それを知ることを拒否するピエール」との分裂である。「コレスポンダンス」という語は手紙の交換を意味するが、このコレスポンダンスの欠如はまた、ピエールの自己の「コレスポンダンス」、つまり「一致すること」の欠如に読み替えることができる。手紙を読むことを拒否し、返信を拒否するピエールは、自分の中の矛盾を解消することができない。ピエールにとって最大の他者は自分自身であり、ピエールは内なる他者の呼びかけに応答することなく死を迎える。その意味において、この作品はピエールの読むことの倫理とその失敗をめぐる物語なのである。

註

＊1 *Oxford English Dictionary*, 2nd ed., s.v. "author."

＊2 テクストの翻訳は牧野有通訳『ピェール（上・下）』（幻戯書房、二〇二二年）を参照し、必要に応じて変更を加えた。

＊3 この手紙で触れられている、ホーソーンがメルヴィルに書いた手紙は現存しておらず、ホーソーンが一体どのような賞賛を『白鯨』に対して送ったのかは想像するほかない。また、この手紙の翻訳は拙訳による。

＊4 第一章で検討したとおり、メルヴィルが郵便イメジャリーを明示的に使用し始めたのは『白鯨』が最初であると考えられる。

＊5 「エンカンタダス」では、郵便に関するモチーフが二度登場する。この作品における郵便表象に関しては次章で詳しく検討する。

＊6 「手紙は交換されない」という主張に留保をつけるとすれば、ピエールは過去に従兄弟のグレンと活発な手紙をやりとりをしていたという点が指摘できるだろう（226–27）。しかしこの手紙のやりとりは、小説内の物語が始まる前の話にすぎず、本章の主眼はもちろん、物語が始まってから登場する手紙にある。

＊7 メルヴィルには受け取った手紙を燃やしてしまうという奇妙な習慣があり、そのためホーソーンが彼に送った手紙の多くは現存していない。メルヴィル自身もこの習慣について、ある手紙で「すべての手紙を燃やしてしまうという邪悪な習慣」と自虐的に形容している（*Correspondence* 387）。この点についてはGamble 631を参照のこと。

＊8 後述するイザベルの手紙と同様、ピエールは父の肖像画を見る際、秘密が漏れるのを恐れるかのように完璧なプライバシーを必要とする。「ピエールは、壁に囲まれた場所で一人になりたいと思ったときの避難所として、寝室に通じる

お気に入りの小部屋を選ぶのが常のことだった」(86)。

＊9　署名の問題は、作品全体に通底する問題でもある。『ピエール』内に登場する文字／letter の多くは、その起源たる筆者から切り離された状態で登場する。例えば、石の上に刻まれた「S. ye. W」という文字(133)、イザベルのハンカチに刺繡された「グレンディニング」という文字(146–47)、ギターの内側に書かれた「イザベル」という文字などである(148)。また、プリンリモンのパンフレットですら、作者から切り離されている。なぜならそれは口述筆記されたものであり、厳密な意味でプリンリモンが作者とはいえないからである。書かない作者たるプリンリモンは、ピエールとあらゆる点で異なっている。何よりも、プリンリモンは血縁から自由な存在である。「苗字はウェールズ人のようだったが、テネシー州の生まれだった。家族もいなければ、親族もいないようだった。自分の手で働いていたという話も一切聞いたことがなく、自分の手でものを書いたこともなかった(手紙ですら自分で書こうとしなかった)」(290)。プリンリモンは、書くことと血縁に取り憑かれたピエールの正反対の存在として対置させられている。

＊10　この一節より前の時点で、ピエールの大義は語り手によってすでに疑われている。「[ピエール]は気がつかなかったが、考え事をしながら歩いているその道は曲がりくねっていた。それはまるで、彼の思考の流れと同じように蛇行していた。この[イザベルとの]対面が、最終的には自分の熱烈な決断にうまく対応してくれるようにと願うものの、なんともいえぬ不安がそれに横槍を入れてくる」(111)。

＊11　『ピエール』における「知ること」に関する議論は Brodhead 188–89; Dimock, *Empire* 150–75; Strickland 304 を参照のこと。

＊12　作品中で一度、語り手は "letters" を「文学」の意味で使っている。「時には紙面から両目を逸らし、原稿に目を背けて書いた——つまり、書くこと自体が、意識せずして敵対する必然性と嫌悪感を象徴していたのだ。とりわけ前者の逃れ難さは、彼をかくも不本意な文学の国家的犯罪人(states-prisoner of letters)に仕立て上げたのだった」(340)。文脈から取り出してこの一節だけを読むと、ここでの "prisoner of letters" とは「手紙の囚人」とも読むことができる。

＊13　『絵葉書』におけるジャック・デリダの議論によれば、「誤配」とは、郵便システムがそもそも不完全なものであるため、配達の過程で手紙が郵便経路から漏れ、宛先に届かなくなってしまうという可能性を指している(一八四)。しかしこの定義は、物理的に宛先に届いても、それが理解されなければ届いたことにはならないとする本章の議論には当て

はまらない。

＊14　インクの黒さと赤の混合は、ピエールが従兄弟グレンに宛てた手紙にも見られる。「捨て鉢な気分になって狂ったように燃やした紙の束の中には、手紙がびっしり詰め込まれた大きな包みが二つあった。その手紙はそれぞれ文字でぎっしり埋め尽くされていたが、多くのものは黒インクの文字の上に赤インクで書き足されていた」(217)。本作品におけるインクと血の混合に関する議論については、Otter 247–48; Weinstein, "We Are Family" 38; Oshima 5を参照のこと。

＊15　母メアリーとルーシーは、家を出た後のピエールの脳内では「死んだ」ことにされている(286)。

第三部

他者を取り込む——帝国的欲望

第六章

時間の暴力に抗う——「エンカンタダス」における不確かな未来

ジョン・L・オサリヴァンは、「明白な運命（Manifest Destiny）」なるフレーズを初めて使用する数年前、一八三九年のエッセイで、アメリカ合衆国を「未来の大国（the great nation of futurity）」と呼んだ（O'Sullivan 426）。一九世紀半ばの合衆国は国家の独自性を自らの若さに求めることで旧世界たるヨーロッパ諸国から差別化を図ろうとしたが、この自己認識は、国家の繁栄が神の意志によって来るべき将来に実現されるという希望に満ちた未来への意識と連動していた。[*1] トマス・M・アレンが論じるように、一九世紀中葉においては、「アメリカを、空間的な領土よりも時間的な領土を持つ共和国として作り出す愛国主義的レトリック」が大きな影響力を有していた（Allen 18）。

この政治風土のなかで発表されたメルヴィルの「エンカンタダス、あるいは魔の島々」（一八五四年）はしかし、人間世界から孤絶したガラパゴス諸島を舞台にすることにより、近代的時間感覚とはまったく異なる時間のありようを提示している。さらに本作品は合衆国そのものに言及することはほとんどなく、むしろ南アメリカにまつわる当時の政治的な混乱に焦点を当てている。南米大陸の近くに位置するガラパゴス諸島は、スペイン・アメリカ革命（一八〇八―一八三三年）と呼ばれる、南米諸国がスペイン統治から独立を果たした一連の革命の影響を受けることとなった。新興国アメリカが、南アメリカ大陸において衰退しつつあったスペイン帝国の力に取って代わろうとしていたころ、メルヴィルはガラパゴス諸島をスペイン帝国の過去が記憶される場、そしてアメリカが新たな帝国として立ち昇る場として描いている。より具体的には、南アメリカ諸国を自らに取り込もうとする合衆国の帝国的欲望を、スペイン帝国の凋落に透かし見せることで、他者を吸収して自らを拡張しようとする合衆国の暴力性を批判しているのである。さらには、スペイン帝国をとりわけ過去という時間と結びつけることにより、未来の大国たる合衆国にとってのスペインの他者性をよりいっそう強調している。

「エンカンタダス」の時間的側面に注目する本章では、トマス・M・アレン、ダナ・ルシアーノ、ロイド・プラット、エリザベス・フリーマン、シンディ・ワインスティーンらの研究に代表される、近年の文学研究における「時間的転回」に依拠して議論を進めていく。彼らは物語の直線的な時間性を疑問に付し、文学作品で描かれる歴史の直線性を根本的に再考しようとしている。[*2] 時間に関するそうした考察は「エンカンタダス」におけるメルヴィルの時間に対する関心、つまり直線的運動としての歴史に対する批判意識を理解するうえで有用である。ルシアーノは、一九世紀における西洋の時間感覚について、「近代の到来は、直線的で、秩序があり、進歩的で、目的論的な新しい時間性を構築した」が、合衆国の場合、この時間感覚は明白な運命によってさらに強化され、国家は「栄光ある唯一の運命に一様に向かっていった」と論じている（Luciano 2, 5）。「エンカンタダス」のガラパゴスという場における特殊な時間性は、このような国家の時間性を背景として理解することができるだろう。メルヴィルは本作品で「不確かな未来」という明白な運命の代替となる時間性を創造的に描くことで、アメリカ国家の直線的歴史観に対するアンチテーゼを提示しているのである。[*3]

時間性に注目することで浮き彫りになるのは、アメリカ国家の独自性に対するメルヴィルの疑義である。オサリヴァンは前述のエッセイで、アメリカの歴史上の新しさと若さを前面に押し出しつつ、その未来性をこのように強調している。「我々の国家の誕生は新たな歴史の始まり、つまりかつて試されたことのない政治形態の形成と進歩を意味したのであり、その点で我々は過去から切り離されていて、未来とのみ繋がっている」(426)。[*4] オサリヴァンはここで、国家の歴史的起源を定位すると同時に、他の国家には見られない合衆国特有の独自性をこの起源に見出している。つまり、国の歴史が始まる時間的な起源（オリジン）（アメリカ独立革命＝イギリス／ヨーロッパ世界からの独立）は、若さに特徴づけられるアメリカの独自性（オリジナリティ）の創造と同義なのである。[*5] これから検討していくように、「エンカンタダス」は複数の起源を提示することで、国家の単一の起源という考えを揺るがし、歴史の出発点となる起源の特定を不可能にしている。本作品はガラパゴス諸島の火山と周囲を取り囲む海洋の起源を詳述し、人間的時間に先立つ地質学的な時間軸を提示する。さらにこの作品は、明白な運命という約束された未来ではなく、不確かな未来という時間を前景化することで、国家が目指すべき目的地を不安定なものとしている。不確かな起源と不確かな未来に特徴づけられる本作品の時間性は、他者を同一化し、暴力的な未来へ進もうとする国家の時間性に対する想像／創造的なオルタナティブとなっているのである。

非人間的時間

「エンカンタダス」の統一的テーマは長らく批評の焦点となってきたが、その一つとして島々を特徴づける独特の時間性が挙げられる。[*6] 合衆国で急速な近代化が進むなかで書かれた本作品は、陸地の人間の時間とは同期しない、群島の不変性を強調している。これまで本書で論じてきたように、一九世紀中葉は、交通手段から通信技術に至るまでさまざまな分野で大きな変革が起こり、アメリカ国家全体が近代化に突き進んだ時代であった。対照的に、本作第一スケッチではガラパゴス諸島が変化に抵抗する場所として読者に紹介される。「この群島には変化というものがないし、四季の変化も悲しみもない。……この群島は潮の流れが原因でいかにも不安定に揺れ動くかに見えるけれども、少なくともその岸辺に立つ者の目には、一様に変わらぬものとして映る。つまり一定の場所に固定され、鋳型にはめられ、膠漬けにされて空恐ろしい屍体と化したものとして見える」(*The Piazza Tales* 126, 128)。[*7] 続く第二スケッチでは、島の停滞の象徴として亀が登場し、人間の時間感覚とは無縁の生物として提示されている。語り手は、亀が示す「永劫の悲しみと罰として課された絶望」に驚嘆するが、その印象は亀の「驚くほどの長寿」によってさらに高められる(129)。また、亀が時を越える象徴的存在であることは、次の箇所からも明らかである。「わずかな水だまりを求める亀が何十年間にもわたってノロノロと体をひきずっているうち(slow draggings)にすり減らされ、溝をつけられ、ついにはわだちができてしまった島の奥地のガラス質の岩が眼前に見えてくるではないか」(129)。さらに語り手は、初めてこの島を訪れたときのことを思い出しながら、亀の長寿に心を奪われている。「これらの生物が喚起する大いなる感慨は、歳月の長さ——日付のない無限の忍耐ということだった。……肉体を持つ他のいかなる存在がこのような「時」の攻撃(assaults of Time)に抗する難攻不落の城砦を有しているだろうか?」(131)。「ノアの洪水以前の生物」たる亀が人間の時間に逆らって見えるのは(131)、人間よりも長く生きているからだけではなく、当時の合衆国が目まぐるしく変化していたのとは対照的に、極めて緩慢なペースで生きているからである。[*8]

本作品が向ける批判の射程は合衆国だけに留まらない。ガラパゴス諸島は、一九世紀の環大西洋世界(合衆国、ヨーロッパ、スパニッシュ・アメリカ)を支配していた近代性と進歩の物語に対するオルタナティブを提示しており、メルヴィルは合衆国の例外主義だけでなく、広く欧米世界の近代化に疑問を投げかけている。語り手は亀の甲羅を観察しながら、人類の歴史よりもはるかに古い地質学的な時間の痕跡に感嘆する。「私はランタンを手に甲羅の苔をかき分けながら、島の泥灰土の山中で幾度となく不機嫌そうにどさりと転落した際に受けた古い打撲傷を見た……。これを見ているうちに私は、いまやその亡霊すらも消滅してしまった途方もない生物に踏まれた粘板岩を発掘し、その上に刻まれた鳥の足跡や暗号文字を調査している古生物研究の地質学者になった感じだった」(132)。その遠大さにおいて、島の地質学的時間は近代の前進的な時間性を圧倒している。このようにガラパゴス諸島は、欧米で進行しつつあった近代化から隔絶しているという意味で、非人間的時間の世界を提示している。

このようなガラパゴス諸島独自の時間性は、実はメルヴィルの想像力による産物であることにも注意が必要である。ウィリアム・ハワースが論じるように、メルヴィルはガラパゴス諸島を静的な場所として提示しているものの、それは現実とはそぐわない描写であり、メルヴィルはおそらく意図的に想像的解釈を行っている。「メルヴィルはガラパゴスの赤道直下の位置を静的なものとして理解しており、島々は空間と時間の中に固定されている」が、実際のところ「ガラパゴスには二つの異なる季節があり、五ヶ月間が雨季で、七ヶ月間が乾季」なのである。事実、「エンカンタダス」では「いくつかの出版された資料を引用しており、そのうちの三つは雨について記述している」(Howarth 103)。このような意図的な不正確さは、世紀半ばに急速な近代化と工業化を経験していた合衆国から差異化するために、メルヴィルがガラパゴス諸島を異形の空間として再創造したからだと理解できるだろう。メルヴィルが本作品執筆の際に参考にした『ビーグル号航海記』(一八三九年)のなかで、チャールズ・ダーウィンは「亀は、ある特定の地点に向かって移動するとき、昼夜を問わず移動し、我々が予想するよりもずっと早く、旅の目的地に到着する」と記しているが(Darwin 278)、これは前述の「エンカンタダス」における亀の緩慢な動きと矛盾する。メルヴィルとダーウィンの記述の齟齬から浮かび上がるのは、メルヴィルが亀を「時の攻撃」に対する要塞の神話的象徴として意図していたということである。このように、冒頭二つのスケッチで提示される神話化されたガラパゴス諸島は、近代的時間性の外部に位置する想像上の場所として立ち現れる。

不確かな未来

「エンカンタダス」で近代的時間を逃れているのは亀だけではない。第八スケッチに登場するチョーラ族の未亡人ウニヤもまた、非人間的時間を生きている。ひとり島に取り残され、戻って来るかどうかも不明の船を待っている彼女は、非人間的時間が支配する島にあってさえ、必死に時間を記録しようとする。「ウニヤは、船が出航してからどれほどの月日が経ったのか、これを自分の脳裡に一時間の狂いもなく正確に刻みつけようと試みた。それから、同じ正確さで、船が帰るまでにどれだけの余裕があるものか、計ってみようとした。だがこれは不可能なことだとわかった。今日が何月何日なのか、第一それが皆目わからない。時間は彼女の迷路であり、ウニヤはこの中で完全に踏み迷ってしまったのだ」(156)。やがてウニヤはついに時間を記録することを諦めてしまい、絶対的な孤独ゆえに人間的時間の中で生きることを放棄せざるをえなくなる。[*9]

群島に流れる非人間的時間は、「エンカンタダス」の最後を飾る第十スケッチにおける郵便局の描写でも顕著である。語り手は特に、この郵便局における遅延したコミュニケーション、あるいはこれまで本書でも議論してきたデッドレターの可能性を強調している。

この不毛の地にあって郵便局の話をするのは非常に奇妙に思えるだろうが、しかしここには郵便局も時に見つかるのだ。郵便局とはいっても、一本の杭と瓶からできているものにすぎない。手紙は封印されるのみならず、コルク栓もされる。大抵の場合、こうした手紙は、ナンタケットの捕鯨船長たちがこのあたりを通りかかる漁船のためを思って投函するのであって、手紙の内容は捕鯨や亀獲りの成果に関するものであった。しかし往々にして何ヶ月、何年もの歳月が流れ去っても、受取人が現れないこともある。杭は腐朽して倒れ、これはどう見ても心の浮き立つ情景ではない。(172)[*10]

この郵便局では、手紙を送る時間と受け取る時間には大きな時間差がある。すでに本書でも何度か指摘してきたとおり、コミュニケーション革命の時代と呼ばれる一九世紀半ば、郵便は国全体を繋ぐ遠隔コミュニケーション手段として称揚された。本作品でメルヴィルは郵便の最大の特徴である速度を逆手にとり、郵便コミュニケーションの遅延を強調することでガラパゴス諸島独特の時間性を浮き彫りにしている。ガラパゴス諸島のすべては緩慢であり、世紀半ばの近代化を遂げる社会を駆動していた速度への信仰に逆らっている。あらゆる点で、ガラパゴス諸島は語り手が述べるところの「「時」の攻撃(assaults of Time)に抗する難攻不落の城砦」となっているのである。

ガラパゴスの郵便局はまた、不確かな未来という時間性を提示している。そこに投函された手紙は、未来に現れるかどうか定かではない、見知らぬ受取手に宛てられている。郵便局を描写した直後、語り手はある名の知れない人物の墓に思いを馳せるが、墓もまた遅れたコミュニケーションの場として機能している。この場合、なんらかのコミュニケーションが生じるとすれば、それは生者と死者のあいだである。「魔の島々は、この近辺を巡航する船舶にとってまことに便利な無縁墓地を提供してくれる。埋葬が終わると、誰か善意の前檣詩人ないしは芸術家が絵筆を取って下手な狂詩風の碑文を書きつける。それから長い月日が流れ、別の心優しい船員が偶然この場に出くわした際(chance to come upon)には、たいていそこの塚を円形テーブル代わりに使い、哀れな死者の霊の冥福を祈りながら、友情のブリキ缶をぐっと一気に飲み干す」(173)。ここでは「偶然(chance)」という動詞によって、将来、墓参者が現れるかどうかの不確実性が強調されている。この文脈でウニヤを想起するならば、彼女の孤独な時間は「はるか遠い未来（the furthest future）」に自分を救ってくれるかもしれない船を待つことに費やされており（153）、彼女が生きる時間は不確かな未来に向けられている。「エンカンタダス」では、未来は人間が直線的に進んだ先に必ず待ち受けている終着点ではなく、何も保証されていない不確かなどこかなのだ。

不確実性を伴う未来は、当時のアメリカを支えていた「明白な運命」という理想とは明らかな対照を成す。ロイド・プラットによれば、一九世紀中葉の合衆国における未来という時間は「帝国のイメージが投影される場と化して」おり、「明白な運命の熱心な論者たちは、不確実な未来という考えに対する切迫した不安感を表明していた」（Pratt 36）。最終スケッチとウニヤのエピソードが示しているのは、まさに「不確実な未来」であり、それは世紀半ばの合衆国を駆動していた国家の時間性から根本的に断絶している。しかしプラットが主張するように、明白な運命の推進者たちが不確実な未来に恐れを感じていたのであれば、当時の合衆国は、来るべき国家の繁栄を無邪気に信じていたわけではなく、その期待は国家の未来に関する不安と表裏一体であったと考えられる。「エンカンタダス」は国家の時間性との対比を提示しているようでありながら、不確かな未来を前景化することで、この時代に共有されていた時間に対する不穏な感覚を正確に記録しているのである。

循環する時間

第一スケッチに描かれている不変の現在、そして最終スケッチで提示される不確かな未来に加えて、そのあいだに挟まれた一連のスケッチでは、ガラパゴス諸島の歴史の描写を通じて「過去」というもう一つの時間性が描かれている。語り手は、過去数世紀にわたってガラパゴスに関わってきた人物たちの歴史を事細かに語るが、それはそのときどきの帝国の栄枯盛衰の物語にもなっている。本作ではガラパゴスの不変性が強調されているにもかかわらず、いやだからこそ、移ろいやすい人間の歴史が浮き彫りとなる。つまり「エンカンタダス」では、ガラパゴス諸島の「無時間的かつ神話的時間」(Newberry 55)と、絶えず変化する人間の時間とが並置されているのである。

ガラパゴス諸島の歴史として特に重要なのが、一九世紀初頭、南アメリカにおけるスペインの植民地支配を覆したスペイン・アメリカ革命についての記述である。「スペインの植民地がスペイン本国に反抗し、成功を収めていたころ、キューバ出身の、ある冒険好きのクレオール人がペルーのために戦い、彼はその勇猛果敢さと僥倖のおかげでついには愛国者たちからなる軍隊の中で高い位にまで昇進した。戦争が終わってみると、多くの剛勇な紳士たちとともに、ペルーは自らの自由と独立を勝ち取っていたが、同時に財政難に追い込まれるはめとなった」(146–47)。世紀半ばの合衆国における政治言説では、自国の独立革命と南アメリカの独立革命が時間的に近接していたため、両者に類似点を見出すことが通例であった(Lewis 215; Newton 10)。つまり南北アメリカ大陸では、半世紀という短期間にヨーロッパの帝国支配を転覆する政治革命が相次いだのである。このように、ある政治権力が別の政治権力に取って代わられるという歴史的事象の反復は、明白な運命の特徴である直線的時間ではなく、循環的時間を提示することとなる。そもそも「革命(revolution)」という言葉は、国家の歴史的起源(合衆国の場合は独立革命戦争)を意味するのと同時に、「回転する(revolve)」という動的過程、つまり循環的な反復をも含意する。「エンカンタダス」でメルヴィルが強調しているのはこの後者の意味であり、アメリカの独自性と言われているものが、人類の歴史の大きなサイクルのほんの一部でしかないという皮肉を示唆している。

「エンカンタダス」は、スペイン・アメリカ革命という直近の過去を振り返りつつ、西半球の新興帝国としての合衆国の未来についても考えをめぐらせている。本作品が書かれたのは、合衆国がこれから南米大陸の覇権を握ろうと野心を強めていた時期であった。一八二三年にジェイムズ・モンロー大統領がのちに「モンロー・ドクトリン」として知られる政治方針を議会で打ち出して以降、合衆国は——特にジェイムズ・K・ポーク政権において

——西半球のリーダーとしての地位をますます高めていった（Murphy 26–28; Sexton 97–111）。[*11] しかし先述した歴史の循環性を考慮すると、メルヴィルの作品は、合衆国の帝国主義的企図が、過去にヨーロッパ帝国が失敗したのと同じように失敗を運命づけられていることを暗示する。この文脈で注目したいのは、第五スケッチで語られる奇妙な逸話である。語り手が乗っている船は、アメリカ国旗を掲げた謎めいた船を発見するが、近づいてよく見ると、その船は今度はイギリス国旗を掲げている。「この謎の船は、朝にはアメリカ船であったものが、夕べにはイギリス船となり、しかも凪の中にあって順風満帆といったこの船は、二度と姿を現さなかった」（143）。一見すると些細なこのエピソードは、国家のアイデンティティの互換性を暗示しているようにも読める。つまり、ヨーロッパの列強とは異なる独自性を信じている合衆国はイギリスと本質的に区別不能であり、互いが入れ替わる循環運動の中に位置しているということである。

合衆国の帝国主義的欲望は、明白な運命を信奉する領土拡張主義者たちにある難問を突きつけた。自分たちが新たな「帝国」であるという認識は、「自由の国」というアメリカの理想と矛盾してしまい、国家のアイデンティティに大きな齟齬をきたしてしまったのである。独自の国家を構築しようとするなかで、アメリカ人たちは「自分たちが、歴史書で読んだような旧世界の帝国のある意味での後継者であることを自覚しながらも、自分たちの国家を帝国の反対に位置づけて認識することが習慣となっていた」（Allen 22）。この矛盾、つまり「専制的な帝国にならずして共和国を発展させるにはどうすればよいか」という問題を解決するために（Allen 23）、拡張主義者たちは合衆国の例外性を主張するようになった。このような政治レトリックは、例えば「エンカンタダス」と同じく『パトナムズ』誌に掲載された、一八五三年一月の「キューバ」という記事に顕著に表れている。匿名の著者はスペインを、キューバを不当に扱う残酷な帝国としてだけではなく、「破滅に向かってよろめき歩く弱小国」と表現する（“Cuba” 13）。そして、当時スペイン支配下にあったキューバを併合し、スペインの無力な政治的支配から救うことがアメリカの必然的な運命であると論じる。*[12] この筆者は、「合衆国の人々は、政治的、宗教的、商業的な自由を主張しており、彼らはその同じ自由を半球全体に拡げるという自国の慈善的な使命を信じている」とも書いているが(15)、ここにはキューバという他者を自らに取り込もうとする拡張主義的企図を正当化する論理が働いている。つまり合衆国の拡張主義は、その慈悲深い動機ゆえにヨーロッパの帝国による暴力的収奪とは本質的に異なる、というレトリックである。また、この記事のレトリックと反響するように、「エンカンタダス」の語り手はスペイン人に対して「卑劣な」(170)や「堕落した」(171)などの侮蔑的形容詞を用いている。

しかし、合衆国がスペインに代わって南アメリカの帝国的リーダーとなることは、スペインの過去の行いの反復にすぎないともいえる。*[13] 興味深いことに、「エンカンタダス」の語り手は、亀を「壮大な廃墟と化したローマのコロッセオ」と表現しており(131)、過去のローマ帝国や直近のスペイン帝国のように、あらゆる帝国は衰退する運命にあることを暗示している。ローマ帝国の衰退は、一九世紀半ばのアメリカにとってある歴史的教訓を意味した。すなわち、帝国への野望は必然的に「帝国的専制政治、それに伴う軍国主義、そして堕落への、共和国の内的退化」につながるという教訓である(Stephanson 17)。*[14] アレンが論じているように、合衆国では「自分たちの国家を帝国の反対に位置づけて認識することが習慣となっていた」が、それと同時に、「ヨーロッパの歴史を通じて必然的に繰り返されてきたと思われる歴史的反復から逃れる可能性」をも求めていた(Allen 22, 25)。しかし「エンカンタダス」は、合衆国がすでに過去の帝国によって踏み慣らされた道を突き進んでおり、避けようと思っているものを意図せず反復してしまう、という皮肉な事態を描いているのである。

「エンカンタダス」は時が止まったガラパゴス諸島をめぐるスケッチ集であるため、作品内には明確な時系列が存在しない。語り手はガラパゴスの歴史を語ろうとしつつ、作品全体は人間的時間、つまり直線的時間に沿ったナラティブにはなっていないのである。それぞれのスケッチは一種の島、あるいは独立した存在を構成していると同時に、それぞれがゆるやかに繋がった全体を作り上げている。[*15] 物語る行為が出来事を一定の時間的秩序の中に再配置する行為であるとすれば、メルヴィルはさまざまなスケッチを並置することで、ガラパゴスを直線的な近代的時間性へと統合することを拒んでいるともいえる。「エンカンタダス」に胚胎する「時間のスケッチ性」ともいうべきものは、新興帝国アメリカを駆動する直線的な推進力と相反するものとして機能している。次の一節で語り手は、亀の直線的な動きを国家の直線的な運動になぞらえながら、皮肉を込めて表現している。

その夜私はハンモックに横になっていると、それら三匹のどっしりとした客人が障害物の多い甲板の上をのそりのそりと退屈そうに巨体を引きずって歩く音を頭上に聞いた。そいつらの愚かさ、ないしは不退転の決意は大変なもので、いかなる障害物といえども、それを避けて通るなどまずない。……彼らの最大の呪いとは、いたるところ障害物が散乱しているこの世界にあって、あくまでも愚直に努力しながら直進しようとする衝動にほかなるまい。（132）

この「まっすぐに進んでいく怪物たち」は、国家や帝国の野望に向かってやみくもに歩みを進めることの無益さ、あるいは語り手が「絶望的な苦行」と表現するものを示しており（132）、語り手はそれを「愚かさ」そして「呪い」と見なしているのである。

混淆的起源、混淆的時間

あらゆる直線的かつ目的論的な歴史というのは、目標となるテロスに向かって進むための出発点となるなんらかの出発点／起源の存在が前提となる。ワインスティーンが言うように、「進歩の物語を語るためには、零度、つまり起点がなければならない」(Weinstein, *Time* 41)。アメリカの歴史において、国家的起源（オリジン）と国家の独自性（オリジナリティ）が分かち難く結びついていることはオサリヴァンのエッセイを通じて検討したとおりであるが、メルヴィルはガラパゴスを描く際に過去の探検家たちの物語をかなりの程度借用しているため(Blum 146)、この作品の独自性はメルヴィル自身によって意図的に損なわれていることになる。メルヴィルは自身の物語を創作するうえで多様な物語を混合させることにより、単一の起源という考えを疑問に付しているのである。[*16] 本作品に多様な出典が混ざり合っているというのは、ガラパゴス諸島という特異な場所を描くうえでまさにふさわしい。というのも、ウィリアム・ハワースが述べるように、ガラパゴス諸島周辺ではいくつかの海流が合流して複合的な水域を形成しているからである。「ガラパゴス諸島では、南極から上昇してくるフンボルト海流と西を通過する南赤道海流という、暖流と寒流という二つの大きな海流が合流している……。海流の混合は、海洋生物と陸生生物にとって大きな採食場を形成する」(Howarth 98)。[*17] 事実、ガラパゴスのそうした環境を理解しているメルヴィル／語り手は、「この群島をめぐるほとんどすべての海峡で渦を巻き、互いにぶつかり合う潮の流れ」を指摘している(127)。かように、ガラパゴス諸島は複数の意味において多種多様な源が交錯する場所であり、この地においては単一の起源という概念そのものが大きく揺るがされる。ガラパゴス周辺の海域について特に注目すべきなのは、複数の起源が混ざり合うことで結果的に独自の生息地を作り出しているということであり、アメリカが信じていたように、単一の起源が必ずしも独自性を保証するわけではない。つまり、スペインなどの他者を貶め、排除することで作り上げられる独自性とは異なり、「エンカンタダス」においては自己と他者の混淆こそが独自性の基盤となっている。

　起源の問題は、作品中で国家の問題と明示的に関連づけられている。語り手は、一六世紀のスペイン人探検家にまで遡ることで、ガラパゴス諸島の歴史的起源について詳しく説明する。

これらの島々に文字通り初めてヨーロッパ人が出くわした時の状況は、特にこれから述べる事柄が我らエンカンタダスの最初の発見にも同様に当てはまることだけに、ここで少しばかり触れておくに値するだろう。一五六三年以前にスペイン船がペルーからチリまで行った航海は、まさに困難を極めたものであった。……このような沿岸航行に伴う危険に終止符を打ってくれたのが、かの有名な水先案内人、またその名前に因んで命名された島のおかげで不滅の存在となったファン・フェルナンデスであった。……魔の島々やその他の南米大陸の歩哨役を演じているともいえる島々が発見されたのは、この新航路上においてであり、それは一六七〇年、ないしはそのあたりの頃であった。(138-39)

ここで語り手は、スペインの航海者が島を発見した歴史的起源となる時点を強調しているが、それと同時に、歴史的起源を特定する行為は作品自体によって疑問視されている。というのも、第一スケッチにおいて、「日付のない無限の忍耐」を象徴する先史時代の亀がスペイン航海者たちによる「発見」よりもはるか前にガラパゴスに生息していたことが示されており、「歴史的起源」という概念そのものが相対化されているからである(131)。

単一の起源という概念は、語り手の名付ける行為を通じてさらに疑わしいものとなっている。亀や島の不変性とは対照的に、最も変化にさらされているのが島の名前である。作品を通して語り手は、島の名前が「発見」から数世紀のあいだに何度も変更されてきた来歴を繰り返し強調する。「エンカンタダスの島々は最初スペイン人によって命名されていたという事実を銘記されよ。ところがこれらのスペイン名は、その後海賊どもが新しい名前をつけたために、大概イギリスの海図から抹消されてしまうことになる。これら自国の王に忠誠なる海賊どもや、彼らの命名とエンカンタダスの島々を関係づける事柄については、いずれそのうちに語ることになるだろう」(141)。語り手によれば、元々のスペイン語名は徐々に英語の名前に置き換えられていったとされるが、このことは、その時々の覇権を握る国によって島の名前が容易に変わりうる事態を示している。ハワースによれば、「ガラパゴスに人間が住み始めたのはごく最近のことであり、インディアン、スペイン人、イギリス人が訪れてから五世紀も経っていない。初期には狩猟者、さらには海賊、捕鯨者、囚人、移民、その他の漂流者に至るまでさまざまな人たちを寄せつけてきた。島の名前は、一九世紀にはスペイン人からイギリス人、そしてエクアドルが統治し始めてからは再びスペイン人へと、諸島に関わる人々の歴史を反映している」(99)。こうした名前の恣意性は、第一、第二スケッチで描かれる亀や島の不変性とは対照を成す。ロドリゴ・ラゾが論じるように、「「エンカンタダス」は、国家、帝国、遠くからやってきた個人らが、ガラパゴス諸島を占有しようとして失敗したことを浮き上がらせている」のである(Lazo, "The Ends of Enchantment" 208)。

語り手による名付け行為との関わりで最も注目すべきは、海図上ではスペイン語の名前が英語の名前に置き換えられているにもかかわらず、語りの中では、両言語による名前が奇妙なかたちで並置されていることである。読者に初めてガラパゴス諸島を紹介するとき、語り手は「島々の所在がいかにも一定しておらず、現実性を欠くものと見えることにこそ、スペイン人たちがこれをエンカンタダス、あるいは魔法にかけられた群島(the Encantada, or Enchanted Group)と呼んだひとつの理由があったことはほぼ間違いないところだ」(128)と書いている。スペイン語名と英語名のあいだに置かれた「あるいは(or)」は、語り手が物語中で行っている翻訳行為を象徴的に示しており、その点ではスペイン語名の前に英語の定冠詞が置かれていることも見逃せない。スペイン語と英語の混在のさらなる例として、作品タイトルの下に書かれている、"Salvator R. Tarnmoor"という本作品の作者(語り手)とされる人物の名前が挙げられる。"Tarnmoor"は明らかに英語由来の名前だが、"Salvator"はラテン語系の名前と理解してよい。つまり、言語的混淆は島々の表記だけでなく、メルヴィルがこの物語を出版する際に記したペンネームにも見られるのであり、作者あるいはこの物語の単一の起源とされる人物がそもそもハイブリッドな複数の起源を帯びているのである。本作品におけるスペイン語という言語の他者性は、英語に同化されて抹消されるのではなく、他者性を帯びた異物のまま英語と同居している。

さらに、語り手によるスペイン語名の翻訳は、ほとんど常に間違っている。第三スケッチで語り手はこう書いている。「さて、この魔の島々に関して言えば、幸いにもわれわれは立派な岩でできた堂々たる展望塔、その特異な姿形からして古くからスペイン人によってロック・ロドンド（Rock Rodondo）、あるいは円い岩（Round Rock）と呼ばれている塔を有している」（133）。ここでも語り手は、スペイン語と英語のあいだに「あるいは（or）」を置くことで自身の翻訳行為を明言しているものの、“Round Rock”のスペイン語名は正しくは“Roca Redonda”であり、“Rock Rodondo”ではない。形容詞の“redonda”のスペルが間違っているだけでなく、“rock”という名詞が英語のままであり、英語とスペイン語が奇妙に混在している。さらに、この物語のタイトルである“The Encantadas”は一見するとスペイン語名だが、実際には英語の定冠詞“the”とスペイン語の形容詞“Encantadas”が混ざった奇妙な名前である。スペイン語では、“las islas Encantadas”が正しい表記となるはずだ。本作品のタイトル“The Encantadas, or Enchanted Isles”にも表れているように、語り手は「あるいは（or）」を繰り返すことで固定的な名前を疑問に付し、人間による支配から逃れた群島の「移ろいやすさと非現実性」を表現していることが分かる（128）。

これらの誤訳ないしは誤表記は、メルヴィルの見落としや知識不足に起因するものではなく、意図的に行われたものと解釈することができる。[*18] 顕著な例として、語り手は著名なスペイン人航海士ファン・フェルナンデス（Juan Fernandez）の名前を“Juan Fernandes”と誤って表記しているが（138）、本作品の他の箇所でメルヴィルはこの名前を正しいスペルで表記していることからも（147）、このようなスペルミスの繰り返しは作家の意図の一部であると見ることができるだろう。さらに本作品の一年後に出版された『イズラエル・ポッター』でも、メルヴィルは正しくこの人物の名前を記している（*Israel Potter* 97）。[*19] つまり、すでに列挙した不正確な表記と翻訳は、メルヴィルの知識の欠如によるものではなく、むしろ複数の言語的起源を意図的に混ざり合わせようと意図した結果であると推測できる。[*20] 当時、新たな帝国としてスペインの過去を塗り替えようとする合衆国であったが、「エンカンタダス」には他者性の痕跡としてのスペイン語が明確に刻まれている。帝国主義的欲望が他者の他者性を抹消し、他者を自らのうちに取り込む暴力的な力学を指すならば、本作品はむしろ、他者が抹消しえない亡霊として現在と混じり合い続けるさまを執拗に描いている。

語り手の翻訳に見られる言語的混淆性は、「エンカンタダス」に見られる時間的混淆性と共鳴する。この作品は、未来と過去という二つの時間が交差するところで終わる。最終スケッチは、先述したように不確かな未来に焦点を当てているが、この未来への意識は、語り手の過去への関心と切り離せないものとしても描かれている。語り手は、過去にガラパゴス諸島に滞在した人々が残していったさまざまな遺物について、「消えゆく人間の痕跡が島内に発見されるのは、そうした隠者の住処や岩の窪みの遺物に限られるわけではない」と述べている（172）。続いて、すでに議論したガラパゴス諸島の郵便局を描いたのち、見知らぬ人物の墓石とその碑文に触れて本作品を締めくくっている。次の一節はすでに引用したものだが、ここで再度検討してみよう。「埋葬が終わると、誰か善意の前檣詩人ないしは芸術家が絵筆を取って下手な狂詩風の碑文を書きつける。それから長い月日が流れ、別の心優しい船員が偶然この場に出くわした際には、たいていそこの塚を円形テーブル代わりに使い、哀れな死者の霊の冥福を祈りながら、友情のブリキ缶（a friendly can）をぐっと一気に飲み干す」（173）。このように「エンカンタダス」は、未来の訪問者が過去の滞在者たる死者と偶然邂逅するという想像上の瞬間を強調しつつ、過去と未来が不可分であることを示して終わる。「友情の（friendly）」という形容詞は、オサリヴァンが捉えていたように未来と過去が敵対するわけではなく、むしろ必然的に混淆するものであることを告げている。さらに、ここで触れられる「哀れな死者の霊」の国籍あるいは起源は不明であり、現在と過去が混じり合ううえで国籍は支障とならない。

オサリヴァンは、アメリカの誕生を「新たな歴史の始まり、つまりかつて試されたことのない政治形態の形成と進歩であり、その点で我々は過去から切り離されていて、未来とのみ繋がっている」と述べ（426）、過去と未来を峻別して捉えていた。一方でメルヴィルの作品は、過去と未来の混淆を想像することで代替的な時間を描いている。「エンカンタダス」におけるガラパゴス諸島とは、アメリカという自己とスペインという他者の境界線が、未来と過去の混淆を通じて融解する場なのである。

註

＊1　エドワード・L・ウィドマーが論じるように、一九世紀中葉において「若さと新しさはアメリカ的レトリックの金科玉条だった」（Widmer 3）。

＊2　Luciano 12; Pratt xiii を参照のこと。近年の時間的転回は、時間の均一性、あるいはニック・ヤブロンが論じるところの、「ベネディクト・アンダーソンによって提示された均一な空虚な時間」に対する反動といえる（Yablon 129）。アンダーソンの時間に関する議論は Anderson 47–65 を参照のこと。

＊3　メルヴィル作品で境界攪乱的な時間性を扱っているのは「エンカンタダス」だけではない。『ピエール』には、時間について論じるプロティナス・プリンリモンのパンフレットが登場し、「バートルビー」ではウォール街の時間と同期しない主人公が描かれ、『イズラエル・ポッター』では国家の歴史から忘却された主人公が描かれる。

＊4　このエッセイを通じて、オサリヴァンは「拡大する未来」や「境界なき未来」といった表現を用いることで（427）、未来がアメリカ特有の時間性であることを強調している。このオサリヴァンのエッセイとメルヴィルを繋げた議論として、Dimock, *Empire* 14 を参照のこと。

＊5　「合衆国の旧世界からの独立＝国家のオリジナリティ」という等式は、近年トランスアトランティック・アメリカ文学研究の文脈において再検討が行われていることも付言しておきたい。例えばTennenhouseとTawilの議論を参照のこと。彼らは、環大西洋的交流を通じてアメリカ国家の独自性が築かれたと論じている。

＊6　「エンカンタダス」にテーマ的統一性を読み取る議論としては、Albrecht, "Thematic Unity" が挙げられる。

＊7　テクストの翻訳は杉浦銀策訳『乙女たちの地獄――H・メルヴィル中短編集II』（国書刊行会、一九八三年）を参照し、必要に応じて変更を加えた。

＊8　ダーウィンもまた『ビーグル号航海記』で、メルヴィルと同様に「大洪水以前の（antediluvian）」という表現を用いて亀を描写している（Darwin 271）。

＊9　一九世紀アメリカにおける時間の標準化については、O'Malley 260を参照のこと。

＊10　郵便局は一九世紀のガラパゴス諸島に実在した。この点に関しては、メルヴィルが本作執筆にあたって参照したディヴィッド・ポーターの『南海旅行記（*A Voyage in the South Seas*）』（一八二三年）にも記載がある（Porter 35）。また、Kricher 8も参照のこと。

＊11　モンロー・ドクトリンとは、東半球のヨーロッパ諸国による西半球への政治的介入を拒否する外交原理を指す。

＊12　この記事とメルヴィルを関連づけた議論として、Spengler 90を参照のこと。

＊13　アラン・ムーア・エメリーは、この反復を指して「アメリカ拡張主義の非独創性」と看破している（Emery 63）。

＊14　Baym, *American Women Writers* 53も参照のこと。

＊15　本作の断片性についてのさらなる議論はSten, "Facts Picked Up" 214を参照のこと。

＊16　Sattelmeyer and Barbour 398を参照のこと。

＊17　Nicholls 22-23も参照のこと。

＊18　メルヴィルのスペイン語の知識に関する議論はGrueszの論に、メルヴィルの英語以外の他言語への関わりそして翻訳の問題に関する包括的議論はFuruyaの論に詳しい。

＊19　メルヴィルの意図的なスペイン語の誤表記に関する議論は、Irigoyen, "Follow to your leader" 114-17を参照のこと。

＊20　ガラパゴス諸島の地理的描写に関して、デニス・タニヨルはメルヴィルの「意図的な不正確さ」を指摘している

(Tanyol 24)。メルヴィルによるスペイン語と英語の混合については、Marçais 47-56 の議論を参照のこと。

第七章

差異を超える――「ベニト・セレノ」における認識の詩学

「ベニト・セレノ」（一八五五年）において、西半球は多様な地政学的利害と欲望がぶつかり合うアリーナとなっている。一七九九年のある日の夜明けから夕暮れまでを描くこの小説は、「荒涼とした小さな無人島で、チリの延々と続く海岸線の南端の沖に浮かんでいる……セント・マリア島の港」の周辺で展開されるが（*The Piazza Tales* 46）、その静けさを背景として、さまざまな境界線を超えようとする登場人物たちの欲望の衝突が活写される。[*1] 一方では、アメリカ人船長アマサ・デラノを通じて当時の合衆国の南アメリカへの帝国主義的欲望を剔出しつつ、他方では、スペイン人船長ベニト・セレノを通じてスペインの奴隷貿易への関与を描き出す。西半球の支配をめぐるアメリカとスペインの地政学的緊張だけでなく、この小説はさらにバボらアフリカ出身の奴隷たちがアフリカ大陸に戻るべく反乱を起こした顛末も記している。このように、「ベニト・セレノ」は南北アメリカ、スペイン、アフリカという地理的境界線の越境を主題にしたトランスナショナルな小説であり、それぞれの主要登場人物が他者との距離を暴力的に越えようとするさまを描出している。

過去二〇年ほどのあいだにトランスナショナル・アメリカ文学研究は大きな発展を遂げてきた。[*2] ここで言う「トランスナショナル」とは、端的には「国民国家の境界線を越えた民族間、そして組織間の繋がり」(Doolen 163) を指すが、本章ではこの批評的展開を踏まえつつ、「距離を越える」という行為を議論の中心に据えて「ベニト・セレノ」を読解していく。[*3] より具体的には、「距離を超える」という行為を次の三つの観点から検討する。第一に、アメリカ合衆国と南アメリカ諸国のあいだの「半球的統一」を正当化するために、一九世紀アメリカで頻繁に採用されていた同一性をめぐる政治的レトリックを歴史的に概観する。第二に、この政治的レトリックと密接に結びついた友情のレトリックを検討する。友情とは、この小説の中心的な登場人物であるデラノ、ベニト、バボのあいだの複雑な関係性を表現するために使用されるレトリックである。友情は、他者との距離を超越しようとするという意味において境界攪乱的であり、本作品では最終的に他者を自らのうちに取り込もうとする暴力性を帯びる。このような友情と暴力の近似性は、作品終盤でデラノがスペイン人船員の命を犠牲にしてまでスペイン船サン・ドミニク号を暴力的に収奪する点からも明らかだろう。第三に、登場人物のスペイン語を英語に翻訳する——言語の境界を超える——ことで小説を語り、最後にはバボの沈黙の翻訳(不)可能性に直面する、語り手の翻訳者としてのふるまいを考察する。これらの三つの視点から作品にアプローチすることで、距離を越える行為に本質的に内在する他者への暴力の倫理的危険、そしてその危険を回避する方途をこの小説がどう描いているのかを明らかにしていきたい。

同一化と差異化[4]

多くの批評家が指摘してきたように、メルヴィルが「ベニト・セレノ」の舞台を南アメリカに設定した主な要因の一つは、一九世紀中葉の合衆国においてキューバ併合への関心が高まっていた事情にある。[5] 国境を越えた領土拡大の欲望は、グレチェン・マーフィーが呼ぶところの「半球的想像力」にまで遡ることができる。前章でも確認したとおり、一八二三年にジェイムズ・モンロー政権は「モンロー・ドクトリン」と呼ばれる外交方針を発表したが、これに触れてマーフィーは次のように論じる。「モンローが半球規模の連帯を指し示す際、そこには帝国主義の身振りが隠蔽されている。彼が南アメリカ諸国を「我々の南の同胞」と呼ぶとき、モンローは、「アメリカ/アメリカ南北両大陸」という神話、つまり「同一性を通じた支配」の戦略を用いた神話を導入している」(Murphy 5)。これから検討していくように、同一性への欲望を宿した南アメリカへの関心の高まりは、友情のレトリックと同時に発展していった。このレトリックで注目すべきは、表面的には合衆国と南米諸国のあいだに平等の地位を前提としているように見せかけつつ、その根底にはパターナリスティックな意図が隠蔽されており、西半球のリーダーを自認する合衆国の領土拡張への欲望が秘められている点である。

合衆国の南アメリカへの関心は一八五〇年代まで続いたが、その間に政治的関心の中心は奴隷制をめぐる国内問題に移っていき、合衆国は国家分裂の危機にさらされることになった。このような国内の政治不安はしかし、国家の境界線を超えた外部とも連動していた。国内での奴隷反乱に対する懸念が高まるのと同時に、合衆国南部の人々は、一八〇四年のハイチ革命の成功から半世紀近くが経過したにもかかわらず、スペインの支配下で奴隷制度が現存していたキューバに熱視線を向けたのである。キューバという合衆国の外部に位置する「南」への視線は、南部の人々の奴隷制を国境を越えて拡大させたいという願望だけでなく、国内の奴隷制廃止運動の高まりによって政治的に不利な状況に追い込まれつつあるという不安からも生じたものであった。

前章でも検討した「キューバ」と題された記事は、一八五三年一月に『パトナムズ』誌に掲載されたが、これはまさに数年後に「ベニト・セレノ」が連載されることになる雑誌である。スペインを「破滅に向かってよろめき歩く弱小国」と表現する匿名の著者は（"Cuba" 13）、キューバの奴隷をより厳格に管理する必要性、さらには奴隷反乱を防ぐためにアメリカがキューバを併合する必要性を主張している。さらには、キューバ併合は、「半球全体に同一なものを拡張するという、博愛に満ちた国家的な使命」であるとも主張している（15）。この一節は、著者の地政学的意識も含めて、モンロー・ドクトリンの哲学がどれほど一九世紀中葉に浸透していたかの証左となっている。同一性のレトリックをさらに裏付けるのが、フランクリン・ピアース政権の閣僚たちによる一八五四年一〇月の政治文書、「オステンド・マニフェスト」である。ここでもスペインはキューバを支配することができないと記述され、合衆国によるキューバの併合を求めている。「合衆国沿岸と近接していることで、キューバと我々のあいだには時間をかけて交流が育まれ、促進されてきた。いまやアメリカ国民は利害と運命をキューバと共有しているのであり、両者は互いを一つの民族、そして運命共同体と見なしているのだ」（"Ostend Manifesto"）。

つまりこれらの文書には、「私たちは同じ半球にいる兄弟であり、したがって私たちは繋がっている」という論理が共通して確認できる。このレトリックで注意すべきは、同一性を強調しながらも、合衆国は同時に西半球のリーダーとしての地位を主張することで、南アメリカ諸国との差別化を図っているということである。南アメリカとの距離を越え同一化しようとする一方で、合衆国は南の「同胞」とのあいだに暗黙のうちに戦略的な距離を取っているのだ。

半球化された太陽

メルヴィルの「ベニト・セレノ」にもまた、同一化と差異化のレトリックが見て取れる。作品冒頭の次の一節は、デラノ船長が遠くに現れた謎の船を眺める場面であるが、これは当時のアメリカの西半球支配に対する多大な関心を物語っている。

少なからぬ興味をもって、デラノ船長はその船を見守っていたが、その船の船体を部分的に覆っている霧のために、状況があまりよく把握できなかった。ただその霧の奥から早朝祈禱の灯火とおぼしい船室の光が、薄ぼんやりと流れ出ているのが認められた。それはその時の陽光によく似ていた。入港しつつある奇妙な船に合わせるかのように、この時、水平線のへりにわずかに顔をのぞかせている太陽（hemisphered on the rim of the horizon）が見えた。（47）

ここで目を引くのは、「半球化された（hemisphered）」という聞き慣れない単語である。当時の合衆国が西半球の支配を望んでいたこと、つまり「半球的欲望」と呼びうるものを有していたことを考えると、この単語はより一層の重要性を帯びてくる。[*6] 先述のとおり、本作は当初『パトナムズ』誌に連載されたが、実は雑誌連載の際にはこの単語は使われていなかった。十月号に「ベニト・セレノ」が最初に発表されたときには、代わりに「三日月状の（crescented）」という単語が使われている（"Benito Cereno" 353）。「ベニト・セレノ」は、一年後に出版されたメルヴィルの短編集『ピアザ物語』（一八五六年）に収録されることになるが、この際に「三日月状の（crescented）」は「半球状の（hemisphered）」に置き換えられている。この修正は、メルヴィルが「半球」が持つ政治的含意に強い関心を持っていたことの証左と見ることができる。受動態としての「半球」の使用は、合衆国の思惑によって地球が人為的に「半球化」されているという、当時の政治状況に対するメルヴィルの鋭い理解を示すものではないだろうか。西洋では太陽が伝統的に政治権力の象徴として理解されてきたことも踏まえれば、本作品における太陽の表象は西半球における合衆国の帝国主義的野望の出現を示すものとなる。

半球状の太陽が日没を示すように、「ベニト・セレノ」はスペイン船サン・ドミニク号の船内での時間の移り変わりに絶えず言及している。「使い走りの少年」が「指示されている仕事」として「船の大鐘」を打って時間を知らせ（81）、巨大な黒人のアトゥファルはベニトの前に二時間ごとに立ち（62）、そのためにアトゥファル自身が「時計」と呼ばれている（93）。物語は日出と落日のあいだに展開することから、語り手はおのずと太陽の軌跡をたどることになる。アメリカ人船長デラノがサン・ドミニク号を離れて船に戻ろうとするとき、彼は「静かな野営地のごとき西方の空に沈みゆく太陽」を見ている（96）。つまりこの小説のプロットは、デラノが半球状の太陽が「水平線のへりに」昇っていくのを見ることから始まり、「西方の空に沈みゆく太陽」を見るところで終わる。なぜ本作品はこのような構成になっているのだろうか。

この問いの鍵は、太陽が日出と日没を繰り返すという周期性にあると考えられる。東西の半球に分割された地球を仮象する「半球状の太陽」は、帝国主義的リーダーとしてのアメリカの新時代の到来を予言するが、それと同時に語り手はその太陽をはるか遠くの「水平線のへり」に位置づけることで、アメリカの帝国主義的野心とその目的の達成とのあいだにはまだ越えるべき大きな隔たりが存在していることを皮肉をもって示している。さらに重要なのは、太陽が帝国的権力の周期性を暗示していることである。つまり、現在昇っている太陽はやがて西に沈み、そしてまた東から昇るというように、その動きを反復し続ける。そして半球化された太陽は西へと沈みかける途中の状態であり、あくまで自然の終わりなきサイクルの中で、一時的に「半球化」されているにすぎない。前章でも議論したとおり、合衆国がたとえ南アメリカを支配することになったとしても、それはスペインの過去の征服の反復にほかならない。言い換えれば、メルヴィルの語り手は、「半球状」であると形容することで太陽を政治的に表象する一方、それがあくまで人間の意志が届かない自然の領域に存在することを暗示することにより、太陽を非政治化してもいるのである。

太陽の周期性はまた、アメリカ人船長デラノが無邪気に過去を忘れ去ろうとする態度を批判的に浮き彫りにする。バボらの反乱を鎮圧し、スペイン船を収奪したのち、デラノは悄然としたベニトに向かってこう言い放つ。「でも事を一般化しておられますよ、ドン・ベニト。しかも、あまりに悲しい見方です。なにはともあれ、過去は、文字通り過ぎ去ったのです。どうして過去からそのような教訓を引き出そうとなさるのです？　忘れることです。ご覧なさい、あそこに輝いている太陽は、過去などすべて忘れ去っています」(116)。二人の船長のこの最後の会話で、デラノは、おそらくは水平線のへりで「半球状」になっている夕日を指差しながら、ベニトに過去を忘れるように促している。デラノは沈む夕日を「一日に起こったことの終わり」の象徴として理解しているものの、その同じ太陽は周期的な動きを果てしなく続けることになる。その日を終わったものとしたいデラノの願望とは裏腹に、沈んでは昇る太陽は、永続的な周期性の中で動き続けるのである。

ここで議論を整理すると、この小説は二種類の地政学的緊張を提示しているといえる。第一に、アメリカ船とスペイン船の邂逅は、一九世紀中葉における二国間の政治的利害の対立を示す。第二に、太陽の描写は地球を二つの半球として捉えていた時代における、アメリカがスペインに代わって西半球の帝国的リーダーになりつつあるという政治的理解を表象している。つまり、太陽を「半球」として提示する冒頭の場面は、アメリカとスペインの局所的な遭遇を提示しながら、この地政学的緊張を西半球という大きな存在へと拡大、あるいは「半球化」させているのである。さらに重要なことに、この半球化のレトリックは、前節で検討した同一化と差異化のレトリックと通じている。世界を二つに「半球化」するということは、合衆国と南アメリカを同じ地理的空間へと同一化することであると同時に、前者が後者に対して覇権を振るうための差異、ないしはヒエラルキーを作り上げることでもある。メルヴィルの小説はさらに、次節で論じるように、「友情」をデラノ、ベニト、バボの心理的距離を描くための中心的なレトリックとして使用することで、戦略的に他者を自分の中に取り込もうとする同一化の論理を前景化しているのである。

友情の同一性

すでに見たとおり、作品冒頭でデラノ船長は「少なからぬ興味」をもって、接近する船に潜む謎を解き明かそうと決意する(47)。ついにサン・ドミニク号に乗り込んだとき、彼は一瞬にしてそれが「奴隷輸送船」だと察知する(49)。ここで重要なのは、この時点でデラノは「訪問者」であり(49)、一時的な滞在者にすぎないということである。その後、デラノは「人の良い船長」として(47)、スペイン人船長ベニト・セレノに友好的な態度で声をかける。「アメリカ人船長デラノはスペイン人船長に歩み寄り、同情の念をはっきりと表明して、できる限りのいかなる援助も惜しまず提供するつもりである、と申し出た。それに対してスペイン人船長は、ともかくも重々しく儀礼的な謝意を返した」(51)。この場面で際立っているのは、アメリカ人船長が一方的に語りかけ、スペイン人船長はほとんど返事をしないという、両者のコミュニケーションの欠如である。この欠如は小説中で何度も繰り返され、おのずと二人の距離感が強調されることになる。デラノが沈黙している理由は、のちに明らかになるとおり、実はサン・ドミニク号で起きた反乱の首謀者であるバボの厳しい監視下に置かれているためであった。

訪問者デラノは、ベニトとの溝を埋めようと会話を繰り返し試みる。語り手は、デラノとベニトの関係を説明するために「友人（friend）」という単語を執拗に使用している。「慈善心に満ちたアメリカ人」たるデラノはスペイン人船長の無反応ぶりを見て、「ドン・ベニトのよそよそしい態度が気に障った」と考える（52-53）。ここから展開されるのは、デラノが「非友好的な（unfriendly）」ベニトとの距離を縮めようとする一連の試みであるが、ベニトは「親愛の情を持って接しようとする友好（befriend）」の申し出を繰り返し拒否する（52）。二人の対照的な態度を考えれば、デラノがベニトに対して「この俺とはなんと違っていることか！」と思うのも不思議はない（61）。自分とベニトは「違っている」という認識にもかかわらず、彼と仲良くなろう（befriend）とするデラノの歩み寄りは、ベニトを自分の側へと近づける試みと理解できる。これから見ていくように、デラノはベニトを「友人」とみなすことで、無意識のうちに、当初は埋めることができないように見えた二人の距離を縮め、最終的にはこのスペイン人を自分に同化させてしまうのである。

友情という概念は、古来より哲学者たちの思索を誘ってきた。プラトンの『リュシス』、アリストテレスの『ニコマコス倫理学』、キケローの『友情について』、そして現代思想においてはジャック・デリダの『友愛のポリティクス』がその代表例である。西欧哲学における友情言説の歴史を概観するアイヴィー・シュワイツァーによれば、友情とは、社会的、ジェンダー的、人種的規範の観点から、友人間の平等と同一性を前提としたものである。[*7] この定義からすれば、デラノがベニトを友情の対象とするのは当然のことであろう。彼らは白人の男性であり、船長であるという共通項を有しており、唯一の違い——これが実は重要な違いなのだが——があるとすれば、それは彼らの国籍のみである。

そうした哲学的議論のなかでも、キケローとミシェル・ド・モンテーニュは、自己投影としての友情観を提示している。キケローは、真の友人とは「第二の自己のようなものである」と記しているが（六七）、この友情観はモンテーニュの主張と共鳴する。友情において、「二人の心は渾然と溶け合っていて、縫目も分からないほど」であり（三六五）、「［真の友人］は他人でない人、すなわち私自身と同じ人」とモンテーニュは結論づける（三七〇）。この友情観から浮かび上がるのは、理想的な意味での「真の」友情の不可能性である。というのも、これらの洞察は、「他者はどのようにして自分自身であることができるのか」という困難な問いを生むからである。他者が自分自身となるならば、自己と他者を隔てる境界が消滅することになるだろう。メルヴィルが「ベニト・セレノ」で探求しているのは、原理的に不可能であるはずの友情が、デラノ自身、あるいは彼が体現するアメリカの政治的利益のために実現されてしまったときに一体何が起こるか、という問題である。実際、デラノが友好的な船長を装ってベニトと築こうとする疑似的友情は、一九世紀の合衆国で半球的統一を正当化するために採用された同一化と差異化の論理に限りなく接近している。

友情を築こうとするデラノの姿勢が顕著になるにつれ、その要望に応えることができないベニトの様子がより鮮明になっていく。二人の意思疎通の欠如は、ベニトの応答（response）を待たずに、デラノがスペイン船の責任（responsibility）を担い始めるときに最も明らかになる。「ベニトの衰弱した体調について手短に気遣いの言葉を残したあと、デラノは彼に、どうかこの場に残って、安静にしてもらいたい、と付け加えた。いまや彼は、吹いてきた風を最大限有効に使う任（responsibility）を、勇んでわが身に引き受けるつもりでいた」（92）。デラノは、ベニトが沈黙しているのをいいことに、進んで船の責任を担う。当初はただの「訪問者」にすぎなかったデラノは、ベニトを無力で半ば狂っている船長だと考え、ついにはサン・ドミニク号の「水先案内人」となる（93）。二人の船長のあいだに応答可能性がないことは、デラノの友情理解を象徴しているといえるだろう。つまり、そもそもデラノはベニトに他者性を認めておらず、一方的にスペイン人船長を自分と同一化させてしまっているのだ。

このような非相互的かつ非対称な「友情」のありようは、デラノの部下たちがスペイン船を完全に支配し、スペイン船の所有物をすべて没収する場面に極まる。デラノはベニトの沈黙を利用して、次のように部下たちに告げる。

「さらに水夫たちの士気を高めたのは、スペイン人船長は自分の船はもはや喪失したものと見なしている、と告げられた時の事だった。船の積荷には、金銀も含まれていて、総額一千ダブルーン以上の価値があるとのことだった。船を取り返すことができれば、少なからぬ分け前が自分たちのものになる、と知らされ、水夫たちは歓声を上げて応じた」(101)。また、この収奪の場面では、「二人のスペイン人が、ボートからの射撃で射殺されてしまった」という顛末も見逃せない。このスペイン人殺害はのちにアメリカ人水夫の誤解に起因していたとされるが、たとえそれが「避けがたいこと」(101)。だったとしても(113)、スペイン人の命を犠牲にして彼らの船を収奪したという事実は変わらない。苦しんでいる船への友情の施しとして始まったデラノのスペイン船への関与は、最終的にはその暴力的な収奪に帰結する。モンテーニュの「真の友人は私自身である」という言葉をなぞるように、デラノは「友人」たるベニトの他者性を消去し、自己へと同一化させることになるのである。

主人と奴隷の友情

「ベニト・セレノ」が描くのは、友情が暴力へと至る道筋だけではない。本作における友情のありようをさらに複雑にしているのは、奴隷反乱の首謀者であるバボが「友人」の輪に加わり、デラノ、ベニト、バボという特殊な友情の三角関係を形成する点である。デラノとベニトの関係を描くために使用される友情のレトリックは、表面的には、彼ら白人船長たちとサン・ドミニク号の奴隷たちのあいだに不可侵の境界線を作っているように見える。しかし、デラノはベニトと友情を築こうとしながらも、ベニトとバボという、本来であれば主人と奴隷の関係にある二人を「友人たち」とひとまとめにして呼ぶ。この意味で、デラノは白人船長間の友情と、主人(ベニト)と奴隷(バボ)との友情という、二種類の友情を構築している。同一性を前提とする友情の理解に従えば、ベニトとバボの友情は人種の境界線を越境するという点で転覆的な性質を帯びることになる。

サン・ドミニク号に乗り込んだ当初から、デラノはベニト船長とバボの親密性に興味をそそられる。デラノの目には、バボはベニトにとっての「下僕というよりも、献身的な仲間」のように映る(52)。さらにデラノはベニトに対して、「なんという忠義なやつ!……あなたがこんなに素晴らしい友人をお持ちで、うらやましい限りです。とても奴隷などとは呼べません」とさえ言う(57)。さらには、有名な髭剃りの場面のあと、バボの頰に血が付いているのを見て、デラノは自分にこう言い聞かせる。「ベニトが、執念深いスペイン人よろしく、自分の恨みを哀れな友人(poor friend)に向け、人の見ていないところで復讐を果たそうとしたのか」(88)。ここでもデラノは、黒人奴隷バボをスペイン人船長ベニトの「哀れな友人」と認識している。以上のように、デラノはバボをベニトの従順な奴隷として(誤って)認識しているにもかかわらず、この「奴隷」を形容するために「友人」という矛盾した言葉を使用し続けている。しかしなぜ彼は、無意識下にせよ、二人の関係をあくまで友人として理解しようとしているのだろうか。

小説の後半、二人の船長が互いに別れを告げる場面で、「友人」という単語が複雑な意味を帯びて用いられる。ベニトは「お行きなさい、そうすれば、神のご加護が私よりもあなたにあるでしょう、わが親友よ(my best friend)」とデラノに言う(97)。この直後、ベニトはバボの支配から逃れようと、必死の思いでデラノが乗るボートに飛び込む。そして決定的な場面を迎える。「例の従僕[バボ]が短剣を手にしてボートの頭上の欄干に姿を見せ、身構えると、今まさに飛び降りようとしていた。あたかも、いついつまでも主人にお仕えしようと、やぶれかぶれの忠誠を示そう(desperate fidelity to befriend)とするかのようであった」(98)。ここでの語り手の視点は、「バボがベニトの友人である」というデラノの認識と一致していることから、デラノの視点を忠実に反映していると考えてよいだろう。デラノは、バボが自分の主人に「忠誠を示そう(befriend)」としていると解釈しており、ベニトが「手すりを飛び越えて、ボートにいるデラノの足元に落下」する様子を見て、スペイン人船長が自分を殺そうとしていると誤解する(98)。「この海賊野郎は、人殺しを企んでいるぞ!」(98)と叫ぶデラノは、ベニトが自分の船に飛び込んできたことを自分に対する脅威と勘違いしており、デラノの「親友」は一瞬にして「敵」に変容してしまう。またデラノは、バボがベニトを殺そうとする行為を二人の友情ないしは結託の表れとも誤解している。

デラノの一連の誤解から導き出せるのは、彼はベニトとバボをあくまで友人同士として理解することで、苦しむスペイン人船長に対する博愛的な態度を装いながらも、無意識のうちにベニトをバボと同列の立場に追いやり、自分(デラノ)と他者(バボとベニト)のあいだに差異を生み出しているという可能性である。バボとベニト(反乱者と被反乱者)のあいだに存在する深い溝に気づかないまま、デラノは友情/同一性というレトリックを用いて、彼ら二人を「友人」という単一のカテゴリーに分類してしまう。言い換えれば、デラノは、実際には自分よりもバボに近い劣位の存在として認識しているベニトを、巧妙に自分から差異化しているのである。

スペインを「破滅に向かってよろめき歩く弱小国」と形容した「キューバ」という記事にも明らかなように、「スペインはヨーロッパの「病人」と化しており、弱小国への同情など拡張主義者の感情にはなかった」というのが一九世紀アメリカにおける一般的な見解であった(May 22)。ここで改めて確認すれば、「ベニト・セレノ」全体において、友情のレトリックはデラノにとって同一化と差異化の手段として同時に機能している。そしてこの小説はまた、キューバを併合し、南米を西半球という大きな集合体に同化させようとしたアメリカの帝国主義的欲望、そしてそれを正当化するための同一性の論理に内在する矛盾を看破している。メルヴィルの小説は、「我々は兄弟であり友人である」という政治レトリックを描きながら、このような同一化の論理に潜む半球的な欲望を炙り出しているのである。*8

同一化への強い欲望に裏打ちされた友情のありかたを理解するうえで、メルヴィルの実人生における友情観が補助線となるだろう。最たる例は、本書第五章でも検討したナサニエル・ホーソーンへの有名な手紙である。一八五一年のこの手紙の中で、出版されたばかりの『白鯨』を評価してくれたホーソーンに感激したメルヴィルは、ホーソーンとの精神的結合を次のように述べている。「神なる磁石があなたの中にはあって、私の磁石がそれに反応します。どちらがより大きな磁石か？　愚問だ——その二つは一つなんです」（*Correspondence* 213、強調原文）。しかし、そのような可能性に突如として絶望を感じたメルヴィルは、この手紙の最後の段落でぶっきらぼうにこう締めくくる。「私に手紙を出せば、決まってすぐにうっとうしい返事が返ってくる——そうやって私たちは永遠に書き机でこつこつと手紙を書き続ける、そんなことはありません。ご心配なく！　あなたの手紙にいつも返事するとは限りませんし、あなたはあなたでお好きなように」（214）。この手紙を通して表現される同一化への強烈な欲求は、最後に突然、ホーソーンからの疎外感へと変貌する。『白鯨』や『ピエール』の批評的・商業的な失敗を経験したあと、ホーソーンとの精神的な離別を経験したメルヴィルが、コミュニケーションの可能性に対する疑念をさらに深めたのも不思議ではない。

メルヴィルの友情、あるいは人間のコミュニケーションそのものへの懐疑は、「バートルビー」（一八五三年）でも表現されている。ナオミ・モーゲンスターンは、語り手である弁護士とバートルビーとのあいだに友情が存在すると仮定して、友情と暴力の近接性を指摘している。「他者［バートルビー］に対する弁護士の配慮は……暴力の可能性と密接に結びついて」おり、「メルヴィル作品の功績は……友情の理想化を暴力の可能性から遠ざけることへの執拗な拒否にある」と彼女は結論づける（Morgenstern 243, 259）。つまりモーゲンスターンは、ほとんどあらゆる種類の友情は必然的に暴力に接近してしまうと論じており、この議論は「ベニト・セレノ」における友情のありようと共鳴する。同作品は、「友人になる（befriend）」という行為が、自己と他者を隔てる距離を超越するための一歩となり、究極的には「友人」への暴力につながる可能性を描いている。

ここで強調しておきたいのは、名詞の「友情（friendship）」と動詞の「友人になる（befriend）」の差異である。"befriend"は対象との距離を縮めていく動的過程であり、暴力の可能性を秘めているのに対し、"friendship"は静的な状態を指している。「友人になる」という他動詞は、「友人になる」対象、あるいは他者の存在を前提としており、この段階では「友人になろうとする側」と「友情を与えられる側」には友人関係が成立していないため、両者には超えるべき距離が存在していることになる。「バートルビー」の語り手が「そうなんだ、ここで私はおいしい自己賞賛の気持ちを安く手に入れることができるのだ。友人としてバートルビーの世話を焼いてやること（befriend him）、彼の奇妙なわがままを聞いてやること、そうだ、そうしたところで私は、ほとんど、あるいはまったく金を払わなくても良いのだ」と自分に言い聞かせるとき（*The Piazza Tales* 23）、語り手はバートルビーと自身のあいだに埋められるべき距離があると考えている。このように区別すると、「ベニト・セレノ」もまた、「友情（friendship）」をめぐる物語というよりも、「友人になる（befriending）」過程を描いた作品であるといえるだろう。

翻訳不可能なものを翻訳する

これまで論じてきたように、「ベニト・セレノ」は、友情と暴力の近接性、そして距離を越えることで起こりうる倫理的危険を示す物語として読解できる。そして本作品は、近年の「アメリカ研究におけるトランスナショナル的転回」（Fox 639）を受け、アメリカ文学の境界線を再考しようとする研究者たちに、自省すべき問いを投げかけているように思われる。トランスナショナル研究とはアメリカという地理的境界を「超越」する、あるいはその外部に踏み出すことで異なる文化や言語を持つ他者と出会うことを要請するものであり、メルヴィルは他者との邂逅の危険性をこの作品で描いている。[*9] しかしだからといって、メルヴィルの小説が距離を超えて他者に接近することを否定しているわけではない。むしろ、「ベニト・セレノ」は、距離を超えることの倫理的危険性について警鐘を鳴らすと同時に、他者の他者性を認めるために必要な想像力のありようを提唱しているのである。

トランスナショナル・アメリカ文学研究で著名なユンテ・ファンは、「認識の詩学（a poetics of acknowledgment）」という概念を提起している。ファンは、他者の他者性を理解するための鍵概念として「認識」を位置づけ、エマニュエル・レヴィナスを参照しながらこのように説明する。「他者の意味を主題化する前に――そうすることはレヴィナスにとって他者を収奪する暴力を意味するだろう――、我々はまず他者を認めること、つまり認識する必要がある」（Huang, *Transpacific Imaginations* 155–56）。ファンによれば、「知ること」とは、「他者という文化的経験を自分たちの言葉に翻訳したいという欲求」（Huang, "Our Literature" 228）、つまり収奪の暴力と同義になる。メルヴィルの「ベニト・セレノ」に話を戻せば、デラノに欠けているのは、まさに他者を認識する能力である。デラノがベニトに対して行っていることは、ファンの言葉を借りれば、「他者の文化的経験を自分の言葉に翻訳する」行為にほかならない。

もちろん、現代の視点からデラノを批判することはたやすい。これまでの「ベニト・セレノ」批評史を振り返れば、当初は黒人奴隷バボを悪の体現者と見なしていたものの、やがて彼をアメリカの帝国主義的欲望の犠牲者と見なすようになっていった経緯がある。近年の批評では、バボを白人による暴力の被害者の象徴として定位することが前提となっている。つまり本作品の読者は、バボとのあいだに共感的な結びつきを見出すようになり、ある意味で被害者であるバボと「友人になろう（befriend）」としてきたのである。[*10] しかしこれまでの批評は、メルヴィルの小説が読者に突きつけるある困難な課題を見落としてきたのではないか。つまり、読者が他者たるバボに共感し同一化することは、この小説の最後に示される彼の沈黙によって、構造的に不可能にさせられているのである。作品終盤、ベニト殺害の試みが失敗に終わったあと、バボの沈黙が強調して描かれる。

すべてが終わったことを見届けると、彼はもはや一切口を利かず、無理矢理しゃべらせることもできなかった。彼の顔つきは次のように言っているように見えた（seemed to say）。もはや何事もままならなくなった以上、語ることは何もない、と。彼は他の連中とともに鉄鎖で縛られ船倉に閉じ込められて、リマへ護送された。……数ヶ月後、黒人バボは、ラバの尻尾に曳かれて、絞首台まで引きずっていかれると、声なき最期を遂げた。遺体は焼かれて灰となった。しかし、何日にもわたって、その頭、精密な狡智のつまった巣箱は、広場の晒し柱に据え付けられ、白人たちの視線と向き合い、少しも怯むところがなかった。（116）

バートルビーが読まれることを望みながらも読まれることのないデッドレターとして存在するように、沈黙を通じて読解不可能性を突きつけるバボを、メルヴィル作品におけるもう一つのデッドレターと呼ぶことができる。ジョナサン・アラックは、「デラノが黒人の主体性を想像できないことは、メルヴィルが反乱の首謀者たるバボの内面に入ることを周到に拒否していることと皮肉にも重なり合う」と論じているが（Arac 220-21）、メルヴィルの小説は本当に「バボの内面に入ることへの拒否」を示しているのだろうか。語り手は拒否しているのではなく、失敗しているのだ、とここでは考えたい。「拒否」はそもそも他者理解の可能性を考慮に入れていない一方、「失敗」はその可能性を認めたうえで理解を試みている点で、両者には大きな隔たりがある。たしかに右記の一節で語り手はバボの内面に入ることに失敗しているが、少なくとも彼の沈黙を翻訳しようと試みているとはいえるはずである。

「ベニト・セレノ」における他者の他者性を考えるうえで、語り手による翻訳行為が重要となる。まず、デラノとベニトの会話はすべてスペイン語でなされており、作品で示されているのはスペイン語から英語への翻訳である。デラノ船長はスペイン語が堪能とされ、サン・ドミニク号の船内ではスペイン語で会話をしている。「スペイン領海をしばしば航海していたおかげで、デラノ船長は、少なくとも乗員の何人かとは、スペイン語でかなり自由に会話を交わすことができ、そのことに少なからぬ満足感を覚えていた」(51)。作品中で描かれる唯一の英語は、あるスペイン人水兵の「不完全な英語」である。「デラノがその年老いた男をじっと見ながら立っていると、突然男はその結び目を彼の方へ投げてよこし、不完全な英語(broken English)で言った」(76)。さらに語り手は、バボが船に刻んだスペイン語の文句を翻訳している。「帆布の覆いの下にある台座のようなものの表面に、おそらくは誰か船員が気まぐれな気分のままに、乱暴な筆使いでペンキかチョークかで書きなぐったものと思われる、次のごとき一文がスペイン語で記してあった。「汝の先導者に従え」」(49)。このように、スペイン語が英語に翻訳されているという示唆が作品全体に散りばめられてはいるものの、語り手の翻訳行為についての明示的な言及はなく、読者はそのことを意識せずに読めるように書かれている。語り手の翻訳作業はほとんど不可視であり、「透明な翻訳」と呼ぶべきふるまいが見て取れる。透明な翻訳によって、英語を操る語り手がスペイン語の言語的他者性を暴力的に馴致しているとするなら、翻訳行為は「ベニト・セレノ」に内在する暴力のもう一つの例として見ることができるだろう。この点で本作品は、前章で確認した、スペイン語の他者性を残しながら歪な翻訳を行う「エンカンタダス」とは一線を画している。

しかし、何事も容易に翻訳してしまうように見える語り手の力は、本作の最後でバボの沈黙という大きな難題に突き当たってしまう。アラックが論じているように、バボの沈黙は彼の内面へのアクセスを拒絶する役割を果たしており、究極的には翻訳不可能なものとして立ち現れる。*11 しかしだからといって、バボの沈黙の向こう側に何も存在していないわけではない。作品中には、語り手がバボの内面に入り込もうと、その沈黙に肉薄する瞬間がわずかに描かれている。ここで何より重要なのは、語り手がバボの沈黙した表情を指して「彼の表情は言っているように見えた(His aspect seemed to say)」と描写する箇所である。この描写に三つのことを読み取ることができるだろう。

第一に、バボの沈黙と動詞「言う」の繋がりを通して、バボの沈黙が翻訳可能な「言語」として捉えられていること、第二に、もう一つの動詞「見えた」によって、語り手の翻訳が不確かであり、失敗の可能性が暗示されていること、第三に、バボの不可解な沈黙が空虚なものではなく、胸中に隠された何かを孕んでいる可能性が仄めかされていること、である。言い換えれば、「言っているように見えた」というフレーズは、バボの内面の深みを前提としている。語り手はこの沈黙を自分なりに解釈したうえで、「もはや何事もままならなくなった以上、語ることは何もない」と翻訳している。原文／バボの内面にアクセスできない以上、沈黙の翻訳は必然的に失敗を運命づけられているものの、語り手が「言っているように見えた」というこの一文を提示することで、バボの沈黙を理解しようと試みていることは確かである。このフレーズは、いかにそれが成功からほど遠くとも、バボの沈黙を翻訳するわずかな可能性を指し示している。それは、バボの不可解な他者性との距離を縮めようとする試みではあるが、ファンが言うところの「収奪の暴力」ではなく、他者の他者性を認めたうえでもあえて距離を縮めようとする、報われる保証のない試みといえる。「見えた」というフレーズは、翻訳不可能に見えるバボの沈黙に小さな裂け目を残すこととなり、そしてこの裂け目は、読者に翻訳不可能なものを翻訳することを促す開口部となっている。

　バボの沈黙を翻訳しようとする試みには終わりがない。作品中で翻訳の問題を暗黙のうちに問題化し、バボの沈黙を最後の最後に位置づけることで、「ベニト・セレノ」という小説は他者の翻訳（不）可能性を読者に突きつけている。バボの沈黙はさらに、自己と他者とのあいだの境界線を越えることを、想像力をもって、そして他者との距離を保ったまま試みるように読者を誘っている。「ベニト・セレノ」が最終的に読者に促しているのは、遠く離れた場所から他者を想像し続けるという、終わりのない、そして報われる保証のない不断の試みであり、これこそが本作品が読者に求める読むことの倫理なのである。

註

＊1　テクストの翻訳は牧野有通訳『書記バートルビー／漂流船』（光文社古典新訳文庫、二〇一五年）を参照し、必要に応じて変更を加えた。

＊2　近年のトランスナショナル・アメリカ文学研究の代表例としては、Bieger; Dimock (2006); Edwards; Fluck; Huang (2005, 2008); Giles; Murphy らの研究を参照のこと。

＊3　「トランスナショナル」という語のさらなる定義として、例えばドナルド・E・ピーズは、国家が国境の中に閉ざされていない「中間の状態（in-betweenness）」を指すものとしている（Pease 45）。

＊4　本節の内容は拙論「黒い半球――『ブレイク』におけるトランスナショナリズム再考」（四四―四五頁）と一部重複していることをお断りする。

＊5　本作をアンテベラム期アメリカにおける拡張主義と関連させた議論として、Franklin 147–61; Heide 37–56; Sundquist, "Benito Cereno" 93–122; Emery 48–68 を参照のこと。

＊6　『オックスフォード英語辞典』は "hemisphered" という単語の使用頻度を「稀」と記している。

＊7　Schweitzer 27–71 を参照のこと。アメリカ文学における重要な友情論として、Coviello, *Intimacy*; Crain; Lysker and Rossi を参照。

＊8　「ベニト・セレノ」において、デラノとベニトがそれぞれアメリカとスペインを政治的に仮象しているとすれば、反乱の首謀者であるバボを、ハイチ革命における反乱勢力に結びつけることもできる。メルヴィルは一八〇五年に実際に起きた事件をもとに本作を書いたとされる。実在のアマサ・デラノ船長は、彼の筆による『南北半球旅行記』（一八一七年）の中で一連の事件の顚末を述べているが、メルヴィルはこの実話を自身の小説へと改変する際、実際の一八〇五年ではなく、ハイチ革命が進行中だった一七九九年へと時間軸をずらしている。さらには、スペイン船トライアル号をサン・ドミニク号――スペイン統治時代の国名「サン＝ドマング」の英語表記――に改名し、バボを暴力的で反抗的な黒人として描くことにした。ある批評家は、バボをハイチ革命のリーダー、トゥーサン・ルーヴェルチュールになぞらえてもいる。このような一連の改変を考えると、一九世紀半ばの読者にとって、バボは黒人奴隷によるハイチ革命の成功を思

い起こさせる存在、さらには解放されたハイチに地理的に近いキューバを不気味に連想させる存在であったといえる。キューバは、その地理的近接性により、アメリカ人たちに奴隷反乱の可能性への恐怖心を呼び覚まし、それと同時にキューバを統合することへの欲望を再燃させたのだった。バボとルーヴェルチュールの比較考察に関しては、Beecher 43–58 を参照のこと。

＊9　ここで想定しているのは、ワイ・チー・ディモックによる議論である。ディモックは「深い時間」という概念を導入することで、「アメリカ文学の射程を再考する」ことを目指している（Dimock, *Through Other Continents* 6）。このような時間越境的な方法論は、アメリカ文学の古典作品と大昔のテクストのインターテクスチュアルな交感を明らかにする一方、ある書評で指摘されているとおり、その学際的アプローチは、「差異を考察するのが有用に思えるときにでさえ、時間と空間を徹底的に超えてしまうため、結果として物事を平板化してしまう」危険がある（Loughran 61）。つまり、ディモックは同一性をさまざまなテクスト間に見出そうとするあまり、他者の差異を犠牲にしていることになる。そのような距離を越えることの倫理的危険こそが、「ベニト・セレノ」の主題であるように思われる。

＊10　ピーター・コヴィエロはデラノを「悪い読者」として解釈してきた批評史をまとめている（Coviello, "The American in Charity" 158–66）。一九四〇年代から半世紀ほどの本作批評史をまとめたレビューとしては、Burkholder 4–12 を参照のこと。

＊11　バボの沈黙に関する重要な研究としては、Goldberg, "*Benito Cereno*'s Mute Testimony" 1–26 を参照のこと。

第四部

他者を覗く——沈黙の裂け目

第八章

秘密の感情——『信用詐欺師』における障害と公共空間

「あいつには本当に価値があるのか?」(*The Confidence-Man* 29)[*1]。『信用詐欺師』(一八五七年)において、この疑問は「グロテスクな黒人の障害者」(10)たるブラック・ギニーに対して投げかけられる。この話者が問うているのは、彼が本当に障害を負っており、慈善を施す価値があるのかどうか、ということだ。いったい誰に同情と慈善を施す価値があり、そもそも「障害者」とは誰を指すのか? 『信用詐欺師』は、なんらかの障害を抱えていると思しき登場人物の表象を通してこれらの問いを提起している。近年の人文学における障害学(disability studies)の隆盛に伴い、メルヴィル文学に見られる障害表象の文化的・歴史的意義が活発に議論されており、特にデイヴィッド・ミッチェルとシャロン・スナイダー、エレン・サミュエルズらは、『信用詐欺師』における障害者の存在に光を当ててきた。[*2]

そうした先行研究に基づきながら、本章では『信用詐欺師』における公共空間に焦点を当て、「障害」が提示する他者性を検討する。この作品に登場する障害者の身体は、閉鎖された施設ではなく、蒸気船フィデル号という開かれた公共空間において立ち現れる。多くの批評家が指摘するように、一九世紀半ばのアメリカでは身体障害者の物乞いが路上に溢れるようになり、都市に生きる多くの人々が広義での慈善行為に関わるようになった。それに伴い、障害者の身体はその真正性をめぐって疑いをかけられる解釈の対象となっていった。『信用詐欺師』における「障害詐欺師」――「障害」を装うことで施しを得ようとする詐欺師――についての議論で、サミュエルズは次のように述べている。「障害詐欺師は……あらゆる安定した社会的役割を占めることを拒否している。彼らは操作と仮装を通して、アイデンティティのさまざまな社会的カテゴリーを巧みに利用している」(Samuels 63)[*3]。つまり公共の場における障害は、都市に生きる人々に解釈論的難問を投げかけ、その真正性と価値を判断するよう誘ったのである。

スーザン・M・シュワイクが明らかにしたように、一九世紀中葉以降、いわゆる「アグリー・ロー(ugly laws)」として知られる法律が、身体障害者を公共の場から法的に排除するようになった。一八六七年に最初のアグリー・ローが施行されたことで、障害者はアメリカの街角から姿を消し始めたのである。この一八六七年が本章の重要な歴史的参照点となる。一八五七年に出版された『信用詐欺師』は、公共の場における障害者の「超可視性(hyper-visibility)」から「不可視性(invisibility)」への社会的転換期に位置しているが(Schweik 79)、この転換はアグリー・ローによって加速していった。メルヴィルの小説が書かれた時点では法的言語における「障害」の定義の輪郭が明確ではなかったが、アグリー・ローの制定に伴い、ポストベラム期以降は法的言語によってその境界がますます定められていったといえる。ここで付け加えておきたいのは、本章はシュワイクが提示する歴史的文脈に依拠するものの、アンテベラム期の公共空間における障害者の「超可視性」に関する彼女の議論を反復するものではない。また、ミッチェルとスナイダーによれば、本作品は「「表面の科学」との戦い」を通じて、「人間の内面を示すものとしての外見という考えを否定しており」、「外部と内部の対応関係への信仰に忠誠を誓う人々を絶えず批判している」(Mitchell and Snyder 43, 67) と論じているが、本章ではこの見解にも与さない。彼らの分析は障害の外的特徴に焦点を当てているが、本章の主眼は「障害者」と見なされる登場人物たちの不可視の内面を探ることにある。「ベニト・セレノ」を論じた前章でも検討した点であるが、言語による他者性への暴力を振るわずにいかに他者の内面を表象するか、という問題がこの作品でも探求されている。公共空間、言語、共感といった一連のテーマを検討することで、『信用詐欺師』で問題とされているのは、障害者の身体という外的指標ではなく、障害者と見なされる者の隠された内面、あるいは語り手が呼ぶところの「秘密の感情」(11) である、ということを示していきたい。沈黙した他者の「秘密の感情」を認め、それをいかに想像し続けるかが、本作品において読者が求められる読むことの倫理なのである。

公共空間における障害——その歴史

以下の議論では、障害を負っているとされる四人の登場人物に焦点を当てる。「聾唖者」(3)、「グロテスクな黒人の障害者」であるブラック・ギニー (10)、木製の義足をつけた男 (12)、そして「麻痺した足」を持ったトマス・フライ (93) の四人である。なかでもブラック・ギニーの障害は、その信憑性の疑わしさからしばしば議論の対象となってきた。木足の男が「彼の障害が偽物で、金銭目当てのでっち上げだと喚き散らした」あと (12)、フィデル号に乗っていた乗客たちはブラック・ギニーの障害についての疑念を口にし始め、障害を証明する「証拠書類」を提出するよう要求することになる (13)。

障害者の身体の信憑性に対する疑念は『信用詐欺師』に特有のものではなく、一九世紀半ばのいわゆる「プロの物乞い」に対する社会的関心を反映したものである。スーザン・M・ライアンらが明らかにしているように、アンテベラム期の障害者の身体はしばしば博愛と慈善の対象となったが、その「善意」は、障害を装って路上に出ていた物乞いによって脅威にさらされた（Ryan 688）。プロの物乞いの増加に応じて、自分の寄付が詐欺師に騙し取られているのではないかという疑念が人々の中に生まれたのである。そうした不安を取り除くべく、困窮者への慈善活動もまた「プロフェッショナル化」された。慈善を施す価値があるかどうかを判断することは慈善活動の重要な部分を成し、「慈善活動家は困窮者を見極め、調査する力を有することになった」（688）。つまり『信用詐欺師』が発表された当時、公共空間における障害は、その真偽の解釈をめぐる困難な問題を人々に提起したのである。

本作の障害を負っているとされる登場人物たちは、閉鎖された空間や、アーヴィング・ゴフマンが呼ぶところの「全制的施設（total institutions）」ではなく、開かれた公共空間に現れる。[*4] 公的施設における障害者のアイデンティティが、権威を有する人物や組織によって与えられ固定されているのに対し、障害者の身体が公共空間でなんの承認もなく剝き出しのまま存在するとき、その真正性が必然的に問題となる。ライアンが指摘しているように、「結局のところ、障害は、病気や飢餓、その他の同情を誘う要素と同様に、偽装することができる」のである（686）。[*5] ミッチェルとスナイダーは、特に一八三四年の新貧困法の成立後に勢いを増した「障害」の制度化への動きに注目している（Mitchell and Snyder 40–41）。しかし、『信用詐欺師』で問題となっているのは、公的権威による承認を受けていない障害、あるいは制度化されていない障害と呼ばれうるものである。

本作品が発表された当時、障害は可視化された状態に置かれていた。障害者をケアする施設が世間の目に触れるようになっただけでなく、「身体的奇形」を売りにしたフリーク・ショーが人気を博し、路上ではプロの物乞いの数が増加していた。この小説で提示される公共空間での障害は歴史的に特有な現象であり、そしてそれは特に南北戦争後に消滅し始めた。一八六七年にサンフランシスコで最初の「アグリー・ロー」が可決されたが、この法律の

第三条には次のように書かれている。

病気にかかったり、傷ついたり、体の一部が切除されている者、あるいはなんらかの方法で変形してしまったため見苦しくまたは不快感を与える者、あるいはサンフランシスコ市または郡の通り、街道、道路、公共の場所にいるのにふさわしくない者は、そういった場所において、自身を公衆の目に晒してはならない。(qtd. in Schweik 291)

サンフランシスコに続いてアグリー・ローの波がアメリカ全土に押し寄せ(Schweik 3)、障害者の可視性に照準を絞ったこの法律は、その身体を公共空間からますます排除するようになっていった。アグリー・ロー以降の時代における障害者の物乞いの隔離と排除は、公共空間を規制しようとする当局の思惑と連動していたのである。

障害を負った物乞いが、可視的存在から不可視的存在へと変化したことで、「乞食への施しはますます不要と考えられるようになり、援助を受ける価値があるかどうかを証明する場面は、公道からその見極めをする医者の診療室へと移行することになった」(Schweik 79)。シュワイクが呼ぶところの「障害の劇場」は(137)、道ゆく人々が障害者を目にしていた公道から、専門家が障害の真偽を判断する病院や法廷へと移っていった。このような歴史的変遷を考えると、『信用詐欺師』は、公共空間での障害が急激な変容を遂げようとしていた歴史的な過渡期に位置するといえる。アグリー・ローが制定される前の時代においても、公の場での障害はすでに多くの法的論争の的になっていたが、それはあくまで「貧困層」を構成する要素の一つにすぎず、南北戦争後のアグリー・ローの制定によって障害者は法的隔離の標的となった。[*6] アグリー・ロー制定に十年先立つ『信用詐欺師』は、公共の場での障害者の存在が法的・イデオロギー的な問題になってゆく社会の変化を活写しているのである。

公共空間——近代都市としてのフィデル号

公共空間における障害表象を検討するうえで、『信用詐欺師』の小説世界における「公共空間」の意味をより厳密に定義づける必要がある。本作品が提示する公共空間は、都市性、権威性、偶発性の三つの視点から理解することができる。

第一に、本作品の舞台となるフィデル号は、当時のアメリカで勃興しつつあった近代都市と顕著な類似性を有している。この小説は、次のように「見知らぬ人(stranger)」を強調することから始まる。「巨大なフィデル号は、下船する乗客を吐き出しては、また新しく客を飲み込んでゆく。だとすれば、船はいつも憂世の旅人を満載してはいるけれども、ある程度は絶え間なく、もっと不思議な、見知らぬ人たち(strangers still more strange)を加え、あるいは入れ替えてゆく」(8)。フィデル号の外部への多孔性と見知らぬ人たちの群衆は、外国からの移民であれ、アメリカの他の地域からの移住者であれ、絶え間なく見知らぬ他者が流入していった当時の近代都市の状況を象徴している。実際、語り手は、フィデル号には「あらゆる種類の先住民と外国人」がいると述べている(9)。[*7] そして、フィデル号の都市性は障害表象と大きく関係している。シュワイクは、都市化の進展と南北戦後のアメリカにおけるアグリー・ローの制定とのあいだに密接な関係があるとして、「都市で出会う人々のほとんどが見知らぬ人であるがゆえ、都市の住人たちは行儀作法をめぐる問題に関しては抽象的な法律に頼ることとなった」と指摘する(31)。

フィデル号の都市性は、権威性という第二の特徴につながる。ポストベラム期の都市とは違い、フィデル号という擬似都市には公共空間を規制する権力が登場しない。メルヴィルの小説群によく登場する、独裁的船長によって指揮される他の船とは異なり、フィデル号には全体を統括する中心的権力が不在なのである。『白鯨』のエイハブ船長が独り蟄居する「船長室（キャビン）」とは対照的に、『信用詐欺師』における「客室（キャビン）」はさまざまな一般乗客がくつろぐ公共空間として機能している（52）。もちろん、フィデル号には船長がいることが何度か言及されているが、小説中にはただの一度も登場しないことは象徴的である。公共空間を規制する権威の不在は、「裕福な紳士」が「グロテスクな黒人の障害者」であるブラック・ギニーを見て不平を言う台詞に顕著である。「船長はなぜこのような物乞いを船上に放っておくのか?」（28）。この乗客の不安に応えるように、『信用詐欺師』の出版からわずか十年足らずで、アグリー・ローという法律が公共空間からそのような存在を排除する権威として機能するようになるのである。

第三の、そして最も重要な特徴は偶発性（contingency）に求められる。ジェニファー・グライマンは『信用詐欺師』の分析のなかで、「群衆」という概念がこの小説の公共空間でどのように作用しているかを詳細に検討している。彼女は、本作品に登場する群衆は「偶発的で一時的なもの」であり、常に変化する状況に応じて形成され、分解され、再形成されるとして（Greiman 198）、作品冒頭で登場する「聾唖者」の出現が群衆を作り上げていると説得的に議論している。「群衆がこの男をますます極めて奇妙なものと仕立てる一方で、彼の奇妙さが群衆を形成し、彼が群衆の眼差しのもとでますます見知らぬ、より特異な存在になればなるほど、群衆自体が単一の主体としてふるまうようになる」（197）。つまり、個人の存在としての聾唖者と、集団としての群衆との関係は弁証法的であり、相互依存の関係にあるということだ。

群衆が生起する公共空間自体も、群衆と同様に偶発的で一時的なものである。実際、フィデル号という空間は常に公的空間と私的空間のあいだを揺れ動いており、両者の境界線は不安定である。物乞いのブラック・ギニーが公の場に登場したのち、小説は「後方のバルコニー」に視点を移し、信用詐欺師と思しき「喪章をつけた男」が「田舎の商人」であるヘンリー・ロバーツから金を引き出そうとする場面を描く（18）。詐欺師は、「君と折り入って話したいことがあるんだ」と言って（20）、ロバーツを私的空間に引き込もうとする。語り手によると、「ロバーツ氏は善人ゆえに暗黙に了解せざるをえなかった。二人は沈黙して歩き、人目につかぬ場所へと進んでいったが、喪章をつけた人の態度が急に痛々しいほどの真面目さを帯びた」（20-21）。このようにして私的空間に移動したあと、男はロバーツに金を貸してほしいと頼み込み、最終的にその目論見を成功させる。このように、フィデル号は雑多な乗客を乗せる大きな蒸気船であるため、状況に応じてほとんどの空間が公的にも私的にもなりうる。聾唖者やブラック・ギニーのように、周りに人だかりができてしまえばその空間は公的なものになり、この群衆から一歩外に出れば、そこには私的な空間が出現する。右に引用した場面は、公的空間と私的空間のあいだの多孔性、ならびにフィデル号における公的空間の偶発性を示している。

公共空間における障害の存在を理解するうえで、一九世紀半ばのアメリカの都市で絶大な人気を博した文化現象、フリーク・ショーが有用な補助線となるだろう。よく知られているようにフリーク・ショーとは、身体的奇形などなんらかの外的特徴を有した人々を見せ物にした興行のことである。作品中で語り手は、一九世紀アメリカを代表する興行師P・T・バーナムによる「アメリカ博物館」、つまりは見世物小屋で展示されていたカルヴィン・エドソン（78）とチャンとエン（108）らの有名なフリークのみならず、アメリカ博物館に置かれていた有名な回転式の舞台照明、「ドラモンド・ライト」についても言及している（239）。さらにこの文脈で、小説冒頭に登場する聾唖者が、「身元不詳の詐欺師」を描写したビラの前に現れることも重要だ。「劇場の立て看板さながら、このビラのまわりには群衆がひしめいていた。……かの異邦人はここへ来てふと止まってから、まんまと人垣を縫って進むと、とうとうビラの真横に位置を占めた」（3-4）。劇場のビラと聾唖者の並置は、公共空間での障害とフリークショーとの共通性、つまりは障害の演劇性を示唆する。どちらの場合も、障害者の身体が公共の場で見せ物にされており、その真正性が問われている点で共通している。[*8] バーナムの「博物館」が、その（疑似）科学的権威にもかかわらず、しばしばホラ（hoax）と結びついていたのはこれまで指摘されてきたとおりである（Harris 61–62; Reiss 143–58）。

このように、公共空間の障害とフリーク・ショーのあいだには類似点があるといえるが、両者にはその媒介性において本質的な違いが存在する。メルヴィルのデビュー作『タイピー』の読解のなかで、レナード・カストートは、刺青を入れられたタイピー族をフリークとして再解釈し、フリークに課せられる見られることの受動性を強調している。「トンモのコントロールを失うことへの恐怖は、観客の視線を誘導し、それゆえに展示の条件をコントロールするカーニバルの客寄せの言葉を前にした、フリークの受動性と類似している」。さらにこのフリーク・ショーの客寄せは、「展示物の見方を観客に指示することで、グロテスクなフリークとしての人間の珍品を生み出す」とカストートは論じる（Cassuto 241）。客寄せはフリークにあるアイデンティティを強要し、そのフリークは自分が何者であるかを語ることが許されない受動性を帯び、そして観客はそのアイデンティティをそのまま受け入れることが求められる。[*9] しかしフィデル号では、アイデンティティを名付け、確定する権威が不在のため、障害者はそのような媒介なしに剝き出しのまま乗客／観客と対峙している。ブラック・ギニーと聾啞者の障害は、どちらも外部の権威によって承認されたものではない。聾啞者は「何も権威の証も認められず、むしろそれとは正反対のものを帯びているような様子」で登場し（4）、黒人のブラック・ギニーは「主人がいない」と語られる（10）。「権威」も「主人」もなく、彼らの身体は正体不明の記号として船の公共空間を漂うのだ。

言語――語り手の名付ける行為

しかし本作品には、障害のアイデンティティを固定する媒介者が存在している。語り手である。語り手は障害に名前を与えることで、テクスト上で障害と読者のあいだを媒介する存在として機能しており、カストートの言葉を借りれば、「観客の視線を誘導し、それゆえに展示の条件をコントロール」している。読者が『信用詐欺師』における障害者の身体を識別できるのは、語り手による名付けがあるからこそである。[*10]

語り手は何よりもまず、名付ける主体として読者の前に登場する。第一章のタイトルは「唖者がミシシッピ川を行く船に乗る」というものだが（3）、一見するとここには何も注目すべき点がないように思える。しかし厳密に言えば、「聾唖者」とされるこの人物の唖は確認不可能であり、このタイトルには語り手による作為が働いている。この人物の名前は決して明かされることはなく、語り手は彼を「唖者」または「聾唖者」と呼び続けるが、実際のところ、フィデル号の乗客たちはこの「見知らぬ人（stranger）」をそう簡単に分類することはできない。彼がフィデル号に乗り込んできたとき、乗客たちは彼をどう理解してよいのか戸惑う。「群衆が肩をすくめ、くすくす笑い、ひそひそ語り、驚き怪しむさまを見れば、彼が究極の意味で見知らぬ人（stranger）なのは明白だった」（3）。ここからも明らかなように、彼の存在は判読不能であり、見る者の解釈を否応なく要求することになる。[*11]

乗客たちが「聾唖者」の唖を疑い始めたあと、彼のアイデンティティはさらに不安定なものになっていく。例えば、群衆は彼の沈黙を白痴の証として理解してしまう。「奇妙な種類の、無害な阿呆が現れたと思って……良心の呵責なく彼を肘で押し退けた。……一部の観察者にとっては、この見知らぬ人の異様さを引き立たせていたのは、狂気ではないにしても、彼の唖ゆえであった」（4-5）。さらに、第二章「多くの人には多くの心あり」は、聾唖者に対する一九人もの乗客の反応を列挙することから始まる。乗客の一人は、彼を「知的障害者（Moon-calf）」と呼ぶなど（7）、誰もこの人物のアイデンティティを特定できない。「雑多な人々によって発せられたこうした墓碑銘めいたコメントは、言葉といい、発想といい、矛盾だらけ」であり（7-8）、これらの矛盾した反応は、聾唖者のアイデンティティを容易に特定できないこと、そして当時、身体障害と知的障害がないまぜに理解（誤解）されていた事態を如実に伝えている。語り手は、このような不確定性にもかかわらず、「聾唖者」という固定的な呼称を章の冒頭部分で与えることで、この見知らぬ人の他者性を馴致しようとしている、あるいはそうするように読者を誘導している、といえるだろう。[*12]

語り手の言語による操作については、足が不自由とされるブラック・ギニーに関しても同様のことが当てはまるが、事態はより複雑である。この人物の「障害」も実は不確実なものであるが、それでも語り手は彼を「障害者(cripple)」と呼び続けている。語り手の修辞的戦略は、第三章の冒頭の一節で顕著に見て取れる。

船首に、ひとしきり、ことさらに注意を惹かぬでもない男がいたと思ったら、それがグロテスクな黒人の障害者(cripple)だ。麻屑織の服を着て、片手には石炭漉しそっくりのタンバリンを持ち、足のどこぞが悪いせいで、事実上、ニューファンドランド犬そっくりの背丈くらいまでしかない。男の羊の毛のようにもつれた黒い髪と、人の良さそうな正直な黒い顔とが身体を動かし、いうなれば身体で音楽をやるたびに道ゆく人の股の上部を擦るのだから、これにはどんな真面目な人でもにやりと笑わざるをえない。誠に妙な見世物もあればあったものだ。障害持ちで、一文なしで、家なしだというのにこんなにも陽気に耐え忍び、これを見る群衆の間から笑いとさんざめきを呼んでいる。普段ならば自分の財布、自分の家庭、自分の心、健全な四肢を含めて一切の所有物を考えればとても陽気などにはなれないはずの人間までがこの始末なのだから、不思議な話だ。(10)

この一節は詳細な読解が必要である。まず、「グロテスクな黒人の障害者」という表現を通して、ブラック・ギニーの人種と障害が結びつけられている点に注目したい。アンテベラム期には、黒人に障害を割り当てることが彼らを社会的下層に位置づける社会的修辞として機能していた事情を考えれば(Baynton 34)、語り手による両者の併置は、読者にブラック・ギニーの障害を信じるよう促す戦略と理解できる。[*13] また、彼を「ニューファンドランド犬」として描写することで、語り手は障害、人種、そして動物性を結びつけている。[*14] 最後に、語り手は彼の障害だけでなく、観衆の「健全な四肢」に注意を促すことで、「障害者としてのブラック・ギニー」と「健常者としての群衆」という二項対立を生み出している。つまりこの冒頭の一節で、語り手はブラック・ギニーをグロテスクで獣のような障害者として提示し、障害者たるブラック・ギニーと健常者たる群衆とのあいだにいくつもの境界線を精巧に練り上げていることになる。ここでグライマンの議論を想起するなら、語り手は、ブラック・ギニーの単一性と乗客の集団性の対比を強調することで、意図的に群衆を生起させているといえるだろう。語り手はこの一節で群衆の「目に見えるものに頼りたいという願望」を鋭く捉えており、言い換えればそれは、「激動と矛盾がはびこる世界を表面的にだけでも平板にしたい」という願望なのである（Mitchell and Snyder 67）。

このように、語り手はブラック・ギニーと乗客たちを二項対立的な構造として提示するが、そのような図式的理解はすぐに作品自体によって疑問に付されることになる。語り手が彼の障害を強調しているにもかかわらず、この場面のすぐあとに木製の義足をつけた男が登場し、ブラック・ギニーの障害に疑問を投げかけるからである。語り手の図式的な描写は、不安定なアイデンティティを主題化し、どんな安易な理解をも拒むこの小説の全体的な構造に明らかに反している。別言すれば、語り手の言語的操作は物語全体によってあらかじめ構造的に脱構築されており、語り手が登場人物のアイデンティティを固定化しようとするその瞬間、その試みは絶えず小説自体によって裏切られている。語り手自身もまた、目に見える身体的な指標で障害を判断できるという安易な思い込みに読者を誘おうとする、もう一人の信用詐欺師なのかもしれない。ジョン・ブライアントが言うように、読者はみな「文学的信用詐欺の潜在的な餌食」なのである（Bryant, *Melville and Repose* 234）。

言語についての考察は、障害学がしばしば問題とする「障害」の文化的・社会的構築性へと接続されうる。レナード・デイヴィスは、「障害者の「問題」を生み出すために、正常性が構築される方法」を分析し、「正常性」と

「障害」が相互補完的な関係にあることを示しているが（Davis 3）、なかでも言語は障害を構築する重要な要素の一つである。[*15] 障害についてどのように語るかによって、障害とは何かが決定される。アンリ＝ジャック・スティケーは、名付けるという行為に注意を向けながら、障害の社会的構築性を論じている。「何かを名付け、指定し、指摘することは、それを存在させることである。……言語という制度は、他のすべてのものがその中に書き込まれ、そしてそれらの起源となる主要な社会的制度である。……言語が社会的に構築されており、言語自体が社会的事実を配置するものである、という二重の意味において、言語は制度なのである」（Stiker 153）。しかしすでに議論したように、アイデンティティを固定化する言語の力は、『信用詐欺師』では根本的に疑問に付されている点に留意する必要がある。

この「言語という制度」は、法の問題と密接に連動している。法の執行には、必然的に対象の定義が必要であり、言語の力を通じて何が合法で何が非合法かの境界線が明確にされなければならない。シュワイクは、法と言語の問題に一章を割き、アグリー・ローにおける法律上の言語と障害の相互作用を詳細に論じているが、なかでも言語の恣意性に注意を向け、「アグリー・ロー、あるいはそれに類似した法律文書では、フリークと乞食、街路と舞台に関する言語が露骨に絡み合っている」と指摘している（101）。シュワイクはさらに、フリークと障害者が法律上の言葉によって同じ存在として混同されるようになった過程を示しつつ、法の「驚くべき決定不可能性」を指摘し、法は障害とは何かを決定するのではなく、「『障害』というカテゴリーの不可避的な曖昧さ」を結果的に強調してしまっていると鋭く論じる（11）。『信用詐欺師』の語り手はまさに、言語の定義する力とその「不可避的な曖昧さ」の両方を、複雑な語りを通してパフォーマティブに示しているのである。

秘密の感情

『信用詐欺師』における障害表象は、単に障害の社会的構築性を提示するだけに留まらず、障害を持つとされる人々の隠れた内面までを問題にしている。ここで特に重要となるのは、「氷柱のように硬い、麻痺した足」を持っているとされるもう一人の障害者、トマス・フライである（93）。フライはいくつかの点でブラック・ギニーに似ている。彼の足は（おそらく）麻痺していて、その障害をアピールすることで施しを乞うており、語り手は彼を「トマス・フライ」という名前ではなく、一貫して「障害者（the cripple）」と呼んでいる。しかし、彼らはある決定的な点で異なっている。ブラック・ギニーの場合は身体障害の信憑性が問題になるのに対し、フライの場合は誰からも疑問視されないのである。

フライが登場する「幸運の兵士」と題された章は、「物語ること」をめぐって展開される。信用詐欺師の別の姿と思しき「薬草医」と呼ばれる男は、フライのことを米墨戦争で障害を負った元兵士と考え、彼に「メキシコか？」と語りかける（93）。しかし、フライは即座にその推測を否定し、代わりにまったく異なる話を語り始める。フライの説明によれば、彼は「政治的な会合」へのわずかな関与のため、正当な理由もなく牢屋に送られ、長期間の投獄のあいだに刑務所内の湿気で不具になってしまったという（95）。しかし、人々に施しを求めようとするとき、フライは自分の障害そのものではなく、その背景にある物語を巧みに操作する。「どこのどいつも俺の話を信用してくれないしよ、それでほとんどの人には違う話をすることにしてるんだよ」。その後、彼は米墨戦争で戦った兵士のふりをして、乗客にこう声をかける。「旦那、ブエナ・ビスタで戦った幸福なトムに一シリング恵んでください。そこの奥さん、スコット将軍に仕えて両足を悪くした私に何かお恵みを」（97）。こうして彼は「かなり良い収穫」を得ることに成功する（98）。このエピソードで重要なのは、フライに同情と慈善の価値があると見なされるかどうかは、彼の麻痺した足という障害そのものではなく、その障害の背後にある物語の磁力と信憑性にかかっているということである。人々の同情を得るには、障害を負った身体よりも、そこに至るまでの過程と物語のほうが重要であるということだ。

このフライに対して、薬草医／信用詐欺師は一貫して同情を示し続ける。薬草医は「共感をもって」フライに声をかけ（93）、彼が乗客を騙すために物語をでっち上げていることを知ってもその同情は揺らがない。一方、フライの嘘を目撃した「見知らぬしゃれた男」は、フライを「悪党」と罵るが、薬草医は「この不幸な男の悪は許される」と主張してフライの嘘を熱心に擁護し、こう続ける。「濡れた地下牢に繋がれ、破傷風に痛む小僧を抱く不名誉の悪の方が、名誉の米墨戦争で障害者にさせられるよりはるかに哀れだというのに、あの男はそうとは受け取らず、陰鬱で現実的な悪は人の心を背けさせるだろうが、この明るい、偽りの悪ならば、人の心を清々しく惹きつける、という哲学なんです」（97）。ここで、薬草医の共感の対象はフライの身体的障害というよりも、彼が生計を立てるために不具の兵士のふりをせざるをえなくなった状況そのものに向けられている。「しゃれた見知らぬ男」がフライの捏造を糾弾する一方で、薬草医はフライがその障害ゆえに被っている社会的排除、ひいては社会構造を批批判的にまなざしているのである。本当の話をしたところで誰にも耳を傾けてもらえないフライは、本書第二章で検討した「倫理的寂しさ（ethical loneliness）」を経験しているともいえるが、その意味でこの薬草医はフライの置かれた状況に倫理的応答をしていることになる。

厳密には、フライの障害はブラック・ギニーの場合と同じように、真偽を証明する権威や文書がないために、その存在を証明することはできない。しかし、彼が障害を抱えていると信じるには十分な理由がある。そうでなければ、彼は必死に薬草医の薬を求めないだろう。「『待て、待ってくれ！　ほんとに効くんだろ？』」「多分ね、試して害なしですよ。さよなら」「待ってくれ、あと三箱くれよ、ほら金だ」」(99)。このやりとりからも分かるとおり、「幸運の兵士の障害は「本物」である可能性が高いように見える」(Samuels 67)。しかし、ここでサミュエルズが「本物」という言葉を括弧で括っていることが示唆するように、あらゆる二項対立を無化するこの小説において「本物」と「偽物」の障害を区別しようとする試みは、構造的に不毛とならざるをえない。フライとブラック・ギニーのあいだに存在するように見える差異は、薬草医がフライの麻痺した足に対してこう診断を下すときに消失する。「あの黒人［ブラック・ギニー］の症例はあんたの症例によく似ていたよ」(99)。障害の真正性を疑われていたブラック・ギニーと症例が似ている、とするこの診断により、読者は「本物」の障害とは何かを自問せざるをえなくなる。二人の障害は本当に似ているのか、似ているとしたらどのように似ているのだろうか。

結論から言えば、二人のケースは「障害」の不可視の側面を焦点化しているという点で類似している。この点を考察するべく、ブラック・ギニーを再検討したい。彼の障害を疑い、証拠を求める若い牧師に対して、ブラック・ギニーは自分の障害を証明できる人物として「灰色の服の男」を挙げる。ようやくその人物を見つけた牧師は安堵の表情を浮かべ、本章冒頭で引用した次の疑問を呈する。「あなたは本当に彼を知っていて、彼は本当に価値があるんですね？　それを聞いて安心しました、本当に」(29)。先に見たように、慈善を受ける者にその価値があるかどうかは一九世紀半ばに重要な社会問題となったが、右記の牧師の発言は、一般市民と当局の両方が貧しい人々の「価値」を決定するために依拠した基準の典型例を示している。つまり、もし「本当に」障害を負っているならば、慈善と公的援助を受ける価値があるとされ、そうでなければ、その人は「価値がない」と見なされる。表面的には、この牧師は施しを与えようとする良き慈善家のように思える。彼はブラック・ギニーの障害を検証しようと躍起になっているものの、他の乗客たちが木足の男の非難を無批判に受け入れ、彼の障害を見せかけのものとして退けている一方、彼はあくまでブラック・ギニーを助けようと努力しているように見えるからだ。しかし、この牧師はどこまで慈愛に満ちた善人なのだろうか。つまるところ、彼は「価値のある者」と「価値のない者」、「本物の」障害者と「偽物の」障害者をふるい分けようとする、排他的な論理に沿って行動している。牧師の発言が示すように、「障害」という概念は「障害でないもの」があってはじめて存立するものであり、そこには「障害者」に与えられる同情や慈善の範疇から「障害者ではない人々」を排除する排他的な論理が働いているのである。

翻って語り手に目を向けてみると、語り手がブラック・ギニーに同情するのは、彼の身体障害ゆえではなく、ブラック・ギニーが「障害者」として経験している現在の状況ゆえである、ということが分かる。次の一節で語り手は、物乞いせざるをえない彼に対して強い共感を表明している。

> なるほどこの世で施しを受ける側に立つことは辛いに違いないが、その辛さに耐え忍び、なおかつ陽気に感謝の身振りをして返すことを自己の道徳的信条とすることはもっと辛いに違いない。だが、この黒人の場合、彼の秘密の感情（secret emotions）がどうだったかは定かではないが、彼はこの感情を飲み込んでいたのであり、銅銭の方はうまい具合に食道に届かぬあたりで止めていたに違いない。おまけにほとんどにやにや笑いを絶やしたことがなく、顔をしかめた（wince）のは一度か二度だけだ。それというのも、施す人にも悪戯好きがいて、投げた銅銭が折悪く歯茎に命中することがあったからで、実は投げた銅銭がボタンだったという事情があった場合も、同様の不愉快さを示したのである。（11–12）

乗客がブラック・ギニーを人間性の欠いた動物のような存在に変え、単なる「慈善のゲーム」（12）の対象にしてしまうのに対し、語り手の視線は身体という可視的表面を貫き、深みに隠れた「秘密の感情」を探っている。すでに検討したように、ブラック・ギニーを読者に最初に提示する際、語り手は彼の身体の外的指標に執拗に読者の注意を喚起していた。その誇張された提示があるからいっそう、この場面で語り手の焦点がブラック・ギニーの外見から彼の内面へと移っていく過程が印象的なものとなる。同様の視線の移行は、トマス・フライがフィデル号の乗客たちに虚偽の説明を売り込む一方、麻痺した足の背後にある悲惨な物語を薬草医に個人的に打ち明けるときにも見られるものである。本作品の障害表象は「障害者」の私的領域までを射程にしているのであり、『信用詐欺師』という小説は、シュワイクが呼ぶところの障害の「超可視性」(79)を明示的に扱いながらも、実際にはその不可視の側面に焦点を当て、問題化しているのである。

同時に強調しなければならないのは、ブラック・ギニーの「秘密の感情」は、究極的には読者に明かされないということである。作品冒頭に登場する聾唖者が「決して話す主体にならない」ように(Samuels 70)、ブラック・ギニーも上記の場面では同じように沈黙している。彼は自分の感情を「飲み込んだ」のである。ただ、彼の秘密の感情は、コインが顔にぶつかったときの「しかめ面(wince)」によって、ほんの一瞬だけ明かされるように見える。この「しかめ面」の解釈にはいくつかの可能性があるだろう。彼は屈辱感に苦しんでいるのかもしれないし、コインと思われるものが実際にはボタンであることが分かって失望しているのかもしれない。しかしいずれにせよ、彼の表情を断定的に解釈することはできない。なぜなら、「見えるもの」と「存在するもの」の対応関係を不安定にし続けるこの小説においては、この「しかめ面」もまた、信用詐欺師によるもう一つの芝居かもしれないからである。

このようにして、ブラック・ギニーの私的内面は、最終的に読者にとっては不可解なままになっており、彼はあくまで届かざる他者として存在している。この点は、前章で論じた「ベニト・セレノ」におけるバボの沈黙、ならびに次章で論じる「バートルビー」(一八五三年)におけるバートルビーの不可解な内面と共鳴するものである。『信用詐欺師』という作品は、ブラック・ギニーの秘密の感情を言語で表現するのではなく、あくまで彼の内面を指し示すだけに留まり、その不可知性を強調している。しかしここでいう不可知性とは、解釈の不可能性というニヒリズムを含意するものではない。ブラック・ギニーのしかめ面は、読者が不可解な他者性を理解するためのわずかな裂け目として機能しており、読者に自身の判断を保留し、相手の他者性を担保しながら、それでも「障害者」と見なされている人々の秘密の感情について想像し続けるように誘っている。

メルヴィルの『信用詐欺師』は、公共空間における障害を扱うことで、身体を不可視な存在へ変え、「障害」を制度的な知の枠組みに押し込めようとする当時の試み——それは十年後にアグリー・ローという法的排除に結実する——に抵抗している。「障害者」の身体を開かれた公共空間に位置づける一方で、この小説は視覚的な意味での障害者のアイデンティティに疑問を投げかけ、障害者の不可知な内面性を前景化する。そうすることで、「障害者」と「健常者」、「価値のある者」と「価値のない者」の境界線を再考することを促しているのである。ここで「彼は本当に価値があるのか?」という本章冒頭の問いに立ち返ってみると、この小説は決定的な答えを提示しているのではなく、「秘密の感情」の存在を示唆することで、読者に対して目に見えるものの向こう側を想像し、不可視の領域に考えを至らせ、その境界線を問い続けることを求めているといえる。この小説は、「障害者」と見なされている人たちの他者性を、分類可能で可知な存在に変換することに抵抗し、むしろその他者性を遠くに留め置くことで、それを知ろうとする読者の想像を誘い続けるのである。

註

＊1　テクストの翻訳は坂下昇訳『信用詐欺師』(国書刊行会、一九八三年)を参照し、必要に応じて変更を加えた。

＊2　障害学をメルヴィル研究に応用する顕著な例として、メルヴィル研究専門誌『リヴァイアサン(*Leviathan*)』における、二〇〇六年に出版された特集号「メルヴィルと障害(Melville and Disability)」が挙げられる。

＊3　もちろん『信用詐欺師』におけるアイデンティティの問題は長らく批評的関心の的であり続けてきた。ピーター・J・ベリスが述べるように、この作品では「アイデンティティを示すどんな証拠も信頼することはできない」（Bellis 550）。

＊4　ゴフマンは「全制的施設」を「似た状況の人々が、許容可能な期間のあいだ社会から隔絶された状態に置かれて居住し労働する場」と定義している（Goffman 11）。

＊5　一九世紀中葉における物乞いと慈善をめぐる問題に関してはNorsworthy 395、本作における障害と慈善を論じた詳細な議論についてはMitchell and Snyder 37–68を参照のこと。

＊6　多くの批評家が論じてきたように、公共空間における障害は、アグリー・ロー制定以前のアンテベラム期アメリカにおいてすでに問題となっていた。例えば、障害のために働けず貧困につながる場合に障害は法的問題となった（Bourque 191; Trattner 58）。

＊7　ウィン・ケリーは、フィデル号を都市的空間として論じている（Kelly 242–66）。

＊8　同様に、グライマンはブラック・ギニーとバーナムとのあいだに関連性を見出している（Greiman 204）。

＊9　フリーク・ショーにおける媒介的存在については、Bogdan 26–29を参照のこと。

＊10　サミュエルズは本作一六章と一七章に着目しながら、「言語の真実性と効果」という問題を論じている（Samuels 75–77）。

＊11　この場面における乗客たちの発言に関して、これまで多くの批評家が議論してきた。例えばSamuels 68–69; Mitchell and Snyder 47–50を参照のこと。本章の議論の力点は、どのようにして乗客たちが聾唖者を理解しているか、ではなく、いかに語り手が読者の理解を誘導しているか、という点にある。

＊12　セシリア・ティチは、本作品における言語とコミュニケーションの問題を論じている（Tichi 651–55）。語り手の言語の使用をめぐる議論については、Bryant, *Melville and Repose* 230–43も参照のこと。

＊13　メルヴィル作品における障害表象の系譜に、『白鯨』におけるピップを付け加えることもできるだろう。ただ、ピップの場合は、ボートから投げ出されたことによって狂気に陥るという点で「精神障害」を指すことになる。

＊14　サミュエルズもまた、本作における黒人と動物性の関連について指摘している（Samuels 71）。この関連はフリーク・

ショーの特徴でもあった（Garland-Thomson 132）。

＊15　この点に関する他の重要な議論に関しては、Thomson 19–51 と Longmore and Umansky 19–20 を参照のこと。

第九章　バートルビーの机——情動理論とメルヴィル文学

バートルビーの机には、いったい何が入っているのだろうか。「書記バートルビー」（一八五三年）において、語り手は自分について話すことを頑なに拒む主人公バートルビーに困惑し、この謎めいた人物の内面を垣間見ようと彼の机を無断で開けてしまう（*The Piazza Tales* 28）。バートルビーの不可解な他者性が、その机を開けるように語り手を誘惑するのである。しかし、語り手は机の中にわずかな貯金しか見つけられず、バートルビーの謎は解明されないまま、この机は象徴的な意味において閉ざされ続ける。この机がバートルビーの隠された内面の比喩として機能しているならば、それは語り手のみならず読者にも閉ざされたままであるといえるが、それでも読者は彼の心の奥底を探りたいと思わざるをえないはずだ。バートルビーの沈黙は、「バートルビーは何を感じており、何を考えているのか？」という疑問を読者に惹起し続ける。

語り手がバートルビーの机を無断で開けるという行為は、他者の内面を侵犯することの暴力をめぐる倫理的問題を提起している。本章では、近年の文学研究における「情動的転回（the affective turn）」を参照しながら、他者の内面を知ることの潜在的な暴力性と、文学作品においてそれを回避しようとするメルヴィルの試みについて考察したい。本書第一章でも確認したとおり、情動理論を援用したアメリカ文学研究は、理性に劣るものとしてこれまで見過ごされてきた感情を批評的な分析対象として再定位することに成功したといえる。[*1] 情動理論は、文学作品における感情を考察するための新たな地平を切り拓いてきたのである。しかし、本章ではこうした現在進行中の批評的傾向から一歩引いて、情動理論の文学への適用可能性をも再考したい。

沈黙した人物の内面を知ることの暴力性と情動理論は、実は密接に関連している。本章で取り上げる暴力とは、感情表現の手段としての言語が行使する他者の内面に対する暴力であり、沈黙する登場人物の知られざる内面を強制的に名指しする暴力である。人間の感情を表現するうえで言語が果たす役割が重要であるからこそ、情動理論が関係することになる。というのも、情動理論の中心的な関心事の一つは言語であるからだ。ブライアン・マッスミら情動理論家によれば、「感情（emotion, feeling）」とは対照的に、「情動（affect）」は言語による意味づけや分節化に抵抗するものであるという。[*2] アン・ペレグリーニとジャスビア・プアーが指摘するように、情動は「言語には内包できず、言語によっては表現できない身体の物質性や生理的過程」を示す（Pellegrini and Puar 37）。[*3] さらにエリック・シャウスは、情動を「非意識的な強度の経験であり、それは未形成の、構造化されていない潜在性の瞬間」と定義したうえで、こう続ける。「情動とは言語では完全に実現不可能であり、意識に先立ち、意識の外部に位置するため、それは抽象的な存在に留まる」（Shouse）。ここで立ち上がる問題は、言語と映像と音の組み合わせで総合的に表現する映画などの芸術と比較して、あくまで言語による表現手段としての文学に情動理論を援用することの妥当性である。[*4] もちろん、作家も文学作品を通して感覚的な情報を伝えるわけだが、その表現方法はあくまで言語に限定されている。では、言語に包摂されない感情である「情動」は、言語という表現媒体に特化した文学作品の中に存在しうるのだろうか。言い換えれば、非言語的な感情は、言語的な媒体を通じて表現しうるのか。この問いは、文学と情動理論の関係性を議論している批評家たちのあいだで等閑視されてきたように思われる。

以上の問いを念頭に、本章ではすでに論じた「ベニト・セレノ」と「信用詐欺師」の議論も振り返りつつ、議論の中心に「バートルビー」を据え、本作品を「反情動の物語」として読み解く。そして、メルヴィルが言語を通して登場人物の内面を描出するのではなく、その内面を暗示するに留めていることを示したい。メルヴィルは、内面が読者から隠されている登場人物の沈黙を描くことで、内面の存在を指し示しつつ、その輪郭を明確に描くことを拒んでいる。[*5] バートルビー、「ベニト・セレノ」のバボ、『信用詐欺師』のブラック・ギニーらの描写は、メルヴィルが呼ぶところの「秘密の感情」を読者に提示する点で共通している。「バートルビー」においても、他者の内面を読者が想像するためのわずかな裂け目がテクスト上に用意されていることを検討していくが、特に本章では情動理論を参照点としながら、メルヴィルを他者に対する言語の暴力性をめぐって葛藤する作家として位置づけていきたい。[*6]

感情のエコノミー

「バートルビー」は実に感情に満ちた小説である。主人公のバートルビーは何か質問されても「しないほうがありがたいのですが(I would prefer not to)」と繰り返すだけであり、感情を表に出すことはほとんどないが、他の登場人物たち、特に語り手は、物語全体を通して常に不快感を示している。語り手は、ターキー、ニッパーズ、バートルビーら奇妙な部下たちによって喚起される負の感情――苛立ち、不快感、不愉快――を雄弁に語る。ここで、シアン・ナイが「醜い感情」と呼ぶ概念は、本作における感情の働きを理解するうえでの出発点を与えてくれる。

ナイによると、怒りや恐怖のような「壮大な情熱」とは対照的に、醜い感情とは、「どんなにわずかな美徳の満足感も、治療的あるいは浄化的解放感も許さない非カタルシス性」を有する（Ngai 6）。事実、「バートルビー」には醜い感情が溢れている。焦燥、不安、不愉快、不快などの決して「壮大」とはいえない微細な感情が、語り手の精神と文章を支配しているのである。[*7] 本章が問題とするのは、「バートルビー」における言表できない感情と、感情に輪郭を与えようとする言語との緊張関係であるが、そこで注目すべきは、バートルビーを前に経験する自身の醜い感情に、語り手があくまで名前を与えようとする飽くなき欲求である。

感情を名付けることへの強い欲求には、語り手の資本主義的思考が大きく関係している。「バートルビー」に関するマルクス主義批評は、一九七〇年代のルイーズ・K・バーネットの画期的な論文に始まり今日に至るまで、さまざまに形を変えながら脈々と続いてきた。バートルビーを市場における疎外された労働者として解釈する、あるいは一九世紀半ばの労働争議や階級闘争の歴史的文脈の中で読解する、といった具合である。[*8] しかし、この長い批評史で十分に検証されてこなかったのは、資本主義と物語中の感情との密接な関係であり、以下では「感情のエコノミー（the economy of emotions）」と呼ぶべき感情の力学を検討してみたい。

まず、ナイが提起する醜い感情の「非カタルシス性」とは、ネガティブな感情が外部に排出されるのではなく、それを感じた主体の内側に感情が滞留することを意味する。それでは、内側に閉じ込められたその感情はどこに行き着くのだろうか。作中、語り手は常に部下のターキーとニッパーズに苛立っているが、それというのも、彼ら二人は移り気な性格のために、一日を通して安定して働くことが困難だからである。例えば語り手は、ターキーの午後の様子をこう嘆く。「彼の午前の働きぶりは高い評価に値し、しかもその働きぶりを維持してもらいたいと、いつも願っていたのですが、一二時以降の彼の狂おしい状態にはいつも辟易させられました（made uncomfortable）」（16）。[*9] この一節は、語り手が部下の不快感を受け止めようとする受動的な姿勢だけでなく、醜い感情を経済的価値と交換することに積極的に関与していることを示している。「午前の働きぶりは高い評価に値し、しかもその働きぶりを維持してもらいたい」と言うとき、語り手はターキーが提供する価値ある労働と引き換えに、彼によって引き起こされる醜い感情を渋々ではあるが受け入れているように見えるからだ。より正確には、ターキーの仕事自体に価値があるから、というよりも、安い賃金で雇えているからこそ、ターキーの仕事ぶりにようやく価値が見出せるのである。さらに言い換えれば、語り手が被る醜い感情の対価が、ターキーの安い賃金ということになる。実際、語り手は彼を「収入の少ない男」と表現しており（17）、彼の給料が安価であることを認めている。

ニッパーズの場合も、同じような感情の経済的交換の力学が働いている。彼に関して語り手は、「多くの欠点があり、私を困らせることが多々あっても、ニッパーズは、同僚であるターキー同様、私にとって非常に役に立つ男でした」（17）と述べている。この一節にも、語り手はニッパーズから被る醜い感情と引き換えに、彼に経済的な有用性と価値を期待しているという前提が表れている。要するに語り手は、自分が被る醜い感情が、部下たちが提供する安価でそれ相応の価値のある労働力と交換されることを条件にしたうえで、その醜い感情を甘受していると言っているのである。このように、語り手の醜い感情は経済的な循環の中に存在している。計算高いビジネスマンである語り手は、部下たちが提供する労働力の価値と、彼らに引き起こされる不快感を天秤にかけているのだ。前者が後者を上回る限り、彼らを雇い続けることを受け入れる。語り手は、醜い感情をただ耐える受動的な立場に甘んじるのではなく、その感情を経済的価値に積極的に変換しようとしているのである。

感情が経済的価値に変換される右記のような力学、つまり本章が呼ぶ「感情のエコノミー」には三つの含意がある。第一にそれは、ある感情がある経済的価値と交換される過程を指す。第二に、語り手は従業員に少ない給料を払い、自分の醜い感情の交換価値を最大化することで「経済的（economical）」であろうとしている。最後に、「エコノミー」という単語には「資源の慎重な管理」という意味があり、後述するように、語り手は自分の感情をあたかも物質的な対象であるかのように管理し、コントロールすることに長けている。[*10] 以上の意味での感情のエコノミーが、「バートルビー」という資本主義をめぐる作品を駆動しているのである。

言語という制度

職場での感情のエコノミーを高めるために、語り手は言語を通じて自分の感情を巧みにコントロールしようとしている。部下たちに不快な思いをさせられる受動的な立場に置かれながらも、彼は名付けるという行為によって主体的に自らの感情をコントロールするのだ。彼は自分の感情を表現するため、「不快（uncomfortable）」（16）、「狼狽（consternation）」（20）、「困惑（disconcerted）」（21）、「不安（uneasiness）」（27）、「憂鬱（melancholy）」（28）、「不愉快（unpleasant）」（35）、「痛み（pained）」（35）、「落胆（despondency）」（36）、「憤り（exasperated）」（36）、「心配（worried）」（38）、「気持ちの悪い（squeamishness）」（40）、「恐ろしい（fearful）」（42）、「憤り（indignant）」（42）など、数限りない語彙を用いて自分の感情を表現している。語り手の語彙が膨大であることは、彼が経験する醜い感情の幅の広さを示すだけでなく、それらを表現し分類するための言語能力の高さも示している。感情に名前を与える行為は、彼が醜い感情の受動的な被害者ではなく、名前を与える主体としての立場を確立しようとしていると解釈できる。

語り手は感情を名付けるだけでなく、言語で感情を隠蔽することにも長けている。例えば作品冒頭で、「私はめったに冷静さを失ったりしないほうですし、不正や不法に対して、わが身を危うくするほど腹をたてたりしない」と自分の理性的な気質を誇示する（14）。しかしこの直後、彼は次のようにも述べる。「ここで乱暴を承知で、次のように断言するのを許していただきたいと思います。つまり衡平法裁判所主事の仕事が州憲法の修正事項に伴って、突然に、しかも強引に廃止されたこと、これはまことにもって——性急な決定であった、と」(14)。この一節は、めったに冷静さを失わない人物であるという彼の自認と齟齬をきたしている。というのも、この「——性急な決定(a — premature act)」という表現には、「衡平法裁判所主事の仕事」という利潤の多い仕事を奪われたことへの怒りを必死で抑えようとする、彼の言語操作が見て取れるからである。「早急な」の前に付けられたダッシュは、本来なら「ばかげている」といった言葉を使いたいところ、より社会的に適切な言葉を探すための間を表しているといえるだろう。さらにこのダッシュは、非言語的記号として、社会的には言表することが許されない激しい感情の存在を仄めかす。乱暴な物言いは、感情に左右されにくい合理的な人間としての彼の社会的評判を傷つけることになるため、一瞬の葛藤のあと、彼は不快感を表現するために「性急な」という無難な言葉を用いることに落ち着くのである。[*11] この例に代表されるように、物語中で言語化される語り手の感情は、自分の社会的ペルソナをいかに提示するかという合理的な計算と連動している。

しかし、職場にバートルビーが加わったことによって、語り手の感情をめぐる主体性に根本的な変容が生じるようになる。語り手はこの不可思議な部下に対し、自分が何を感じているのかを言語化することが困難になってしまうのだ。

相手がほかの男だったら、私はすぐに激怒して、これ以上口を利くのもよしとせず、彼を軽蔑すべき輩として私の前から追い払ったことでしょう。でも、バートルビーには、奇妙にも私から攻撃の力を奪っただけでなく、不思議にも私の心を動かし、まごつかせるような何かがあったのです(touched and disconcerted me)。(21)

まったく予想外にバートルビーが現れたことは……異様に強い影響力をおよぼしたので、私は思わず自分の事務所のドアからこそこそと立ち去り、要求されたとおりにしていました。それでも、この不可解な書記の、穏やかなまでのずうずうしさに対して、無駄ではあっても何か抵抗してやろうという、さまざまな疼きがなかったわけではありません。しかしそれでも、彼にまつわる不思議な穏やかさが、私から攻撃の力を奪っただけではなく、いわば、私から男らしさまでをも奪ったのです（not only disarmed me, but unmanned me）。（26–27）

以上の引用箇所では「奇妙な」や「不思議な」などの言葉が反復されており、自分の感情を明確に表現できないことに対する語り手の当惑を物語っている。確かに何かを感じているのだが、それをうまく名付けることができない。さらに、"touched and disconcerted me" や "not only disarmed me, but unmanned me" といった箇所における動詞の目的語としての「私（me）」の反復は、彼が感情の主体から客体へと変化しつつあることを示している。さらにはバートルビーの有名なセリフ、「しないほうがありがたいのですが（I would prefer not to）」を初めて聞いたとき、語り手は「完全な沈黙の中でしばらく座っていた」と述べており（21）、感情の言語化に自信を持つ彼の姿はここにはない。

言語化をめぐる語り手の「不能」ともいうべき事態は、彼がバートルビーによって言語の彼岸に導かれている事態を示しているのではないだろうか。[*12] 言語によって捉えられない語り手の感情は、情動理論の旗手ブライアン・マッスミらが提起している意味において、暫定的に「情動」と呼ぶことができる。[*13] 例えばマーガレット・ウェザーエルは、「情動は、会話、言葉、テクストを超えた領域……、意識的な表象や認知を超えた領域を指し示している」としたうえで、情動とは「いまだ閉ざされていないもの、表象されていないもの、ラベル付けされていないもの、伝達されていないもの、形作られていないもの、構造化されていないもの」であると定義している（Wetherell 19, 59）。つまり情動とは、言葉によって表現される「感情」といった隣接概念とは対照的に、認知や言語による分節化の外部に位置する無定形の感情のことを指す。[*14]

情動理論の大きな成果の一つは、さまざまな社会的・文化的な制約から感情を解放したことにある。クレア・ヘミングズは、「[情動理論家たちは]予期せぬもの、特異なもの、あるいは実に風変わりなものを強調しており、これらは社会的制約からの自由という希望と結びつく」と指摘している(Hemmings 550)。自身の理性的なペルソナを公に示し、経済的な利益を得ようとする努力からも明らかなように、語り手は既存の社会構造に縛られている。社会的常識を超越したバートルビーは、語り手を制度の外部へと導き、言語を超えた情動の領域へと誘う。バートルビーは、ブランカ・アーシッチが言うところの「言語の外部にいる」存在であり(Arsić 141)、代替的な生のありようを示す解放者として語り手の前に現れるといえるのではないか。語り手が最も囚われている制度を一つ挙げるとすれば、それは言語という制度である。前章でも引用したアンリ=ジャック・スティケーが指摘するように、「何かを名付け、指定し、指摘することは、それを存在させること」であり、「言語が社会的に構築されており、言語自体が社会的事実を配置するものである、という二重の意味において言語は制度」なのである(Stiker 153)。

「みじめな寂しさ」——感情のタクソノミー

情動の力は、感情を名付け、コントロールしようとする語り手の言語能力を凌駕しているように見える。しかし実のところ、物語が進むにつれて、この小説は「反情動」の物語であることが分かってくる。語り手はバートルビーが体現する情動の領域に惹かれながらも、意識的あるいは無意識的にその誘惑に抵抗し、言語が支配する社会的な領域の中に留まろうとする。これから検討するように、語り手は自身の醜い感情に強引に名前を割り当てることで、それらの感情を馴致しようとする。名付けられない感情を分類可能なカテゴリーへと組み込むことによって、感情のタクソノミー(分類学)を行うのだ。このタクソノミーへの傾倒は、『白鯨』の「鯨類学」の章で、クジラの内部を分類することが不可能であることを示したメルヴィルの認識とはまったく異なっている。クリストファー・カスティグリアが指摘するように、『白鯨』において語り手イシュメールは、「クジラの明確な分類学を生み出す、内的特徴の「体系化された提示」を嘲笑っている」のだが(Castiglia 14)、そのような姿勢は「バートルビー」の語り手には見られない。[*15]

働くこと、つまり経済的価値を生み出す行為を拒否するバートルビーを前にした語り手は、ニッパーズやターキーの場合とは異なり、バートルビーから被る醜い感情を経済的価値と交換することができない。バートルビーは経済活動を拒否することで、弁護士事務所を支配する感情のエコノミーを混乱させる。ナオミ・C・リードが言うように、「この物語は資本主義の構造と作用、そして資本主義下における循環(circulation)に対する複雑な思弁となっている……。バートルビーは要するに、彼が参加するよう求められているあらゆる循環を拒否している」(Reed 249)。しかしそれでも、語り手は自分の醜い感情をなんらかの利益に変化させるための別の方法を考え出す。それはつまり、バートルビーに対する自身の行動を慈愛に満ちたものと解釈することで、哀れな人物に慈善を施す善人であるという自己認識を得ようとするのである。「私は、この書記の行動をあえて好意的に(benevolently)解釈してやることによって、彼に対する腹立たしい感情を懸命に抑えようとしました。哀れな奴なんだ、哀れな奴、と私は思いました」(36)。ここで彼の「腹立たしい感情」は、自分の道徳的善に対する自己満足へと変容し、その満足感は彼の社会的地位を高めることにつながる。

語り手の道徳的満足感への欲求は、「友情」の表現においてより顕著である。「友人としてバートルビーの世話を焼いてやること(befriending)、彼の奇妙なわがままを聞いてやること、そうだ、そうしたところで私は、ほとんど、あるいはまったく金を払わなくて良いのだ(cost me little or nothing)。しかもその一方で、心の中に、いつかは良心にとって甘美な喜びとなるものを蓄えておくことになる」(23-24)。ここで語り手は、「友人として世話を焼く(befriending)」という行為に言及する際に「金を払う(cost)」という経済に関する用語を使用している。これは、友人としてふるまうことは経済的に計算された行為にほかならないという、語り手にとっての経済と道徳の繋がりを雄弁に物語っている。語り手を支配する経済的思考によれば、バートルビーに慈善を施して「友人となる」ことにより、ほとんど「コスト」をかけず「良心にとって甘美な喜び」を得ることができる。語り手の感情のエコノミーにおいて、バートルビーに感じる醜い感情は、彼に対して施す慈善行為からくる自己満足と交換され、経済的価値とは別の「価値」が与えられることになるのだ。本書第七章の「ベニト・セレノ」論で論じたように、友情は他者に対する同一化の暴力に通じており、語り手によるバートルビーへの一方的な友情は、最終的に自己利益へと変換される仕組みになっている。

デイヴィッド・クーブリッチは、語り手のバートルビーへの同情を「資本主義的同情」と呼び、それを「合理的な」感情であると説明している。さらに語り手の慈愛は、「彼の虚栄心をくすぐったり、個人的な安心感を強めたり、職場の効率を高めたり、仕事上の失敗から彼を救ったり、不要な事務員を追い出すのに役立ったりと、彼にとって有用なものでなければならない」(Kuebrich 396)と指摘する。つまり、利他的に見える感情の背後には、語り手の自己中心的なエゴがあり、彼は道徳的な自己満足を得るために醜い感情を合理的に利用しようとしているのだ。物語の冒頭で、語り手は一九世紀アメリカの億万長者、ジョン・ジェイコブ・アスターとの関係を誇示しているが(14)、アスターは慈善活動をした人物としても広く知られている(Goldfarb 240)。ナンシー・D・ゴールドファーブは、資本主義的な合理性と同情が語り手の中で混在している点について、「メルヴィルは慈善を資本主義の道具として、つまりアメリカの市場システムの根底にある利己主義と強欲から注意をそらす手段として示している」(258)と論じている。つまり、アスターに憧れる語り手は、成功した実業家としてだけでなく、社会的に尊敬される慈善家としての自己像を形成しようとしていることになる。[*16] 言語という理性的手段によって感情をコントロールしようとしている点で、語り手の感情と理性は互いに拮抗しているというよりも、むしろ結託しているのである。言い換えれば、本作品は、無定形な感情の領域に誘われた語り手が、理性的な言語の力によって情動に抵抗する過程を描いている。

語り手は自身の感情だけではなく、バートルビーの感情までをも管理しようとしている。バートルビーの孤独な気質に言及して、語り手はこう嘆く。「なんというみじめなる寄る辺なさと寂しさ（loneliness）が漂っていることか！ 彼の貧しさは大変なものだ。だがそれ以上に、彼の孤独（solitude）のなんとすさまじいことか！」（27）。大袈裟な同情をもって嘆く語り手は、孤独と寂しさを混同することによって、バートルビーの孤独な状態に寂しさという否定的な醜い感情を当てはめている。語り手のバートルビーに対する理解は極めて単純である。家族や友人もなく、天涯孤独でいることは恐ろしいことであり、したがってバートルビーは同情され憐れまれるべき存在である、というものだ。しかし、バートルビーは孤独には見えるにしても、実際に寂しさをその内面で感じているかどうかを確認するすべはない。語り手自身、バートルビーの内面を窺い知ることの不可能性を認めている。「彼の肉体に施しを与えることはできるかもしれません、しかし彼を苦しめているのはその肉体ではないのです。苦しんでいるのは彼の心であり、そして彼の心までは、さすがの私も救いの手を差し伸べることはできませんでした」（29）。この認識にもかかわらず、語り手はバートルビーが孤独により苦悩していると仮定、いや断定し、他者の内面を一方的に言語化しているのである。

「孤独」と「寂しさ」はしばしば混同されやすい。すでに本書でも繰り返し言及してきたように、この二つの概念を区別するのに役立つのは、フィリップ・コークの「孤独」に関する洞察である。改めて確認するなら、彼は「孤独（solitude）」を、「寂しさ（loneliness）」という否定的な感情と対置させながら、中立的な状態として定義している（Koch 45）。孤独なバートルビーが実際のところ何を感じているのか、読者にはほとんど見当がつかないわけだが、それでも語り手はバートルビーの孤独という状態に「寂しさ」という醜い感情のレッテルを貼ることで、資本主義的同情の対象に変換してしまう。この意味で、語り手はバートルビーの内面に暴力を振るっているといえる。法権力がバートルビーを最終的には浮浪者として刑務所という制度の中に閉じ込めてしまうのと同じように、語り手は、言語という制度の中にこの不可解な存在を封じ込めようとしているのである。

一般的に、名付けるという行為は所有の暴力に通じている。名前を与えるということは、「そのことまたはその人に対する支配権の行使」なのである（Graham 229）。だとすれば、バートルビーの内面を名付ける行為は、他者の内部空間を理解可能な形に変換し、所有しようとする暴力的な欲求を示していることになる。ロドルフ・ガシェは、命名の分類的性質を「他者の内面と他者の固有な空間に侵入するという暴力的な行為」とみなしているが（Gasché 174）、これはまさに語り手がバートルビーに行う行為そのものである。本章の冒頭でも手短に触れたが、語り手がバートルビーの机を無断で開く場面をここで詳しく見てみよう。

> ふと閉じられているバートルビーの机の引き出しに注意が引きつけられました。その鍵は、鍵穴に差さったままになっていました。悪気があるわけではない、心無い好奇心を満たすつもりもない、と私は自分に念を押しました。それに、この机は私のものだし、その中身もそうなのだからと思って、思い切って中を覗いてみることにしました。すべてのものがきちんと整頓されていて、書類もきれいに整理されていました。引き出しの小仕切りの中は深かったので、書類のファイルを横に寄せて、その奥に手を伸ばしてみました。すると、奥で何かが手に触れたので、引っ張り出してみると、それは重くてしっかり結んであるバンダナで、開けてみて分かったのですが、貯金箱だったのです。（28）

鍵が差さったままの机は、語り手にそこを開け、奥深くを覗き込むように誘う。この一節で重要なのは、語り手は「この机は私のものだ」と言って、バートルビーの机／内面を覗く権利を自明視し、正当化している点であり、彼の行為は他者の他者性に関する倫理的問題を前景化する。「バートルビー」を私的空間についての物語として読解するミレット・シャミールは、バートルビーが「私的内面を取引可能な物語にすることを拒否」しており、さらには「表現を超えた沈黙の領域」を象徴していると論じている（Shamir 10–11）。右記の一節における語り手は、まさにこの「沈黙の領域」に暴力的に侵入している。しかし皮肉にも、彼が机の中で見つけたものはバートルビーの内なる思考については何も明らかにしない、ただの「貯金」であったため、バートルビーの内面を知ろうとする語り手の努力は無益に帰する。彼の資本主義的同情を鏡で映すかのように、語り手は金銭しか見つけられないのである。[*17]

秘密の感情――バボ、ブラック・ギニー、バートルビーの沈黙

ここまで語り手の他者性に対する暴力を批判的に検討してきたが、それでは翻って読者自身は、他者の内面を言語という制度の中に取り込もうとする暴力から自由でいられるのだろうか。「バートルビー」を読むことは、謎に包まれた主人公バートルビーの内面を理解しようとする欲望が必然的に喚起される体験であり、語り手の暴力を安全圏から批判できる読者はほとんどいないはずだ。バートルビーが何を考え、何を感じているのか、という抗いがたい好奇心を読者に抱かせる要因は、彼の沈黙にこそ求められる。[*18] メルヴィル作品には内面がほとんど不可知な沈黙する人物たちがたびたび登場するが、そのなかでも「ベニト・セレノ」のバボと『信用詐欺師』のブラック・ギニーに改めて注目しつつ、バートルビーの沈黙について考察したい。

本書でこれまで論じてきたように、「ベニト・セレノ」の「言っているように見えた（seemed to say）」（*The Piazza Tales* 116）という表現も、『信用詐欺師』の「秘密の感情（secret emotions）」（*The Confidence-Man* 11）という表現も、バボやブラックギニーの不可解な沈黙の背後に隠された、ある種の感情の存在を仄めかしている。メルヴィル作品では沈黙は内面の空虚を意味するのではなく、むしろ沈黙した登場人物の豊かな内面（の可能性）を指し示すのである。これらの表現が用いられる場面において、登場人物たちの沈黙は、何かしらの感情を胚胎していることが示されている。バボは「怯まず（unabashed）」に処刑を受け入れ（116）、そしてブラック・ギニーは「秘密の感情」を飲み込むと書かれている（11）。こうした記述は、暴力的な名付けをすんでのところで回避しながらも、同時に秘密の内面を暗示することで読者の読解を誘っている。しかし同時に、彼らの沈黙は読者の暴力を許さない。ジュディス・バトラーが論じるように、沈黙は「問いただす者によって侵入することができない、あるいは侵入されるべきではない自律性の領域を描く」ものだとするなら（Butler 12）、メルヴィルは登場人物の沈黙を描くことで、言語によって包摂できない内部空間を創出していることになる。つまりメルヴィルの文学的想像力において、沈黙は深みのない表面を意味するものでは決してないということだ。[*19]

『信用詐欺師』の語り手は、ブラック・ギニーの内面に「秘密の感情」という表現を割り当てることで、名付ける行為に関与しているともいえるだろう。しかし、この名付ける行為は、「バートルビー」の語り手が主人公に対して行っているそれとは大きく異なる。「秘密の感情」を示唆することは、ある種の感情の存在を示しているものの、最終的にはそれを理解の彼岸に留め置いている。一方、弁護士の語り手は、バートルビーが感じていると彼が考える感情に一方的に名前を与える。バートルビーの孤独を「寂しさ」と名付け、負の価値を与えているのはすでに見たとおりである。しかし、「秘密の感情」は読者の解釈を誘うと同時に、安易な理解を許さない。ここには、名付けつつ名付けないというメルヴィルの二重の戦略がある。つまり、「秘密の感情」の存在を示唆するということは、隠されているものを隠されたままにする行為であり、それと同時に、隠された状態を読者に可視化する行為でもある。バートルビーのいわば「公然たる沈黙」は、到達しえない内面を理解しようとする不可能な試みへと読者を誘惑する。

他者の内面を理解したいという願望がなんらかの暴力であるとするならば、読者は、バートルビーの内面を読み取ろうとするいかなる試みも放棄すべきなのだろうか。批評家たちは長らく、バートルビーの感情の読解不可能性を指摘してきた。例えばナイは、著書を通じて繰り返し彼の感情の不可読性について言及している。彼女は、「バートルビー」という作品が「私たちが強い感情を期待するようなところに強い感情がないことを強調したり、感情の不可読性によってもたらされる解釈の問題に焦点を当てている」（Ngai 10）と論じたうえで、メルヴィルの意図は「共感的な同一化の可能性を完全に排除するほどに、感情が不可読な登場人物を作ることにあった」と主張する（32）。あるいはより古典的な例として、マイケル・T・ギルモアは、「読者は［バートルビー］の内的思考にアクセスすることは決して許されていない。……好奇心を抱く読者と書写人の私的世界のあいだに、考えうる限り強固な障壁が立ちはだかっている」と論じている（Gilmore 142）。

しかし、作品テクストを詳細に検討すると、バートルビーの内面は実は読者に対してわずかながら開かれているのが分かる。物語の中で少なくとも二度、語り手はバートルビーの感情が発露する瞬間を捉えている。

> 亡霊のようなバートルビー……は、静かにこう言ったのです。申し訳ありませんが（he was sorry）、今とても取り込んでいます。（26）

「わたくしはここで一人きりにしてもらうほうがいいと思います」バートルビーは、自分のプライバシーに人が押

し寄せたことで機嫌を損ねたかのように（as if offended）言いました。（31）

これらの引用箇所は、バートルビーが「申し訳ない」や「機嫌を損ねた」などの醜い感情を抱いている可能性を示唆しており、本書の文脈で言えば彼の沈黙の裂け目となっている。しかし、例えばウェンディ・アン・リーは、情動理論に依拠した議論において、バートルビーは本質的に「感情を持たない主体（unfeeling subject）」であるとまで主張している（Lee 1408–09）。バートルビーに「感情を持たない（unfeeling）」などの形容詞を与えるこの議論は、本論の文脈においては、タクソノミーの暴力を犯しているとさえいえるのではないか。「ある人が何も感じていない」と断定することは、その人物の内面を制限し、理解可能な形に変換させることでもある。たとえバートルビーの内面が十分に表現されていなくとも、注意深い読者には、彼の感情の可能性は微かにそして確かに開示されている。メルヴィルの沈黙表象において重要なのは、感情は沈黙を通して分節化（articulation）されるのではなく、あくまで暗示（adumbration）されるに留まる、という点である。完全なる沈黙は読者を誘惑しないかもしれないが、わずかな裂け目があるからこそ、読者は沈黙の向こうに何かがあるに違いないとの期待を抱き、他者へ想像力を働かすことになるのである。

ここまで、バートルビー、バボ、ブラック・ギニーらの内面性を前提として議論してきたが、感情の私的所有を自明視するこの「私的内面性」という概念は、情動理論の台頭以後には時代錯誤に見えるかもしれない。[*20] というのも、情動理論は感情を間主観的な関係性の網目の中に位置づけることで、私的内面性という概念を過去のものにしてしまったからである。マイケル・ミルナーが指摘しているように、「感情を個人的、非理性的、非自発的、あるいは無意識的なものとしてみなすこれまでの考えは、今では疑わしいものとなっている」（Millner 13）。しかしここまで検討してきたとおり、バートルビー、バボ、ブラック・ギニーらは、言語によって侵犯することができない私的内面性を提示することで、語り手や読者とは異なる他者として沈黙の向こう側に位置している。
メルヴィルは、沈黙を保つ登場人物たちを描きながらも、「言っているように見えた」、「秘密の感情」などの表現を通じて、彼らの内部空間を文学テクスト上に作り出している。言語の潜在的な暴力性を熟知したメルヴィルは、登場人物の内面性を侵さないように細心の注意を払っているのである。近年の情動に関する研究が言語の枠を超えた感情の再発見に貢献してきた一方、メルヴィルは頑なに言語の側に留まり、「明確なもの」と「不分明なもの」、「言いえるもの」と「言いえないもの」の臨界を探っている。本章冒頭で述べたように、情動理論を用いて文学を読み解く際に問題となるのは、文学は言語で構成されているのに対し、情動は言語の領域の外部に存在するということである。ナイの『醜い感情』の出版から十数年を経て、感情を制度外に位置づけることを目的とした情動理論は、それ自体が制度化された研究領域となっているともいえる。情動理論を文学に適用する際に生じる重要なパラドックスとは、読者が文学テクストの中に残存する不可解な、説明不能な何かを表現するために「情動」という言葉を使うとき、「情動」は不可避的に読者に説明のカタルシスを供することになってしまう、という事態である。バートルビーらの沈黙は、読者にそのようなカタルシスを許さず、説明可能なものと説明不可能なもののあいだに宙吊りにする。読者は、沈黙する他者の内面から常に遠ざけられているが、それと同時に彼らの沈黙を覗き込むように誘われてもいるのである。

註

＊1　代表的なものとして、Ngai; Hurh; Frank; Thrailkill; Houser; Santa Ana などの研究が挙げられる。
＊2　「感情」と「情動」の区別に関しては、Cvetkovich 13; Massumi 28–32; Altieri 2; Ngai 25–26 を参照のこと。
＊3　クレア・ヘミングズによれば、情動理論が言語から距離を置いているのは、ポスト構造主義に対する反発が根底にあ

る。「情動に対するセジウィックとマッスミの関心は、言語、権力、主体性に対するポスト構造主義のアプローチへの反論として位置づけられなければいけない」(Hemmings 554–55)。

＊4　情動理論を用いた映画研究として、Brinkema のものがある。

＊5　ナイは『信用詐欺師』には紙幅を割いて論じているものの、「バートルビー」に関しては散発的な言及に留まっている。

＊6　人文学における情動理論の応用に対する批判的な考察として、Leys が挙げられる。

＊7　本章の議論はナイの先駆的研究に多くを負っているものの、分類学的言語とメルヴィルの他者に対する倫理が相容れないものとする点において、彼女の議論とは袂を分かつ。ナイは『醜い感情』を七つの章に分けており、それぞれに一つの感情がタイトルとして割り当てられているが、このように感情を明確に分類しているという点において、ナイの議論は「分類学的」と形容できるだろう。

＊8　代表的なマルクス批評的読解としては、Barnett; Gilmore; Brown, "The Empire"; Kuebrich; Foely; Reed; Goldfarb を参照のこと。なかでもリードは「バートルビー」のマルクス批評史のレビューを行っている(Reed 248–49)。

＊9　テクストの翻訳は牧野有通訳『書記バートルビー／漂流船』(光文社古典新訳文庫、二〇一五年)を参照し、必要に応じて変更を加えた。

＊10　*Oxford English Dictionary*, 2nd ed., s.v. "economy."

＊11　語り手のダッシュとカンマの使い方に関しては Couch も参照のこと。

＊12　バートルビーに対する感情を十全に表現できない語り手は、カタルシスの感覚を得ることができない。バートルビーの「受動的抵抗(passive resistance)」のため、語り手は言葉で表現するほどの強い怒りを感じることができず(13)、むしろバートルビーにもっと明確に反抗してもらいたいとすら思っている(14)。

＊13　「情動」という用語に関する議論はあまりに錯綜しており、一つの定義に定めることは難しい。ジョナサン・フラットリーが論じるように、「さまざまな分野で情動に関する優れた研究が多くあるものの……、一般的な合意、あるいは共通の会話でさえいまだ登場していない」(Flatley 11)。

＊14　ヒーザー・ハウザーは、「情動」を「身体に根ざした感情」としている(Houser 3)。

＊15 『白鯨』でイシュメールは、鯨の内部を分類することは不可能であると述べている。「鯨を「属」として丸ごと捉えて体系的に提示すること、それがさしあたっての私の意図である。だが、それは容易ならざる仕事である。ここで試みられることは、いわば混沌を形成するものについての分類にほかならないからである。……私はこの鯨学の体系をひとまず未完成のまま放置しようと思う」（134, 145）。

＊16 一九世紀中葉のアメリカにおける「慈善」に関しては、Ryan を参照のこと。

＊17 「バートルビー」という作品自体が、語り手のバートルビーに対する感情に言語的形式を与えたものとなっている。情動理論家たちが論じるように、物語る行為とは、感情になんらかの形を与え、その形式の中に囲い込むことであり（Wetherell 52; Wissinger 243–44）、その意味で反情動的行為であるとすらいえるだろう。

＊18 メルヴィル作品における沈黙に関する議論は、Goldberg, *Quiet Testimony* 87–119; Lee 495–519 を参照のこと。

＊19 メルヴィルの深みへのこだわりを理解するうえで、エドガー・アラン・ポーとの対比が有用かもしれない。アダム・フランクは、情動理論を用いてポーを読み解くなかで、「深さのない表面」へのポーの関心についてこう論じている。「ポーの散文ロマンスの人物たちは、リアリスティックな文章に慣れた読者にとっては、立体的あるいは多面的な登場人物として認識されるようなものを何も持っていない傾向がある。……ポーの文章の特異な力の一部は、表面と深さの対立において、深さを特権化することから距離を置くことができる能力であった」（Frank 54–55）。一方のメルヴィルは、無言の登場人物の一見空虚な表面の下にある「深さを特権化」している。文学の読解において登場人物の内面の深さを否定することは、情動理論を応用する批評家たちに共通した傾向である。顕著な例として「バートルビー」を論じる Lee 1412 を参照のこと。

＊20 「感情の所有」について、ウェザーエルはこう論じる。「［感情は］他者との関係であり、状況と世界に対する反応である。……情動とは決して完全には所有されず、常に他者と交差し交流する」（Wetherell 24）。むしろ本書では、他者との交流は所与のものではなく、そのためにはあくまで読者の能動的な関与と想像力が必須であると考える。

第十章

ビリーを撃つ――媒介される内面

『ビリー・バッド(内部の物語)』(一九二四年)の括弧内に付された副題は、このメルヴィルの遺作がどのような意味で「内部の物語(inside narrative)」であるのかを読者に問いかける。一見するとこの問いに答えるのは容易である。つまり、この作品は海軍艦艇ベリポテント号の閉鎖的な世界の内部で起きた物語を描いており、さらには主人公である水兵ビリー・バッドの心理の内部を描いた作品である、というのがとりあえずの答えになるだろう。小説の冒頭で語り手は、これから展開される物語が「この一隻の船内での出来事(the inner life)、そしてひとりの水夫の人生」に限定されていると明言している(11)。[*1] しかし、本作品がどの程度まで主人公の内面を描いているのかと改めて考えるとなると、この問いに答えることは途端に困難になる。本書がこれまで強調してきたように、メルヴィルはキャリアを通じ、言語によって他者を描くことの可能性と限界に挑み続けた作家である。メルヴィルは多くの作品で沈黙する登場人物たちを描いているが、彼らの内面は読者にとって到達できない不可解さを帯びている。メルヴィル作品の中で沈黙する最も謎めいた人物といえば、前章でも検討したバートルビーであろう。わずかな応答を除いて、バートルビーは作品を通して沈黙を頑なに貫き、自身の言葉によって内面を明らかにしない。さらに「ベニト・セレノ」で反乱の首謀者となったバボは沈黙のまま死刑を迎え、首をはねられた彼の顔が静かに人々と読者を見つめるところで小説は終わる。『信用詐欺師』のブラック・ギニーは、人々の嘲笑に黙って耐えながら「秘密の感情」を飲み込む（*The Confidence-Man* 11）。[*2] 彼らの内面を読者が知ることはほとんど不可能であり、だからこそよりいっそう読者の興味を惹起する。[*3]

では、メルヴィル作品における不可解な登場人物の系譜において、ビリー・バッドという登場人物をどのように位置づけることができるだろうか。右記の登場人物たちとの共通項を考えるなら、ビリーは「発声上の問題」（11）、つまり吃音のために言葉で自らを表現することができないという点がまず重要となる。さらにビリーは読み書きができないとされる（10）。このように、言語をめぐるコミュニケーションの困難という点でビリーとバートルビーらには類似性があるように思えるが、実のところビリーは彼らとは著しく異なっている。それは単に、バートルビーらがなんらかの意図を持って沈黙しているのに対し、ビリーは吃音という制御不能な身体的問題を抱えているという点に留まらない。各々の作品において語り手は沈黙する他者に対して内面を図りかねているが、『ビリー・バッド』の語り手は、ビリーの言語能力の欠如を補完するかのように彼の内面を代弁、あるいは過剰に可視化している。ビリーは思考や感情をうまく言語化できないが、その代わりに語り手がその役目を担っているのである。これから検討していくように、語り手はその分析的なまなざしと饒舌な言語によってビリーの主体性を脅かしている。

以上の観点から本章で取り上げたい中心的な問題は、これまで内面の言語化を拒む登場人物を生み出してきた作家メルヴィルが、そのキャリアの最後になぜ主人公の内面が過剰に言語化される作品を書いたのか、というものである。他者の他者性をいかに表象しうるかという難題と格闘し続けたのち、遺作において主人公の内面を抉り出すように描いたこと、この事態はメルヴィルの作家としてのキャリアの軌跡を考えるうえで何を意味するのか。メルヴィルは最終的に、他者の内面を文学的言語によって侵犯することの倫理的危険性をどのように捉えるに至ったのだろうか。

多くの批評家が指摘しているように、『ビリー・バッド』にはメルヴィルの過去の作品に対する追憶の集積という側面がある。ハリソン・ヘイフォードとマートン・M・シールツ・ジュニアは、晩年のメルヴィルは「自分のキャリア初期の記憶にますます夢中になっていた」と述べている（Hayford and Sealts 33）。なるほど『ビリー・バッド』は、メルヴィルが過去作品で取り組んできた、他者性、沈黙、内面性などの中心的主題を凝縮したような小説である。なかでもすでに触れた「バートルビー」は、『ビリー・バッド』を考察するうえで比較すべき作品であろう。バートルビーの「感情の不可読性」はしばしば指摘されてきたが（Ngai 10）、これから議論するように、ビリーの感情はテクストを通じて可読な状態に置かれている。バートルビーの感情が完全に判読不能かどうかは議論の余地があるとしても、それが極めて曖昧で解読しにくいものになっていることは確かである。一方ビリーの場合は、読者の好奇心を先んじて阻止するかのように、語り手の雄弁な言語によって彼の内面はほとんどすべてが説明されてしまっている。これまで本書で見てきたように、バートルビー、バボ、ブラック・ギニーらが深い内面性を持っていることが示唆されている一方で、語り手の言葉を通して描かれるビリーは、心理的な深みを持たないように書かれている。しかし本章では、ビリーの内面の過剰な可視性は、実はメルヴィルが一八五〇年代にメルヴィルが格闘していた他者の表象可能性という問題の延長線上に位置し、連続性を成していることを示していく。

ビリーの内面表象の特異さは、それが媒介される多様な方法にある。ビリーのクラガート殺害の動機が「軍公認の週刊発行物」を通じて死後に簡潔に報告され（*Billy Budd* 70）、さらにビリーの死の瞬間の内なる思考は、仲間の水兵による「ビリーは手錠をかまされて」というバラッドの中で言語化され、最終的には印刷され、水兵たちのあいだで回覧される。さらに、この小説そのものが語り手によって語られることで、彼の内面は語り手の言語によっても読者に対して露わにされている。したがってビリーの内面は、他の誰かに書かれた言語を通して常に媒介されており、彼自身の言葉を通してはほとんど表現されていないのである。一八五〇年代のメルヴィルが、登場人物の内面を密閉された沈黙の中に位置づけることで他者性の問題を扱っていたとすれば、晩年のメルヴィルは、さまざまな媒介を通してビリーの内面を過剰に表現したことになる。

ただ、この小説はビリーを文学的言語によって完全に知りうる存在にしているわけではない。ビリーの存在がさまざまに媒介されているということは、読者は彼の内面を間接的にしか知りえないわけであり、内面の過剰な可視化はむしろ、ビリーを本当に知ることがそもそも可能なのかという問いを読者に訴えている。本作品は、語り手、海軍の報告書、バラッドなど、どの媒体が彼の内面を真に表しているのかを判断することが困難になるように書かれており、そのどれもが互いに矛盾したまま並置されている。語り手の言語がビリーの他者性を支配しているように見えながら、この作品は全体として、ビリーの内面の過剰な可読性が逆説的に不可読性へと変換されるさまを提示しているのだ。さらに彼の存在は、語り手の「内なる物語」を含む複数のテクストの伝播によって、自らの死を生き延び、互いに競合するさまざまな解釈を誘い続けることになる。

ビリーの受動的内面性

批評家たちは、ビリーの内面を読解可能なものとして解釈してきた。例えばケヴィン・ゴダードは、ヴィアやクラガートらとは違い、「[ビリー]が何を感じているのか、私たちはほとんど疑う必要がない」と論じており(114)、ナンシー・ルッテンバーグもまた、ビリーは「絶対的な透明性」を有していると指摘する(94)。[*4] しかし、ビリーの内面で何が起こっているかを我々が実際のところどの程度知りうるのか、という点については改めて検討する余地があるだろう。バーバラ・ジョンソンはかつて、この物語には四人の読者——ビリー、クラガート、ヴィア艦長、そしてダンスカー——がいると論じたが（Johnson 85–107）、本章ではここに、ビリーの存在をパフォーマティブかつ創造的に読解する読者として、語り手を加えたい。

語り手は、主観的な解釈を伴ってビリーの人物像を読者に提示する。最初にビリーを読者に紹介するとき、彼の気質をこう説明する。「決して（by no means）皮肉などという性向は与えられていなかった。そんな意図、そして悪がしこさにもまた欠けている。二重の意味だの、当てこすりだのも、彼の性質にはまったく（quite）そぐわなかった」（7）。また、ビリーは「動物」に喩えられ、そして「哲学者ではない（no philosopher）」ともされる（8）。これらの引用箇所において、語り手は「決して（by no means）」、「まったく（quite）」、「ない（no）」などの表現を用いて、作品冒頭からビリーの内面的な性格を断定している。他の例としては、ビリーの曖昧な出自にもかかわらず——彼は親を知らない孤児である——彼が高貴な血統であると早急に結論づけている。「そう（Yes）、ビリー・バッドは捨て子であり、おそらくは非摘出子だったのだ（a presumable bye-blow）。卑しい血筋では明らかにない（evidently no ignoble one）。明らかに、高貴な血が純血馬のように流れていたのである」（9）。語り手は「おそらく」という留保をもってビリーの出自を推測しながらも、その不確定性を早急に打ち消すように、強い表現で高貴な生まれを強調している。ここでバートルビーを補助線として考えるなら、彼とビリーは曖昧な出自という共通点を有している。バートルビーは自身の過去について語ることを拒み、死後に語り手によって明かされる配達不能郵便物局での過去の雇用さえも「噂」にすぎない（*The Piazza Tales* 34）。しかし、それでもビリーとバートルビーのあいだには大きな差異がある。ビリーの出自は「明らか（evident）」と「ない（no）」という言葉の繰り返しの使用、さらには「そう（Yes）」という強調を通して、語り手によって根拠もなく断定されているからだ。[*5] かように、この物語の冒頭箇所において、ビリーはその内面、そして彼の知られざる出自さえも、語り手によって一方的かつ主観的に提示されるのである。

物語が進むにつれ、語り手の視線はビリーの内面にさらに深く入り込んでいく。艦長室におけるクラガートとビリーの決定的な対峙の場面で、語り手はビリーの心情をこう説明する。「さて、フォアトップマン［ビリー］は艦長室に入り、艦長とクラガートとともにいわば閉じ込められた状態であることが分かるとかなり驚いた。だが、その驚きには不安や不信はともなわなかった。うぶな性格、根っから正直で心優しいため、危険らしきものが迫ってくると思っても、同僚からとなれば、ピンとはこない」（45）。この一節でも、語り手はビリーが何を感じているのかについて疑問の余地を残さないように書いている。続く臨時軍法会議の場面では、「船の仲間の一部で厄介な事が始まろうとしている（つまり反乱のことだが、あからさまな言いまわしは避けられた）雰囲気に気づいたか、疑ってみたか」と尋ねられたとき、この質問が「ビリーの心に後甲板員との、フォアチェインでの会話を即座に思い出させた」にもかかわらず（52）、彼は否定する。ここで、語り手は明らかに「ビリーの心」の中に踏み込んでおり、さらにはビリーの否定を、「船員仲間を密告するに等しい役割を果たすことへの生来の嫌悪があった」ためと説明する（52）。これらの引用箇所で、語り手はビリーの沈黙の下に抑圧されている感情を一方的に言語化している。物語が「この一隻の船内での出来事（the inner life）、そしてひとりの水夫の人生」に限定されているとする作品冒頭の宣言に忠実に（11）、語り手は自由にビリーの内面へと侵入するのである。再びバートルビーとの比較を行うなら、例えば彼の物語に「バートルビー（内部の物語）」という副題をつけるのは、この作品がバートルビーの内面の読解をめぐる困難を描いていることを思えば、まずありえないタイトルであろう。一方で『ビリー・バッド（内部の物語）』は、この人物の内面世界が読者に開示されている――その信憑性は別問題として――という意味で、内容に対して忠実かつ妥当なものとして聞こえるはずである。

深いクラガートと深いビリー

もちろん、あらゆる小説が多かれ少なかれ登場人物の内面を描くものだとすれば、ビリーの内面を描く語り手のふるまいは特段の注意に値しないように思われる。しかし、それでもビリーに対する視線が特異なのは、語り手はビリーの内面を過剰に可視化する一方で、他の登場人物たちに対しては明らかに違う姿勢を見せているからである。これは特にクラガートの場合に顕著であり、ビリーについて語るときの断定的な口調とは対照的に、語り手はクラガートの内面について語る際、必ずなんらかの留保をつけている。ルッテンバーグが指摘するように、ことクラガートに関して語り手は、「奇妙な種類の物語上の吃音ともいうべきものに悩まされているように見える。彼は断続的に物語を進め、情報を開示したかと思えば、それを撤回したり、その権威を損ねたりする。……彼が語る出来事の上に立つのではなく……距離が保てないために、その出来事に彼自身が巻き込まれているかのようだ」(Ruttenburg 92–93)。例えばクラガートを読者に紹介するとき、彼の顔色について「体質と血液にどこか欠陥があり、病的であるように見えた(seemed to hint)」と述べ、こう続ける。「全体的な外見と物腰は、海軍での役割とは相いれない教育と職歴を示唆していて(suggestive)、軍務に忙殺されないときには、社会的にも道徳的にも高貴な人物に見えた(looked like)。それでも、自分なりに訳あってか、そういうことは目立たないようにしていた」(20)。「見えた(seemed, looked like)」、「示唆している(suggestive)」という表現からも分かるとおり、語り手はクラガートの性格を一方的に判断することをしない、あるいはできていない。さらに、クラガートの出自について、「以前の経歴は分からない。イギリス人かもしれない(might be)。それでいて、言葉遣いにかすかな訛りがひそみ、もしかしたら(possibly)生まれながらのイギリス人ではなく、幼少時に帰化したことを示唆している(suggesting)」と極めて曖昧な説明をする（20）。クラガートはビリーと同様に不明な出自を有しているが、語り手はビリーが高貴な生まれであると性急に結論づけようとしているのに対し、「かもしれない（might be）」と「もしかしたら（possibly）」という言葉を通じ、クラガートの出自を曖昧なままにするのである。

語り手のクラガートからの距離は、クラガートが進む方向にビリーがスープをこぼしてしまう場面に顕著である。この出来事の直後、語り手はクラガートの心中で何が起こっているかをさまざまな留保をもって推測する。「クラガートは再び歩き出しながら一瞬あの苦々しい笑みを取りはずし、本心からの表情に切り替えたに違いない（must have）。もしかすると（perhaps）相手をすくませるような表情に」（26）。語り手はさらに推測を続ける。「この二人の鮮やかな対照を思えば、先任衛兵長が先ほどの場面でこの水夫に「きれいということはきれいでもある」なる金言をもってしたとき、皮肉なほのめかしを放った可能性は十分にある（more than probable）」（29）。さらに語り手は、奇妙な執拗さをもってビリーがこぼした液体に対するクラガートの反応について推察する。「べっとりとした液体が足元に流れ出してきたのを先任衛兵長が目にしたとき、こう思った――ある程度はたぶん（perhaps）意図的であろう――に違いない（must have）。これは偶然流れてきたものでは絶対にあるまい、おれの反感にビリーがそれなりに応えたいという感情が湧き、こっそりとあの液体を漏れ出させたのだろう」（31）。クラガートの心理を推測する以上の箇所で、語り手は彼の内面をなんとか言語化しようと奮闘している。語り手の推測は、確信（「違いない（must have）」）、強い推測（「可能性が高い（more than probable）」）、そして不確実性（「おそらく（perhaps）」）に至るまで、その表現は多岐にわたっている。さらに数頁進むと、語り手の考察はさらなる留保を伴って続けられる。「クラガートの良心たるや、単におのれの言いなりになる弁護士のようなもので、ささいな事柄から恐ろしい話をでっちあげ、あのときスープをこぼしたビリーには動機があったと――そしてこいつは悪口も言うのだと――弁じたてるなど、彼を責めたてる強力な論拠におそらく（probably）仕立てたのである」（32）。これらの箇所を考え合わせると、語り手がクラガートの内面を言語化しようと試みながらも、執拗ともいえるほどの留保を用いることで、彼を謎めく他者性を帯びた人物として提示しているのが分かる。

本書第四章でメルヴィル作品において他者性が深さを通じて表象されることについて論じたが、『ビリー・バッド』においても、クラガートの不可解な他者性はまさに深さと結びつけられている。ビリーに対するクラガートの反感は「深い（profound）」と表現されており（27）、さらに彼はビリーに対して「深い情熱（profound passion）」を持っていると語られる（30-31）。また、ビリーに対する彼の嫉妬は、サウルのダビデに対する嫉妬よりも「深い（deeper）」とされる（30）。あるいは、彼の「うちなる偏執が……彼の奥深く（deeper and deeper in him）を食い荒らしていった」とされ（39）、船長室でビリーと対峙する場面では、彼の目は「深海（the deep）にいる未分類の生物にそなわる異形の目のように」突出していたと描写される（46）。語り手はクラガートを執拗に「深い」と描写することで、この人物を読者だけでなく、語り手自身にも本質的に到達不可能な他者として提示しているかのようだ。ビリーは従来、キリストになぞらえうる聖なる人物として解釈されてきたが、内面の問題に関していえば、彼の内面は決して不可侵の聖域ではなく、むしろ語り手によって容易に侵入され可視化されてしまう脆弱な領域である。[*6] それとは対照的に、クラガートの内面は語り手が侵入することが許されない聖域となっている。

しかし、ビリーの内面の可視性に関しては、小説の終盤に向けて興味深い一捻りが加えられる。処刑が宣告されたあとに続くビリーとヴィアの会話は、読者の目から隠されて提示される。「ヴィア艦長と罪人との交渉はすべて例の密談（the closeted interview）をもって終了した」（60）。ここから一頁進んだ箇所においても、語り手は同じ「密談」というフレーズを繰り返しており、二人の会話の秘匿性を強調している（61）。語り手は、他の箇所ではビリーの内面に自由に侵入しながらも、不思議なことに両者の対話を読者に開示することはせず、ビリーが絞首刑の瞬間に何を感じ、何を考えているのかについても読者には決して明らかにしていない。その副題を裏切るように、この小説は「内部の物語」を十全には開示していないのである。

語り手が提示する断定的なビリー像は、実のところ安定したものではない。視点を変えると、語り手以外の人物による解釈が語り手の信憑性を揺るがしていることが了解される。例えばクラガートは、ビリーを単なる無垢な存在ではなく、むしろ「深い」人物として解釈している。ビリーに反乱の意図があるとヴィア艦長に密告する場面で、クラガートはビリーをこう形容する。「あの男です、閣下。若くて見栄えもいいですが、不可解なやつ（a deep one）でして。……陽気な雰囲気の裏に隠されているのは、強制徴用への根深い怒りなんです。閣下は頬を染めたところばかりご覧になっておられますが、赤く色づいたヒナギクの花の下にも罠がひそむやもしれません」（42–43）。クラガートは、無邪気な表面の奥深くには隠された何かがあると示唆することで、ビリーを本質的に無垢な存在として提示する語り手と真っ向から対立する。この短い一節は、語り手とは正反対の視点からビリーを読みうる、まったく新たな読解の可能性を仄めかす。つまり、ビリーこそ不可知な他者性を帯びた人物なのではないか。語り手がクラガートを「深い」と繰り返し描写していることを思い起こせば、クラガートはビリーを描写するために、語り手の言葉を正反対の対象に反復していることになる。さらには先に見たように、ビリーがこぼした液体について、クラガートはそこに隠された意味が込められていると解釈している（31）[*7]。

その潜在的な深さと共鳴するかのように、死後、ビリーは海の深みへと埋葬される。葬式のあと、語り手はビリーの死体について「異様な静謐のうちに宙吊りにされ、今度は海深く（in the deeps）沈みゆく」と表現しているが（67）、ここでの語り手の言葉は、作品末尾に置かれたバラッド内のビリーの言葉と響き合う。「だけど、おいらはハンモックに詰みこまれ、深く沈められる（drop me deep）／何尋も深く、何尋も深く、ぐっすり眠って夢など見られるかい？」（72）。このような深さとの結びつきを考えれば、計り知れない他者性を有しているように見えるクラガートと同様、いやそれ以上に、一見その内面が透明に描かれているビリーもまた、読者にとっては本作品における他者なのである。不可知性が一貫して描かれているクラガートは分かりやすく「悪」の象徴として描かれている一方、無垢な存在であると同時に「深い」人物としても描かれるビリーのほうが、より捉えどころのない他者性を有しているといえるだろう。

ビリーを撃つ

ビリーの内面を一方的に描くように見える語り手だが、実のところ彼の内面を言語化することの暴力性を自覚していると考えられる。ここで議論の起点となるのが、本作品に度々登場する「撃つ（hit）」という動詞である。小説の序盤で語り手は、クラガートの得体の知れない存在を「撃つ」こと、つまり捉えることができないと告白している。「下士官のひとりは――この物語にとって重要であるゆえ――ただちに紹介しておいたほうが良かろう。といって、この男の肖像を描いてみるものの、正確にできるかどうか（His portrait I essay, but shall never hit it）。それはジョン・クラガートなる先任衛兵長である」（19）。この一節の「撃つ（hit）」という動詞に着目するバーバラ・ジョンソンは、『ビリー・バッド』においては他者の内面を描写することが潜在的な暴力であると指摘する。ジョンソン曰く、「完璧に描写すること、適切に指示することは、指示対象に「的中（hit）」し、結果的にそれを消滅させること」であり、そして「完全に知るということは、まさに知られた対象を消すこと」なのである（Johnson 92）。[*8]

ジョンソンの指摘を踏まえ、この物語において「撃つ」という動詞が物理的・比喩的な意味の両方を有していることを確認するならば、まず前者の代表例として、ビリーはクラガートを拳で殴り殺してしまう。「次の瞬間、夜に大砲を発射したときの炎のごとくビリーの右腕が閃いて突き出されたかと思うと、クラガートは床に倒れこんだ。……一撃（the blow）は額に最大級の効果をもたらした」（145）。さらに、ビリーが絞首刑に処された直後、ヴィア艦長はフランス艦隊との戦闘で射殺される。「ヴィア艦長は、敵の艦長室の舷窓から発射されたマスケット銃の弾丸を浴びたのである（was hit）」（167）。このようにして、クラガートとヴィア艦長は、それぞれビリーの拳と敵の弾丸によって撃ち殺されている。ではジョンソンの言う比喩的な意味ではどうだろうか。まず、語り手がその内面を言語化できず、捉えきれていないという意味において、クラガートはビリーに物理的に殴り殺されたあとも、比喩的には「撃たれていない」といえるだろう。では一方のビリーは、過剰に内面を言語化する語り手によって暴力的に「撃たれている」のだろうか。

語り手は、作品を通してビリーを執拗に「撃って」いるように見えるが、最終的にはその試みに失敗している。ビリーが絞首刑に処される作品終盤になると、ビリーに関する自らの描写と明らかに矛盾するエピソードを紹介することで、自身の語りの権威を揺るがし始める。ビリーの死後、ベリポテント号で起こった顚末が「軍公認の週刊発行物」で報告されるが（70）、この報告書は、ビリーがクラガートを「刺殺した」と記すのみならず、彼を反乱計画の首謀者としても特定しており、これはビリーの無垢を強調する語り手の説明と大きく対立する。この報告書はまた、ビリーの「極度の堕落（depravity）」についても言及しているが（70）、「堕落（depravity）」という単語は、まさに語り手がクラガートの性質を描写するために繰り返し使用しているものである。「［クラガート］のうちには悪の性質が狂おしくもそなわり、それは悪徳の鍛錬だとか、悪影響をおよぼす書物だとか、放埒な生活によって作られるのではなく、生まれながらのものであり、つまりは「生来そなわる堕落（depravity according to nature）」というわけである」（29）。奇妙なことに、語り手はこの海軍の報告書を紹介する直前に、「誠実に書かれていることは疑いの余地もないのだが、情報媒体が一部風評によることもあり、事実が書き手に届いたときには偏見がまじったり、部分的に誤っていたりもした」と述べるに留まっている（70）。ここで語り手は報告書に明確に反論しているわけではなく、それは「部分的に誤って」いるかもしれないが、この件のありうべき一つの描写であることを示唆している。報告書を引用したあとで、語り手はただこう付け加えるのみである。「以上のことが、はるか昔に時代遅れになり、今や忘れ去られた刊行物に掲載された。現在までの人類の記録として、ジョン・クラガートとビリー・バッドそれぞれの人となりを証言したものは、これのみである」(70)。

ビリーをめぐる語り手の描写と矛盾するエピソードは、これだけではない。この報告書に続いて、語り手は名もなき水夫によるバラッドを紹介し、自らの言葉ではなくこのバラッドの引用によって作品を終えている。この詩もまた、語り手の物語と海軍報告書に並んで、ビリーの人となりの記録となっている。「この水夫の手から紡がれた詩行は、しばらく船上で流行ったあげく、ポーツマスにおいて一篇のバラッドとして粗末な印刷物となるにいたった」(71)。そしてこのバラッドも、語り手とはまったく違う角度からのビリー像を提示している。吃音を抱えているビリーは、知的能力が欠けており、言葉をうまく扱えない無垢な人物として語り手に描かれ続けるが、このバラッドではむしろ言葉の巧みな使い手としての側面が強調されるのである。作品冒頭、ライツ・オブ・マン号からベリポテント号に強制徴用されたとき、ビリーは仲間の船員たちに別れの言葉をこう口にする。「あなたともお別れです、いとしきライツ・オブ・マン号よ」(7)。ビリーの言葉は、ベリポテント号の海尉に不穏な響きを与える。「たしかに、ビリーの行為は海軍の礼儀に反するものだった。……海尉はこれをむしろ新補充兵にあっては隠れた皮肉を伝える意図があるものと取った。徴用ということについてのひそかな中傷、そして彼自身へのひそかな中傷」(7)。つまり海尉は、ビリーが自分の人権(rights of man)が強制徴用によって侵害されていることについて、仲間への別れの挨拶と見せかけながら批判を述べているのではないかと疑っているのである。しかし語り手は、「二重の意味だの、当てこすりだの、どう見ても彼の性質にそぐわなかった」として(7)、この海尉の不安を杞憂と退けている。

しかし、水夫によって書かれたバラッドではビリー自身が語り手として設定されており、言語を巧みに扱う人物として描かれる。「ああ、判決の猶予(suspend)じゃなくて、おいらの宙吊り(suspend)さ。/あい、あい、すべては終わり(all is up)、おいらも終わる。/朝も早よから、吊り上げられて」(71)。ビリーは、ここで“suspend”と“up”という単語で言葉遊びをしている。“suspend”は「絞首刑」と「死刑の猶予」の両方を意味し、“up”は「終わり」と「吊り上げられること」を意味する。このような知的な言葉遊びは、言葉に「二重の意味」を込めるなど彼の性分ではないとされるビリーの能力の埒外にあり、それはむしろクラガートの領分のはずである。クラガートが発する言葉はしばしば「曖昧(equivocal)」と形容されるが、“equivocal”のより厳密な定義には「二重の解釈が可能」という意味がある。[*9] ビリーがスープをこぼした直後、クラガートは「ハンサムにやってくれた、わが子よ!」と声をかけるが、この言葉の意味は「曖昧(equivocal)」と表現される(26)。さらにこの事件の数日後、「砲列甲板を夜ぶらついていて偶然ビリーとすれちがいざま男[クラガート]は、おお友よ、とか何とか声をかけたが、予期せぬことで、またその場ではいかがわしく響いたこともあり(equivocalness)、ビリーはばつが悪くてどう答えていいか分からず、気づかないふりをしてやりすごした」(35)という場面が描かれる。つまり、語り手が描く世界においては、言葉に多義性を込めるのはクラガートの特徴だったはずだ。

海軍報告書とバラッドを通じて展開されるビリーの解釈は、語り手のものと対立するだけでなく、互いにも矛盾している。報告書がビリーを凶悪な行為の犯罪者として提示しているのに対し、バラッドは仲間たちの好印象に基づいて書かれたものである。ビリーの死後、水兵たちは彼の人柄を偲びながら、あのビリーが謀略を企てたはずはないという確信を深めていく。「彼らは本能的に感じていたのだ、ビリーは謀殺、ましてや反乱などできる人間ではない、と。〈ハンサム・セイラー〉の若く新鮮なイメージが思い出された。たとえ冷笑しても、心の中にほんのかすかに下劣な気まぐれが起きても、決して美しさが損なわれなかったあの顔が。この印象は、彼が死んだことで――それも幾分か不可解に死んだことで――間違いなく深まった」(71)。このように、海軍報告書とバラッドに記録された二つのビリー像は互いに大きく異なるものの、信頼性の低さという点では共通している。海軍の報告書が風評に基づく一方的なものであることは見たとおりだが、バラッドにしても、ビリーの無垢な人物像は結局のところ仲間たちの単なる「印象」に基づいているため、非常に不確定なものである。ビリーの内面を一方的に代弁しているという点では、主観に基づく語り手の語りと同様に、バラッドもまた彼の他者性に対して暴力を振るっているとさえいえるかもしれない。

語り手は、ビリーが死んだところで物語を終わらせることができたはずだし、そちらのほうが間違いなく小説として整った構成になるはずだが、あえて報告書とバラッドというさらなる解釈の可能性を意図的に追加して作品を締め括っているのはいささか奇妙である。語り手はこれら二つのエピソードを付け加える前に、次のように述べている。

> 純粋なる小説においては形式上の均整美が得られるとしても、本来絵空事ではなく事実をあつかう語りにあってもそれは容易には達成できない。真実を妥協なく伝えようとすると、語りはいつもごつごつした部分ができてしまう。故に、そのような語りの結末部分はきれいにはいかないものだ。建築物の仕上げのようにはいくはずもない。(68-69)

このように自己弁護する語り手は、形式上の均整を犠牲にしてでも、自身の語りと矛盾する解釈の可能性を提示しようとする。結果として、彼が小説を通じて提示してきたビリー像が、いくつか存在しうる解釈のうちあくまで一つの可能性にすぎないことが強調される。語り手によるビリーの「内側の物語」は、他の競合する解釈とともに読まれることを要求しているのであり、そしてそのすべてが決定的な信憑性を欠いている。

メルヴィルのフィクションとの格闘

メルヴィルはなぜこのような書き方をせざるをえなかったのであろうか。本章冒頭で述べたように、メルヴィルは言語による他者表象の可能性を探求し続けた作家であり、自作の登場人物を文章で捉えること——「撃つ」こと——の潜在的な暴力性を十分に認識していた。ビリーがクラガートを殺めたように、語り手がビリーを「撃ち殺す」ことを避けるため、メルヴィルは語り手による読解可能性のみを提示することはしない。むしろビリーの存在をさまざまな書き手による物語を通じて複数化させることで、彼の他者性を担保しているのである。

ビリーに殴打されたクラガートは「動かなくなった（motionless）」とされるが（46）、比喩的に言っても、彼の存在は語り手によって堕落と悪のイメージの中に固定されており、ビリーに殴られる前からすでに「動かなくなっ」ている。クラガートはこのイメージから逸脱することはなく、物語全体を通して一貫したキャラクター性を保っている。一方でビリーの存在は、無垢のみを象徴しているかのようでありながら、語り手による自身の権威の脱構築によって、小説の終盤に向けて不安定になっていく。本作は、ビリーが絞首刑に処されて宙吊りになり、最終的には海の深みへと沈められるさまを描いたところで終わるが、この結末は彼の存在が不確実性の中に宙吊りにされ、読者から深くそして遠くに留め置かれることを意味するのではないか。批評家たちはこれまで、主にクラガートとヴィア艦長に関する語り手の不確実性に焦点を当ててきたが、ビリーに関するそれに注目しているものはほとんどない。デイヴィッド・J・ドライズデールは、語り手は「ヴィアの思考の内面に入り込むことができない」と論じているが（Drysdale 334）、この議論はビリーにも当てはまる。ビリーの内面を徹底的に言語化しながら、自分の語りの信憑性を最終的に括弧に入れる語り手は、どんなに雄弁にビリーを代弁したところで、彼の内面はつまるところ言語が及ばないところに位置し続けるということをパフォーマティブに示しているのである。『ビリー・バッド』において、語り手はこの物語を「語っている」というよりは、「書いている」というほうが正確である。例えば次の一節では、自身の創作行為にメタ的な言及を行っている。

こうして書くということにおいて、大通りに沿って歩みつづける決意はゆるがないにせよ、横道に入ることにもにわかには誘惑断ちがたいものがある。で、そんなふうに道を誤ってみようと思う。読者にお付き合いいただけるなら、喜ばしい。少なくとも、悪しざまに罪とされている――逸脱は文学的罪なのだ――そんな愉しみをお約束できるというものである。（13）

このように語り手は、ビリー・バッドの物語を文学作品として書くという行為を強調し、自分自身をあくまで作家として提示する。ここで改めて確認すれば、本作品にはビリーについての三つの競合する物語が存在している。つまり、無名の語り手によって書かれる物語、海軍の報告書、そしてバラッドである。この並置で注目すべきは、海軍の報告書が唯一の非文学的な記述であり、これが語り手による散文と最後の詩のあいだに挟まれていることである。文学（小説とバラッド）と報告書を区別するものは、前者がビリーの内面を想像力豊かに言語化しているのに対し、後者は（たとえそれが誤っているとしても）「事実に基づいた」情報に限定している点に求められる。しかし、ビリーに関する文学的記述のうち散文と詩のどちらが真実に近いのかについては、読者には手がかりが与えられない。他者の内面を理解することは、「撃つ」という表現を通じて語り手自身が認めているように、必然的に暴力的な行為に接近せざるをえない。文学的言語は想像力の領域に属するはずであり、それは常に他者を誤読する危険を伴う。『ビリー・バッド』において、語り手の散文であれ、水夫の詩であれ、言語はビリーの内面を間接的に代弁することしかできていない。いくら第三者がビリーの内面を想像しようとも、究極的に読者はビリー自身の声を聞くことができないのであり、実は彼はバートルビーと同様に沈黙したままである、といってもよい。かように、ビリーの内面は常に他者の言語によって媒介されているのである。

誰しもがビリーの内面を特定できないこの状況はしかし、他者表象の倫理という点からいえば肯定的に捉えることができる。彼の内面に関する一つの「真実」を与えるのではなく、複数の可能性を提示することで、ビリーへの暴力を回避しながら解釈の地平を開いているからである。本書を通じて強調してきたように、メルヴィルの他者表象の倫理は、解釈の決定不可能性を前にして行使される読者の想像力に宿る。「事実」を提示しようとする海軍報告書とは異なり、語り手による物語も名もなき水夫のバラッドも、ありうべきビリーの可能性を想像するだけでなく、それが並置され、互いに互いの信憑性を打ち消すことにより、最終的な解釈の決定を不可能にしている。そして、そのような不確定性にもかかわらず他者へ想像力を働かし続けることが、メルヴィル文学が求める他者を読むことの倫理であり、ビリーの「媒介された他者性」と呼ぶべきものは、読むことの倫理を促す助けとなっているのである。

メルヴィルは死の直前までこの小説を改稿し、文学という形式、そして言語という手段を通じて、いかに他者の内面を表象しうるかという問題と向き合い続けた。本書序章でも確認したとおり、文学というものはそもそも作者に自分とは違う他者について書くことを要請するものであるが、メルヴィルはとりわけその倫理的問題に自覚的だったといえる。そしてメルヴィルはこの遺作において、主人公の内面に関する解釈の複数の可能性をあえて導入し、決定的なビリー像を提示しないことによって、彼を「撃つ」こと——他者の他者性に暴力を振るうこと——を積極的に回避した。ニナ・ベイムは古典的論文「メルヴィルのフィクションとの格闘」において、一八五〇年代のメルヴィルは精力的に小説を書きながらも、フィクションという形式に根本的な疑念を抱いていたことを指摘している。彼女は「言語の限界についてのメルヴィルの自意識的な問い」を指摘したうえで、こう論じる。「メルヴィルはフィクションを尊重していなかった。彼はフィクションを大衆文学や彼自身のキャリア初期と同一視しており、また、真実を表現しようとする作品においては、フィクションが要求することへの苛立ち、さらにはフィクションと真実を語ることが対立しているという明確な感覚に至るまで、フィクションに対するさまざまな態度を表明している」(Baym, "Melville's Quarrel" 910)。メルヴィルの小説執筆に対する葛藤についてのこの指摘は作家の本質的な問題を捉えており、今もなお重要性を失っていない。しかしベイムの論の最後にある、『ビリー・バッド』についての次の短い言及には再考の余地がある。『ビリー・バッド』が最終的にどのような意味を持ちえたのかは分からないが、未完の状態であっても、それをメルヴィルのフィクションとの格闘における休戦の兆しと受け止めることはできるだろう」(921)。

本章では、メルヴィルが言語の潜在的な暴力性を認識したうえで、いかにしてビリーという他者を「撃つ」ことを避けようとしていたか、その周到な創作態度を論じてきた。さらに、メルヴィルが死の直前までこの小説を書き直し、未完のままに終わったことも考え合わせれば、晩年のメルヴィルが小説と休戦したというよりはむしろ、あくまで格闘し続けたことを示唆するだろう。『信用詐欺師』(一八五七年)のあと、長い休止期間を経て小説の執筆に戻った晩年のメルヴィルは、ベイムが言うところの「言語の限界についての自意識的な問い」にもかかわらず、小説を書くことに抗しがたいほどに引き寄せられていたことを示してもいる。換言すれば、小説執筆を通じて他者を書くことの魅惑に誘われ続けたといってもよい。これまで本章で比較検討してきた「バートルビー」と『ビリー・バッド』は、他者を書くことをめぐる同じ問いに取り組んでいる。つまり、前者は主人公の不可侵の沈黙を前景化することによって、後者は言語を過剰に使用することによって、他者を他者のまま表象するという難題に取り組んでいるのである。メルヴィルは『ビリー・バッド』を執筆するなかで、書くという暴力的な行為に対する本質的な疑いと、作家として書かざるをえないという他者への魅惑のあいだで妥協点を模索していた。絞首刑に処されたビリーのように、メルヴィル自身も死に至るまで、小説執筆を通じた他者表象への深い不信感と魅惑のあいだで宙吊りになっていたのであり、この葛藤それ自体が、メルヴィルの書くことの倫理の証左となっているのである。

註

＊1 テクストの翻訳は飯野友幸訳『ビリー・バッド』（光文社古典新訳文庫、二〇一二年）を参照し、必要に応じて変更を加えた。

＊2 『ビリー・バッド』を論じるジョイス・A・ロウは、メルヴィルの沈黙表象に関して、「政治権力と政治的無力は、それぞれ発話と沈黙に対応している。つまり、力を有するものはレトリックの力と物理的力によって権力を行使する」と指摘している（Rowe 279）。

＊3 さらなる共通点として、これらの沈黙する登場人物たちは饒舌な登場人物たちと併置されている。例えば、「ベニト・セレノ」のデラノ船長と「バートルビー」の語り手の饒舌さは、バボとバートルビーの沈黙を際立たせることになる。

＊4 スチュアート・バロウズは、『ビリー・バッド』において、ビリーは内面がないように見え、クラガートは、語り手も認めるように、その内面を窺い知ることができない」と論じている（Burrows 39）。

＊5 バートルビーの生まれが不明なように、ビリーの生まれも不明である。ただし両者の違いは、前者は自分について語ることを拒否しているのに対し、後者は彼自身も自分の出自を知らない、という点にある。「「生まれた場所を知らないだと？ 父親は誰なのだ？」「神のみぞ知る、であります」……「お前の生まれたときのことを何か知っているか」「知らないのであります」」（9）。

＊6 例えばジョン・H・ティマーマンは、ビリーにキリストの姿を読み取っている（Timmerman 30）。

＊7 ケヴィン・ゴッダードは、「抑圧の欠如がビリーを支配するのと同じくらい、抑圧がヴィアとクラガートを支配している」と指摘しているが（Goddard 113）、クラガートは、ビリーの「赤く色づいたヒナギクの花の下」を想像すること

で、ある種の抑圧がビリーの心にも働いていることを察知している。

＊8　翻訳は土田知則訳『批評的差異——読むことの現代的修辞に関する試論集』（一六〇）を参照した。

＊9　"equivocal" という単語には「二重の解釈が可能」という意味がある。*Oxford English Dictionary*, 2nd ed., s.v. "equivocal."

あとがき

メルヴィルとの出会いは、大学四年生のころに『白鯨』を原文で読んだのが最初だったと思う。「読んだ」とは名ばかりで、英語と内容が難しすぎてほとんど理解できなかったのが実情である。それでも、とてつもない作品だということだけは体感できた。

その後、メルヴィルをより理解したいという漠然とした気持ちで大学院に進むことになったが、待っていたのは自分の能力不足を思い知らされる日々だった。それでもどうにか研究を継続できたのは、メルヴィル文学をなんとか捉えてみたいという若々しい執念があったからだろう。修士論文の対象として選んだのは無謀にも『ピエール』という難物であったが、将来を見通せない貧乏学生だった私は、青くさくも、執筆によって生計を立てようと苦闘するピエールに自分を重ねて論文執筆に打ち込んだ。その時期の苦労をつい昨日のことのように思い出す。この修士論文はのちに私にとって初めての論文として出版され、本書第五章の原型となった。

本書は私にとって二冊目の研究書である。一冊目の単著は広く一九世紀アメリカ文学を対象として、「孤独」の概念について論じたものであった。その本の執筆に注力する一方で、関心の中心は常にメルヴィル作品にあり、いずれ本にまとめたいという気持ちを抱きながら一〇年以上にわたって継続的に論文を発表してきた。その蓄積がこのたび本として出版されることになった幸運を喜びたい。修士論文を書いていたころの自分に、そのような未来を伝えても決して信じてはくれなかったであろう。

書き下ろしの序章を除き、本書の各章はすべて既出の英語論文に基づいており、日本語に訳したうえで改稿を施している。以下に初出情報を示す。

第一章

"Lonely Individualism in *Moby-Dick*." *Criticism*, vol. 62, no. 4, 2020, pp. 599–623.（Wayne State University Press）

第二章

"Transnational Intimacy in *Israel Potter*." *Texas Studies in Literature and Language*, vol. 64, no. 2, 2022, pp. 144–62.（University of Texas Press）

第三章

"Writing a Durable Mark: A Community of Isolatoes in *John Marr and Other Sailors*." *Leviathan: A Journal of Melville Studies*, vol. 19, no. 2, 2017, pp. 52–70.（Johns Hopkins University Press）

第四章

"Through an 'Impenetrable Thicket': Penetrating Depth and Alterity in Melville's *Typee*." *The Japanese Journal of American Studies*, no. 33, 2022, pp. 135–50.（アメリカ学会）

第五章

"'No One Is His Own Sire': Dead Letters and Kinship in Melville's *Pierre*." *The Journal of the American*

Literature Society of Japan, no. 8, 2010, pp. 1–17.（日本アメリカ文学会）

第六章

"Against the Assaults of Time: Uncertain Futurity in 'The Encantadas.'" *Leviathan: A Journal of Melville Studies*, vol. 23, no. 3, 2021, pp. 73–88.（Johns Hopkins University Press）

第七章

"Transcending Distances: A Poetics of Acknowledgment in Melville's 'Benito Cereno.'" *Canadian Review of American Studies*, vol. 44, no. 3, 2014, pp. 450–70.（University of Toronto Press）

第八章

"'Secret Emotions': Disability in Public and Melville's *The Confidence-Man*." *Leviathan: A Journal of Melville Studies*, vol. 15, no. 2, 2013, pp. 54–68.（Johns Hopkins University Press）

第九章

"Bartleby's Closed Desk: Reading Melville against Affect." *Journal of American Studies*, vol. 53, no. 2, 2019, pp. 353–71.（Cambridge University Press）

第十章

"Hitting Billy: Mediated Interiority in *Billy Budd*." *Literary Imagination*, vol. 24, no. 1, 2022, pp. 25–37.（Oxford University Press）

各出版社、学会には快く転載許可を出していただいた。また、これらはすべて査読を経て掲載に至った論文であり、その多くは査読コメントを踏まえたうえで（時には大幅の）改稿を経ている。なかでも北米メルヴィル学会の機関誌『リヴァイアサン（*Leviathan*）』には大きな恩義を感じている。この雑誌は私が初めてアメリカで論文を発表した媒体であり、これまで計三回の掲載に恵まれてきたが、投稿のたびに非常に細かく厳しい、そしてこれ以上なく的確なコメントをいただいた。論文とはここまで厳密に書くものなのか、と教えてくれたのがこの雑誌であり、アカデミズムに私が信を置き続ける原体験となっている。

個人的な感慨を記すなら、このなかで特に思い入れ深い論文が二つある。まず一つは、冒頭で述べた若いころの苦い思い出がつまった『ピエール』論である。修士論文審査での柴田元幸、平石貴樹両先生からのコメントをいまでも鮮明に思い出すことができる。『アメリカ文学のレッスン』（講談社現代新書）を読んでアメリカ文学を志すようになった私にとって、柴田先生に指導教員を務めていただいたのは大きな幸運だった。アメリカ文学の世界へ誘ってくださった先生に、この場を借りて感謝申し上げたい。また、『ジョン・マー』論は修士課程一年生のときに、舌津智之先生の授業で書いた期末レポートが下敷きとなっている。そのときから「孤独」という茫漠としたテーマに惹きつけられていた私は、文学に感じる抒情を学術的に表現しうることを先生から学んだ。それは暗中模索していた当時の私にとって大きな希望となり、今でも研究の指針であり続けている。

また、本書に収められた論文のいくつかは、博士号取得を目指してアメリカに留学していたころに書いたものがもとになっている。作品を精読することしかできなかった私に学際的アプローチを教えてくれたのは、指導教員のベンジャミン・リース（Benjamin Reiss）先生である。第八章の『信用詐欺師』論は、人文学における障害学研究の牽引者たるリース先生の指導なくして書きえなかった。またその一方で、留学中に文学の精読の重要性を思い起こさせてくれたのがショシャナ・フェルマン（Shoshana Felman）先生である。彼女の授業で『ビリー・バッド』を味読した濃厚な読書体験が、その後の論文執筆につながった。ティーチング・アシスタントとしても彼女の厳しい知性に間近で接することができたのは、留学中の貴重な財産である。鋭利な批評理論で知られるフェルマン先生だが、彼女ほど徹底して文学の精読を行う人を私はほかに知らない。

これまでもっぱら英語で論文を書いてきた私にとって、日本語でメルヴィルの研究書を出そうと思ったのはゆえなきことではない。留学先から帰国し、大学で職を得てから八年ほど経つが、その間にメルヴィルについて教える多くの機会に恵まれた経験が、日本の読者にメルヴィル文学の魅力を伝えたいという思いを強くした。前任校の青山学院大学、現本務校の立教大学、そして非常勤先の各大学において、私の授業を熱心に受講してくれた学生のみなさんにお礼を申し上げたい。また、日本では現代思想の活発な受容がありながら、そして現代思想を通じて「メルヴィル」という名前が広く知られていながら——デリダ、ドゥルーズ、アガンベンらがメルヴィル作品を論じている——、メルヴィル研究とその外部の対話があまりないように見受けられたことも、日本の読者に向けて発信したいと思った理由である。本書が専門の垣根を超えてメルヴィル文学の魅力を伝えることができるなら、それにまさる喜びはない。

本書の完成にあたっては、立教大学から一年間の在外研究の機会をいただいたことが大きい。快く送り出してくれ、常に研究上の刺激を与えてくれる同僚たちに感謝する。在外研究先のカリフォルニア大学バークレー校では、メルヴィル研究の泰斗サミュエル・オッター（Samuel Otter）先生のお世話になった。バークレーに到着直後、面談の際に本書の概要を説明すると、オッター先生はすぐに彼の同僚ドロシー・J・ヘイル（Dorothy J. Hale）先生を紹介してくれた。ヘイル先生の研究室で倫理批評について議論した経験が本書の序章に活きている。さらにオッター先生には、英訳した序章に詳細なコメントをいただき、それが本書の方向性を定めるうえでの決定的な後押しとなった。感謝してもしきれない。またバークレーでは、本書の中でもたびたび言及される、歴史家デイヴィッド・M・ヘンキン（David M. Henkin）先生にもお世話になった。

在外研究に際しては、フルブライト奨学金の助成を受けた。円安とインフレが進む状況にあってベイエリアに住むなど、フルブライトの援助なしには考えられない贅沢であった。物心両面での暖かいサポートに深く御礼申し上げる。また、本書の成果の一部は科研費21K12952の助成を受けている。

本書をまとめ改稿する際には、雨宮迪子氏に草稿全体の細部にわたって詳細なコメントをいただき、その鋭い指摘の数々に感嘆しながら書き直しを進めることになった。記して深謝する。また、各論文の多くの原型は各所での口頭発表の機会を得て、さまざまな方々からフィードバックをいただいた。特に日本メルヴィル学会では、牧野有通、巽孝之、下河辺美知子、堀内正規の各先生に長年にわたって私の研究を応援していただいた。また、コロナ禍が始まった二〇二〇年から二年ほど、同世代の友人らとオンラインによるメルヴィル読書会を行ったことも精神的な支えとなった。小椋道晃、田ノ口正悟、小泉由美子各氏には、活発な議論を通じて大きな刺激をいただいた。読書会で読んだのは本書では論じていない『マーディ』と『戦争詩集』の二作品であるが、いずれそれらの作品に関しても論考を書きたいと思っている。

日本だけではなく、海外の研究者たちとの交流が私のメルヴィル研究を形作ってきた。アメリカのメルヴィル学会では、エリザベス・シュルツ（Elizabeth Shultz）、ジョン・ブライアント（John Bryant）、エリザベス・レンカー（Elizabeth Renker）、ブライアン・ヨザーズ（Brian Yothers）、ポール・ハー（Paul Hurh）ら各先生にお世話になってきた。また、ニコラス・スペングラー（Nicholas Spengler）、エミリオ・イリゴイェン（Emilio Irigoyen）両氏には、「エンカンタダス」論に詳細なコメントをいただいた。また、ベルリン自由大学のカトリン・ヴィトラー（Kathrin Wittler）氏には、当地で開催された「文学と孤独」をめぐる国際ワークショップに招聘していただき、『白鯨』論について多国籍の出席者たちから有意義なコメントをもらう機会を得た。かようにメルヴィル研究は国際交流が活発であり、外部に開かれた風通しのよさがある。それもまた、私がメルヴィル研究を続けている大きな理由の一つだと思う。

出版に至る過程では、法政大学出版局の郷間雅俊氏に本当にお世話になった。面識も何もない状態で、在外研究先のアメリカから郵送した本書草稿に目を通して出版の可能性を見出してくださったのは、まさに僥倖というほかない。編集作業での献身的なご尽力に厚く御礼申し上げる。

最後に、私の家族に最大の感謝を捧げたい。大学院生を続けることが困難に思えたときでさえ背中を押してくれた母の恵美子と、日米での生活の苦楽をともにし、常にそばで見守ってくれた妻の未来と愛猫のエミリーに心から感謝する。本当にありがとう。

二〇二四年二月

古井 義昭

サン＝ジョン・ペルスと中国 〈アジアからの手紙〉と『遠征』
恒川邦夫 著 …………………………………………… 4600円

囚人と狂気 一九世紀フランスの監獄・文学・社会
梅澤礼 著 …………………………………………… 5400円

はじまりのバタイユ 贈与・共同体・アナキズム
澤田直・岩野卓司 編 …………………………………………… 2800円

現代思想のなかのプルースト
土田知則 著 …………………………………………… 2900円

マラルメの辞書学 『英単語』と人文学の再構築
立花史 著 …………………………………………… 5200円

テプフェール マンガの発明
Th. グルンステン，B. ペータース／古永・原・森田 訳 …………… 3200円

文学的絶対 ドイツ・ロマン主義の文学理論
Ph. ラクー＝ラバルト，J.-L. ナンシー／柿並・大久保・加藤 訳 … 6000円

断片・断章（フラグメント）を書く フリードリヒ・シュレーゲルの文献学
二藤拓人 著 …………………………………………… 5000円

対話性の境界 ウーヴェ・ヨーンゾンの詩学
金志成 著 …………………………………………… 5200円

近代測量史への旅 ゲーテ時代の自然景観図から明治日本の三角測量まで
石原あえか 著 …………………………………………… 3800円

教養の近代測地学 メフィストのマントをひろげて
石原あえか 著 …………………………………………… 3500円

表示価格は税別です

◉著 者

古井義昭（ふるい よしあき）

1982年生まれ。エモリー大学英文科博士課程修了（Ph.D.）。現在，立教大学文学部教授。専門は19世紀アメリカ文学。単著に*Modernizing Solitude: The Networked Individual in Nineteenth-Century American Literature*（University of Alabama Press, 2019年／日本アメリカ文学会賞・アメリカ学会清水博賞），共著に『脱領域・脱構築・脱半球——二一世紀人文学のために』（小鳥遊書房，2022年），『モンロードクトリンの半球分割——トランスナショナル時代の地政学』（彩流社，2016年）などがある。

誘惑する他者

メルヴィル文学の倫理

2024年3月12日　初版第1刷発行

著　者　古井義昭

発行所　一般財団法人 法政大学出版局

〒102-0071 東京都千代田区富士見2-17-1

電話03（5214）5540 振替00160-6-95814

組版：HUP　印刷：三和印刷　製本：積信堂

ISBN978-4-588-49522-9

索　引

あ 行

か 行

さ 行

た 行

な 行

は 行

ま 行

や 行

ら 行

引用文献

Ahmed, Sara. *Strange Encounters: Embodied Others in Post-Coloniality*. Routledge, 2000.

Alanka, Joseph. *The Social Self: Hawthorne, William James, and Nineteenth-Century Psychology*. U of Kentucky P, 1997.

Alberti, John. "Cultural Relativism and Melville's *Typee*: Man in the State of Culture." *ESQ*, vol. 36, no. 4, 1990, pp. 329–47.

Albrecht, James M. *Reconstructing Individualism: A Pragmatic Tradition from Emerson to Ellison*. Fordham UP, 2012.

Albrecht, Robert G. "The Thematic Unity of Melville's 'The Encantadas.'" *Texas Studies in Literature and Language*, vol. 14, no. 3, 1972, pp. 463–77.

Allen, Thomas M. *A Republic in Time: Temporality and Social Imagination in Nineteenth-Century America*. U of North Carolina P, 2008.

Altieri, Charles. *The Particulars of Rapture: An Aesthetics of the Affects*. Cornell UP, 2003.

Altman, Gurkin Janet. *Epistolarity: Approaches to a Form*. Ohio State UP, 1982.

Anderson, Benedict. *Imagined Communities: Reflections on the Origin and Spread of Nationalism*. Verso, 1991.（ベネディクト・アンダーソン『定本　想像の共同体――ナショナリズムの起源と流行』白石隆・白石さや訳，書籍工房早山，2007年）

Anderson, Douglas. *A House Undivided: Domesticity and Community in American Literature*. Cambridge UP, 2009.

Arac, Jonathan. *The Emergence of American Literary Narrative, 1820–1860*. Harvard UP, 2005.

——. "'A Romantic Book': *Moby-Dick* and Novel Agency." *boundary 2*, vol. 17, no. 2, 1990, pp. 40–59.

Arendt, Hannah. *The Origins of Totalitarianism*. A Harvest Book, 1976.（ハンナ・アーレント『全体主義の起源 3』大久保和郎・大島かおり訳，みすず書房，2017年）

Armstrong, Philip. "'Leviathan Is a Skein of Networks': Translations of Nature and Culture in *Moby-Dick*." *ELH*, vol. 71, no. 4, 2004, pp. 1039–63.

Arsić, Branka. *Passive Constitutions, or, 7 1/2 Times Bartleby*. Stanford UP, 2007.

Arvin, Newton. *Herman Melville*. Sloane, 1950.

Attridge, Derek. "Innovation, Literature, Ethics: Relating to the Other." *PMLA*, vol. 114, no. 1, 1999, pp. 20–31.

Ausband, Stephen C. "The Whale and the Machine: An Approach to *Moby-Dick*." *American Literature*, vol. 47, no. 2, 1975, pp. 197–211.

Babin, James L. "Melville and the Deformation of Being from *Typee* to Leviathan." *The Southern Review*, vol. 7, no, 1, 1971, pp. 89–114.

Bacon, Francis. *Complete Essays*. Dover Publications, 2008.

Barlow, Aaron. *The Cult of Individualism: A History of an Enduring American Myth*. Praeger, 2013.

Barnes, Elizabeth. "Fraternal Melancholies: Manhood and the Limits of Sympathy in Douglass and Melville." *Frederick Douglass and Herman Melville: Essays in Relation*, edited by Robert S. Levine and Samuel Otter, U of North Carolina P, 2008, pp. 233–56.

——. *States of Sympathy: Seduction and Democracy in the American Novel*. Columbia UP, 1997.

Barnett, Louise K. "Bartleby as Alienated Worker." *Studies in Short Fiction*, vol. 11, no. 4, 1974, pp. 379–85.

Baym, Nina. *American Women Writers and the Work of History, 1790–1860*. Rutgers UP, 1995.

——. "Melville's Quarrel with Fiction." *PMLA*, vol. 94, no, 5, 1979, pp. 909–23.

Baynton, Douglas C. "Disability and the Justification of Inequality in American History." *The New Disability History: American Perspectives*, edited by Paul K. Longmore and Lauri Umansky, New York UP, 2001, pp. 33–57.

Beecher, Jonathan. "Echoes of Toussaint Louverture and the Haitian Revolution in Melville's 'Benito Cereno.'" *Leviathan: A Journal of Melville Studies*, vol. 9, no. 2, 2007, pp. 43–58.

Bellah, Robert N. *Habits of the Heart: Individualism and Commitment in American Life*. U of California P, 2007.

Berger, Jason. *Antebellum at Sea: Maritime Fantasies in Nineteenth-Century America*. U of Minnesota P, 2012.

Berthold, Michael C. "'Portentous Somethings': Melville's *Typee* and the Language of Captivity." *The New England Quarterly*, vol. 60, no. 4, 1987, pp. 549–67.

Bieger, Laura, et al., editors. *The Imaginary and Its Worlds: American Studies after the Transnational Turn*. Dartmouth College P, 2013.

Black, Shameen. *Fiction across Borders: Imagining the Lives of Others in Late-Twentieth-Century Novels*. Columbia UP, 2010.

Blazier, Jeremy, et al. "Woodland Ceremonialism in the Hocking Valley." *Emergence of Moundbuilders: Archaeology of Tribal Society in Southeastern Ohio*, edited by Elliot M. Abrams and AnnCorinne Freter, Ohio State UP, 2005, pp. 82–97.

Blum, Hester. *The View from the Masthead: Maritime Imagination and Antebellum American Sea Narratives*. U of North Carolina P, 2008.

Bogdan, Robert. "The Social Construction of Freaks." *Freakery: Cultural Spectacles of the Extraordinary Body*, edited by Rosemarie Garland Thomson, New York UP, 1996, pp. 23–37.

Booth, Wayne C. "Why Ethical Criticism Can Never Be Simple." *Style*, vol. 32, no. 2, 1998, pp. 351–64.

Bourque, Monique. "Poor Relief 'Without Violating the Rights of Humanity': Almshouse Administration in the Philadelphia Region, 1790–1860." *Down and Out in Early America*, edited by Billy G. Smith, Pennsylvania State UP, 2004, pp. 189–212.

Breitweiser, Mitchell. "False Sympathy in Melville's *Typee*." *American Quarterly*, vol. 34, no. 4, 1982, pp. 396–417.

——. *National Melancholy: Mourning and Opportunity in Classic American Literature*. Stanford UP, 2007.

Brinkema, Eugenie. *The Forms of the Affects*. Duke UP, 2014.

Brodhead, Richard H. *Hawthorne, Melville, and the Novel*. U of Chicago P, 1976.

Brodtkorb, Jr., Paul. *Ishmael's White World: A Phenomenological Reading of* Moby-Dick. Yale UP, 1965.

Brown, Gillian. *Domestic Individualism: Imagining Self in Nineteenth-Century America.* U of California P, 1992.

——. "The Empire of Agoraphobia." *Representations*, vol. 20, no. 4, 1987, pp. 134–57.

Bryant, John. *Melville and Repose: The Rhetoric of Humor in the American Renaissance*. Oxford UP, 1993.

——. "Melville's Rose Poems: As They Fell." *Arizona Quarterly*, vol. 52, no. 4, 1996, pp. 50–84.

——. "*Moby-Dick* as Revolution." *Cambridge Companion to Herman Melville*, edited by Robert S. Levine, Cambridge UP, 1998, pp. 65–90.

——. "The Persistence of Melville: Representative Writer for a Multicultural Age." *Melville's Evermoving Dawn: Centennial Essays*, edited by John Bryant and Robert Milder, Kent State UP, 1997, pp. 3–28.

Buell, Lawrence. "What We Talk about When We Talk about Ethics." *The Turn to Ethics*, edited by Marjorie Garber et al., Routledge, 2000, pp. 1–13.

Burkholder, Robert E. "Introduction." *Critical Essays on Herman Melville's "Benito*

Cereno," edited by Robert E. Burkholder, G. K. Hall & Co., 1992, pp. 4–12.
Burrows, Stuart. "Billy Budd, Billy Budd." *Melville's Philosophies*, edited by Branka Arsić and K. L. Evans, Bloomsbury, 2017, pp. 39–60.
Butler, Judith. *Giving an Account of Oneself*. Fordham UP, 2005.（ジュディス・バトラー『自分自身を説明すること――倫理的暴力の批判』佐藤嘉幸・清水知子訳，月曜社，2008 年）
Carey, James W. *Communication as Culture: Essays on Media and Society*. Routledge, 2008.
Carlson, Thomas C. "Fictive Voices in Melville's Reviews, Letters, and Prefaces." *Interpretations*, vol. 6, 1974, pp. 39–46.
Cassuto, Leonard. "'What an object he would have made of me!': Tattooing and the Racial Freak in Melville's *Typee*." *Freakery: Cultural Spectacles of the Extraordinary Body*, edited by Rosemarie Garland Thomson, New York UP, 1996, pp. 234–47.
Castiglia, Christopher. "Approaching Ahab Blind." *J19: The Journal of Nineteenth-Century Americanists*, vol. 6, no. 1, 2018, pp. 14–24.
Castronovo, Russ. *Fathering the Nation: American Genealogies of Slavery and Freedom*. U of California P, 1995.
Chaibong, Hahm. "The Cultural Challenge to Individualism." *Journal of Democracy*, vol. 11, no. 1, 2000, pp. 127–34.
Chapman, Mary, and Glenn Hendler. *Sentimental Men: Masculinity and the Politics of Affect in American Culture*. U of California P, 1999.
Charavat, William. *The Profession of Authorship in America: 1800–1870*. Edited by Matthew J. Bruccoli, Columbia UP, 1992.
Chase, Richard. *Herman Melville: A Critical Study*. Hafner Publishing Company, 1949.
Christophersen, Bill. "*Israel Potter*: Melville's 'Citizen of the Universe.'" *Studies in American Fiction*, vol. 21, no. 1, 1993, pp. 21–35.
Colatrella, Carol. *Literature and Moral Reform: Melville and the Discipline of Reading*. UP of Florida, 2002.
Couch, Daniel Diez. "'A Syntax of Silence': The Punctuated Spaces in 'Bartleby, the Scrivener: A Story of Wall-Street.'" *Studies in American Fiction*, vol. 42, no. 2, 2015, pp. 167–90.
Coviello, Peter. "The American in Charity: 'Benito Cereno' and Gothic Anti-Sentimentality." *Studies in American Fiction*, vol. 30, no. 2, 2002, pp. 155–80.
——. *Intimacy in America: Dreams of Affiliation in Antebellum Literature*. U of Minnesota P, 2005.
Crain, Caleb. *American Sympathy: Men, Friendship, and Literature in the New*

Nation. Yale UP, 2001.

Crawford, T. Hugh. "Networking the (Non) Human: *Moby-Dick*, Matthew Fontaine Maury, and Bruno Latour." *Configurations*, vol. 5, no. 1, 1997, pp. 1–21.

Creech, James. *Closet Writing/Gay Reading: The Case of Melville's* Pierre. U of Chicago P, 1993.

"Cuba." *Putnam's Monthly Magazine of American Literature, Science, and Art*, vol. 1, no. 1, 1853, pp. 3–16.

Curry, Richard O., and Karl E. Valois. "The Emergence of an Individualistic Ethos in American Society." *American Chameleon: Individualism in Trans-National Context*, edited by Richard O. Curry and Lawrence B. Goodheart, Kent State UP, 1991, pp. 20–43.

Curry, Richard O., and Lawrence B. Goodheart. "Individualism in Trans-National Context." *American Chameleon: Individualism in Trans-National Context*, edited by Richard O. Curry and Lawrence B. Goodheart, Kent State UP, 1991, pp. 1–19.

Cvetkovich, Ann. "Affect." *Keywords for American Cultural Studies*, edited by Bruce Burgett and Glenn Hendler, New York UP, 2020, pp. 5–8.

Dalsgaard, Inger Hunnerup. "'The Leyden Jar' and 'The Iron Way' Conjoined: *Moby-Dick*, the Classical and Modern Schism of Science and Technology." *Melville "Among the Nations,"* edited by Sanford E. Marovitz, Kent State UP, 2001, pp. 243–53.

Darwin, Charles. *The Voyage of the Beagle: Charles Darwin's Journal of Researches*. Edited by Janet Browne and Michael Neve, Penguin, 1989.（チャールズ・ダーウィン『ビーグル号航海記　上・中・下』島地威雄訳，岩波文庫，1959–61 年）

Davenport, David, and Gordon Lloyd. *Rugged Individualism: Dead or Alive?* Hoover Institution Press, 2017.

Davis, Clark. *After the Whale: Melville in the Wake of* Moby-Dick. U of Alabama P, 1995.

——. "The Body Deferred: *Israel Potter* and the Search for the Hearth." *Studies in American Fiction*, vol. 19, no. 2, 1991, pp. 175–87.

Davis, Lennard J. "Constructing Normalcy." *The Disability Studies Reader*, edited by Lennard J. Davis, Routledge, 2010, pp. 3–16.

Davis, Todd F., and Kenneth Womack. "Preface: Reading Literature and the Ethics of Criticism." *Mapping the Ethical Turn: A Reader in Ethics, Culture, and Literary Theory*, edited by Todd F. Davis and Kenneth Womack, UP of Virginia, 2001, pp. ix–xiv.

——. "Introduction: Reading Literature and the Ethics of Criticism." *Style*, vol. 32, no. 2, 1998, pp. 184–93.

Delanty, Gerard. *Community*. Routledge, 2018.

Dimock, Wai Chee. *Empire for Liberty: Melville and the Poetics of Individualism*. Princeton UP, 1989.

——. *Through Other Continents: American Literature across Deep Time*. Princeton UP, 2006.

——. "*Typee*: Melville's Critique of Community." *ESQ*, vol. 30, no. 1, 1984, pp. 27–39.

Dods, John Bovee. *The Philosophy of Electrical Psychology: In a Course of Twelve Lectures*. Fowlers and Wells, 1852.

Doolen, Andy. "'Be Cautious of the Word 'Rebel': Race, Revolution, and Transnational History in Martin Delany's *Blake; or the Huts of America*." *American Literature*, vol, 81, no. 1, 2009, pp. 153–79.

Douglas, Ann. *The Feminization of American Culture*. Avon Books, 1977.

Dryden, Edgar A. "*John Marr and Other Sailors*: Poetry as Private Utterance." *Nineteenth-Century Literature*, vol. 52, no. 3, 1997, pp. 326–49.

Drysdale, David J. "Melville's Motley Crew: History and Constituent Power in *Billy Budd*." *Nineteenth-Century Literature*, vol. 67, no. 3, 2012, pp. 312–36.

Edwards, Brian T., and Dilip Prameshwar Gaonkar, editors. *Globalizing American Studies*. U of Chicago P, 2010.

Edwards, Justin D. "Melville's Peep-Show: Sexual and Textual Cruises in *Typee*." *ARIEL: A Review of International English Literature*, vol. 30, no. 2, 1999, pp. 61–74.

Elliot, Emory. "Art, Religion, and the Problem of Authority in *Pierre*." *Ideology and Classic American Literature*, edited by Sacvan Bercovitch, Cambridge UP, 1986, pp. 337–51.

Elmore, Owen. "Melville's *Typee* and *Moby-Dick*." *The Explicator*, vol. 65, no. 2, 2007, pp. 85–88.

Emerson, Ralph Waldo. *Nature and Selected Essays*. Penguin Books, 2003.（エマソン『エマソン論文集（上）』酒本雅之訳，岩波文庫，1972 年）

Emery, Allan Moore. "'Benito Cereno' and Manifest Destiny." *Nineteenth-Century Fiction*, vol. 39, no. 1, 1984, pp. 48–68.

——. "Melville on Science: 'The Lightening-Rod Man.'" *The New England Quarterly*, vol. 56, no. 4, 1983, pp. 555–68.

Farmer, Meredith. "Herman Melville and Joseph Henry at the Albany Academy; or, Melville's Education in Mathematics and Science." *Leviathan: A Journal of Melville Studies*, vol. 18, no. 2, 2016, pp. 4–28.

——. "Rethinking Ahab: Melville and the Materialist Turn." *Ahab Unbound: Melville and the Materialist Turn*, edited by Meredith Farmer and Jonathan D.

S. Schroeder, U of Minnesota P, 2022, pp. 1–44.

Farmer, Meredith, and Jonathan D. S. Schroeder, editors. *Ahab Unbound: Melville and the Materialist Turn*. U of Minnesota P, 2022.

Firchow, Peter E. "*Bartleby*: Man and Metaphor." *Studies in Short Fiction*, vol. 5, no. 4, 1968, pp. 342–48.

Flatley, Jonathan. *Affective Mapping: Melancholia and the Politics of Modernism*. Harvard UP, 2008.

Fluck, Winfried. "Cultures of Criticism: Herman Melville's *Moby-Dick*, Expressive Individualism, and the New Historicism." *REAL: Yearbook of Research in English and American Literature*, vol. 11, 1995, pp. 207–28.

Fluck, Winfried, et al., editors. *Re-Framing the Transnational Turn in American Studies*. Dartmouth College P, 2011.

Foley, Barbara. "From Wall Street to Astor Place: Historicizing Melville's 'Bartleby.'" *American Literature*, vol. 72, no. 1, 2000, pp. 87–116.

Ford, Sean. "Authors, Speakers, Readers in a Trio of Sea-Pieces in Herman Melville's *John Marr and Other Sailors*." *Nineteenth-Century Literature*, vol. 67, no. 2, 2012, pp. 234–58.

——. "Melville's Late Biographical Aversions." *Leviathan: A Journal of Melville Studies*, vol. 18, no. 3, 2016, pp. 47–67.

Fox, Claire F. "Commentary: The Transnational Turn and the Hemispheric Return." *American Literary History*, vol. 18, no. 3, 2006, pp. 638–47.

Frank, Adam. *Transferential Poetics, from Poe to Warhol*. Fordham UP, 2015.

Franklin, H. Bruce. "Slavery and Empire: Melville's 'Benito Cereno.'" *Melville's Evermoving Dawn: Centennial Essays*, edited by John Bryant and Robert Milder, Kent State UP, 1997, pp. 147–61.

Freeman, Elizabeth. *Time Binds: Queer Temporalities, Queer Histories*. Duke UP, 2010.

Furui, Yoshiaki. *Modernizing Solitude: The Networked Individual in Nineteenth-Century American Literature*. U of Alabama P, 2019.

Furuya, Kohei. "Melville, Babel, and the Ethics of Translation." *ESQ*, vol. 64, no. 4, 2018, pp. 644–79.

Fynsk, Christopher. "Foreword: Experiences of Finitude." *The Inoperative Community*, by Jean-Luc Nancy, translated by Peter Connor and Lisa Garbus, U of Minnesota P, 1991, pp. vii–xxxv.

Gaffney, Jennifer. *Political Loneliness: Modern Liberal Subjects in Hiding*. Rowman & Littlefield, 2020.

Gamble, Richard H. "Reflections of the Hawthorne-Melville Relationship in *Pierre*." *American Literature*, vol. 47, no. 4, 1976, pp. 629–32.

Garber, Marjorie, et al. "Introduction: The Turn to Ethics." *The Turn to Ethics*, edited by Marjorie Garber et al., Routledge, 2000, pp. vii–xii.

Garland-Thomson, Rosemarie. "Seeing the Disabled: Visual Rhetorics and the Spectacle of Julia Pastrana." *Thinking the Limits of the Body*, edited by Jeffrey Jerome Cohen and Gail Weiss, SUNY P, 2003, pp. 129–44.

Gasché, Rodolphe. "The 'Violence' of Deconstruction." *Research in Phenomenology*, vol. 45, 2015, pp. 169–90.

Giles, Paul. *The Global Remapping of American Literature*. Princeton UP, 2011.

Gilmore, Michael T. *American Romanticism and the Marketplace*. U of Chicago P, 1985.

Giordano, Matthew. "Public Privacy: Melville's Coterie Authorship in *John Marr and Other Sailors*." *Leviathan: A Journal of Melville Studies*, vol. 9, no. 3, 2007, pp. 65–78.

Goddard, Kevin. "Hanging Utopia: *Billy Budd* and the Death of Sacred History." *Arizona Quarterly*, vol. 61, no. 4, 2005, pp. 101–26.

Goffman, Erving. *Asylums: Essays on the Social Situation of Mental Patients and Other Inmates*. Anchor Books, 1961.（E. ゴッフマン『アサイラム――施設被収容者の日常世界』石黒毅訳，誠信書房，1984 年）

Goldberg, Shari. "*Benito Cereno*'s Mute Testimony: On the Politics of Reading Melville's Silences." *Arizona Quarterly*, vol. 65, no. 2, 2009, pp. 1–26.

——. *Quiet Testimony: A Theory of Witnessing from Nineteenth-Century American Literature*. Fordham UP, 2013.

Goldfarb, Nancy D. "Charity as Purchase: Buying Self-Approval in Melville's 'Bartleby, the Scrivener.'" *Nineteenth-Century Literature*, vol. 69, no. 2, 2014, pp. 233–61.

Goldman, Stan. *Melville's Protest Theism: The Hidden and Silent God in* Clarel. Northern Illinois UP, 1993.

Goudie, Sean X. "Fabricating Ideology: Clothing, Culture, and Colonialism in Melville's *Typee*." *Criticism*, vol. 40, no. 2, 1998, pp. 217–35.

Graham, Loren. "The Power of Names: In Culture and Mathematics." *Proceedings of the American Philosophical Society*, vol. 157, no. 2, 2013, pp. 229–34.

Gray, Richard. "'All's o'er, and ye know him not': A Reading of *Pierre*." *Herman Melville: Reassessments*, edited by A. Robert Lee, Vision Press, 1984, pp. 116–34.

Greiman, Jennifer. *Democracy's Spectacle: Sovereignty and Public Life in Antebellum American Writing*. Fordham UP, 2010.

Gruesz, Kirsten Silva. "Maritime Pedagogies of the Spanish Language: Or, How Much Spanish Did Melville Know?" *Leviathan: A Journal of Melville Studies*,

vol. 23, no. 3, 2021, pp. 17–34.

Hale, Dorothy J. *The Novel and the New Ethics*. Stanford UP, 2022.

Hanssen, Beatrice. "Ethics of the Other." *The Turn to Ethics*, edited by Marjorie Garber et al., Routledge, 2000, pp. 127–79.

Hardack, Richard. "Bodies in Pieces, Texts Entwined: Correspondence and Intertextuality in Melville and Hawthorne." *Epistolary Histories: Letters, Fiction, Culture*, edited by Amanda Gilroy and W. M. Verhoeven, UP of Virginia, 2000, pp. 126–51.

Harris, Neil. *Humbug: The Art of P. T. Barnum*. U of Chicago P, 1973.

Hawthorne, Nathaniel. *The English Notebooks, 1856–60. The Centenary Edition of the Works of Nathaniel Hawthorne*, edited by Thomas Woodson and Bill Ellis, vol. 22, Ohio State UP, 1997.

Hay, John. "Broken Hearths: Melville's *Israel Potter* and the Bunker Hill Monument." *The New England Quarterly*, vol. 89, no. 2, 2016, pp. 192–221.

Hayford, Harrison, and Merton M. Sealts, Jr. "Editor's Introduction." *Billy Budd, Sailor (An Inside Narrative)*, by Herman Melville, edited by Harrison Hayford and Merton M. Sealts, Jr., U of Chicago P, 2007, pp. 1–39.

Heide, Markus. "Herman Melville's 'Benito Cereno,' Inter-American Relations, and Literary Pan-Americanism." *Amerikastudien/American Studies*, vol. 53, no. 1, 2008, pp. 37–56.

Hemmings, Clare. "Invoking Affect: Cultural Theory and the Ontological Turn." *Cultural Studies*, vol. 19, no. 5, 2005, pp. 548–67.

Henkin, David M. *The Postal Age: The Emergence of Modern Communications in Nineteenth-Century America*. U of Chicago P, 2006.

Hewitt, Elizabeth. *Correspondence and American Literature, 1770–1865*. Cambridge UP, 2004.

Hietala, Thomas R. *Manifest Design: American Exceptionalism and Empire*. Cornell UP, 2003.

Higgins, Brian, and Hershel Parker. *Reading Melville's* Pierre. Louisiana State UP, 2006.

Horth, Lynn. "Historical Notes." *Correspondence*, by Herman Melville, Northwestern UP and The Newberry Library, 1993, pp. 773–811.

Houser, Heather. *Ecosickness in Contemporary U.S. Fiction: Environment and Affect*. Columbia UP, 2014.

Howarth, William. "Earth Islands: Darwin and Melville in the Galapagos." *The Iowa Review*, vol. 30, no. 3, 2001, pp. 95–113.

Howe, Daniel Walker. *What Hath God Wrought: The Transformation of America, 1815–1848*. Oxford UP, 2007.

Huang, Yunte. "Our Literature, Their History: Between Appropriation and Denial." *Comparative Literature*, vol. 57, no. 3, 2005, pp. 227–33.

——. *Transpacific Imaginations: History, Literature, Counterpoetics*. Harvard UP, 2008.

Hurh, Paul. *American Terror: The Feeling of Thinking in Edwards, Poe, and Melville*. Stanford UP, 2015.

Hurley, Natasha. *Circulating Queerness: Before the Gay and Lesbian Novel*. U of Minnesota P, 2018.

Idol, John. "Ahab and the 'Siamese Connection.'" *The South Central Bulletin*, vol. 34, no. 4, 1974, pp. 156–59.

Insko, Jeffrey. *History, Abolition, and the Ever-Present Now in Antebellum American Writing*. Oxford UP, 2018.

Irigoyen, Emilio. "Follow to your leader. Lo hispanófono como otro cultural en *Moby-Dick* y 'Benito Cereno.'" *Melville, Conrad: Imaginarios y Américas. Reflexiones desde Montevideo*, edited by Lindsey Cordery and Beatriz Vegh, Universidad de la República, 2006, pp. 107–20.

——. "Form and Exile in *Israel Potter*: Reading (and Writing on) the Maps in Franklin's Room." *Leviathan: A Journal of Melville Studies*, vol. 20, no. 3, 2018, pp. 15–24.

Irwin, John T. *American Hieroglyphics: The Symbol of the Egyptian Hieroglyphics in the American Renaissance*. Yale UP, 1980.

Ivison, Douglas. "'I Saw Everything But Could Comprehend Nothing': Melville's *Typee*, Travel Narrative, and Colonial Discourse." *ATQ*, vol. 16, no. 2, 2002, pp. 115–30.

James, C. L. R. *Mariners, Renegades, Castaways: The Story of Herman Melville and the World We Live In*. U of New England P, 1953.

Jehlen, Myra. *American Incarnation: The Individual, the Nation, and the Continent*. Harvard UP, 1986.

John, Richard R. *Network Nation: Inventing American Telecommunications*. Harvard UP, 2010.

——. *Spreading the News: The American Postal System from Franklin to Morse*. Harvard UP, 1995.

Johnson, Barbara. *The Critical Difference: Essays in the Contemporary Rhetoric of Reading*. Johns Hopkins UP, 1985.（バーバラ・ジョンソン『批評的差異——読むことの現代的修辞に関する試論集』土田知則訳，法政大学出版局，2016年）

Johnson, Claudia Durst. *Understanding Melville's Short Fiction*. Greenwood Press, 2005.

Johnson, Ellwood. "Individualism and the Puritan Imagination." *American Quarterly*, vol. 22, no. 2, 1970, pp. 230–37.

Jonik, Michael. *Herman Melville and the Politics of the Inhuman*. Cambridge UP, 2018

Joswick, Thomas P. "'Typee': The Quest for Origin." *Criticism*, vol. 17, no. 4, 1975, pp. 335–54.

Kete, Mary Louise. *Sentimental Collaboration: Mourning and Middle-Class Identity in Nineteenth-Century America*. Duke UP, 2000.

Koch, Philip. *Solitude: A Philosophical Encounter*. Open Court, 1994.

Kohl, Lawrence Frederick. *The Politics of Individualism: Parties and the American Character in the Jacksonian Era*. Oxford UP, 1989.

Kricher, John. *Galápagos: A Natural History*. Princeton UP, 2006.

Kuebrich, David. "Melville's Doctrine of Assumptions: The Hidden Ideology of Capitalist Production in 'Bartleby.'" *The New England Quarterly*, vol. 69, no. 3, 1996, pp. 381–405.

Lawrence, D. H. *Studies in Classic American Literature*. Penguin Books, 1990.（D・H・ローレンス『アメリカ古典文学研究』大西直樹訳，講談社文芸文庫，1999年）

Lazo, Rodrigo. "The Ends of Enchantment: Douglass, Melville, and U.S. Expansionism in the Americas." *Frederick Douglass and Herman Melville: Essays in Relation*, edited by Robert S. Levine and Samuel Otter, U of North Carolina P, 2008, pp. 207–32.

——. "*Israel Potter* Deported." *Leviathan: A Journal of Melville Studies*, vol. 22, no. 1, 2020, pp. 146–65.

Lee, A. Robert. "A Picture Stamped in Memory's Mint: *John Marr and Other Sailors*." *Melville as Poet: The Art of "Pulsed Life,"* edited by Sanford E. Marovitz, Kent State UP, 2013, pp. 104–24.

Lee, Maurice S. "Melville's Subversive Political Philosophy: 'Benito Cereno' and the Fate of Speech." *American Literature*, vol. 72, no. 3, 2000, pp. 495–519.

Lee, Wendy Anne. "The Scandal of Insensibility; or, the Bartleby Problem." *PMLA*, vol. 130, no. 5, 2015, pp. 1405–19.

Levine, Robert S. "Pierre's Blackened Hand." *Leviathan: A Journal of Melville Studies*, vol. 1, no. 1, 1999, pp. 23–44.

Lewis Jr., James E. *The American Union and the Problem of Neighborhood: The United States and the Collapse of the Spanish Empire, 1783–1829*. U of North Carolina P, 1998.

Leys, Ruth. "The Turn to Affect: A Critique." *Critical Inquiry*, vol. 37, no. 3, 2011, pp. 434–72.

Lieberman, Jennifer L. *Power Lines: Electricity in American Life and Letters, 1882–1952*. MIT Press, 2017.

Locke, John. *Two Treatises of Government*. Cambridge UP, 1988.（ジョン・ロック『統治二論』加藤節訳，岩波文庫，2017 年）

Longmore, Paul K., and Lauri Umansky. "Disability History: From the Margins to the Mainstream." *The New Disability History: American Perspectives*, edited by Paul K. Longmore and Lauri Umansky, New York UP, 2001, pp. 1–29.

Loughran, Trish. "Transcendental Islam: The Worlding of Our America: A Response to Wai Chee Dimock." *American Literary History*, vol. 21, no. 1, 2009, pp. 53–66.

Love, Heather. *Feeling Backward: Loss and the Politics of Queer History*. Harvard UP, 2007.

Luciano, Dana. *Arranging Grief: Sacred Time and the Body in Nineteenth-Century America*. New York UP, 2007.

Lukes, Steven. *Individualism*. ECPR Press, 2006.

Lysaker, John T., and William Rossi, editors. *Emerson and Thoreau: Figures of Friendship*. Indiana UP, 2010.

"The Magnetic Telegraph." *Gem of Science*, vol. 1, no. 12, 1846, pp. 177–78.

Malin, Brenton J. *Feeling Mediated: A History of Media Technology and Emotion in America*. New York UP, 2014.

Marçais, Dominique. "The Spanish Language: Its Significance in Melville's 'Benito Cereno.'" *Letterature d'America*, vol. 44, 1991, pp. 47–56.

Margolis, Stacey. *The Public Life of Privacy in Nineteenth-Century American Literature*. Duke UP, 2005.

Marovitz, Sanford E., editor. *Melville as Poet: The Art of "Pulsed Life."* Kent State UP, 2013.

Marr, Timothy. *The Cultural Roots of American Islamicism*. Cambridge UP, 2006.

Marrs, Cody. "A Wayward Art: *Battle-Pieces* and Melville's Poetic Turn." *American Literature*, vol. 82, no. 1, 2010, pp. 91–119.

Martin, Robert K. *Hero, Captain, and Stranger: Male Friendship, Social Critique, and Literary Form in the Sea Novels of Herman Melville*. U of North Carolina P, 1986.

Marx, Leo. *The Machine in the Garden: Technology and the Pastoral Ideal in America*. Oxford UP, 2000.（『楽園と機械文明――テクノロジーと田園の理想』榊原胖夫・明石紀雄訳，研究社，1972 年）

Mason, Alpheus T. "American Individualism: Fact and Fiction." *The American Political Science Review*, vol. 46, no. 1, 1952, pp. 1–18.

Massumi, Brian. *Parables for the Virtual: Movement, Affect, Sensation*. Duke UP,

2002.

Matthiessen, F. O. *American Renaissance: Art and Expression in the Age of Emerson and Whitman*. Oxford UP, 1949.

May, Robert E. *The Southern Dream of a Caribbean Empire, 1854–1861*. UP of Florida, 2002.

McLoughlin, Michael. *Dead Letter to the New World: Melville, Emerson, and American Transcendentalism*. Routledge, 2017.

McWilliams, Ryan. "Uprooting, Composting, and Revolutionary History in *Israel Potter*." *Leviathan: A Journal of Melville Studies*, vol. 20, no. 3, 2018, pp. 45–57.

McWilliams, Susan. "Ahab, American." *A Political Companion to Herman Melville*, edited by Jason Frank, UP of Kentucky, 2013, pp. 109–40.

McWilliams, Wilson Carey. *The Idea of Fraternity in America*. U of California P, 1973.

Melville, Herman. "Benito Cereno." *Putnam's Monthly Magazine of American Literature, Science, and Art*, vol. 36, no. 4, pp. 353–67.

——. *Billy Budd, Sailor and Other Uncompleted Writings*. Edited by G. Thomas Tanselle et al., Northwestern UP and The Newberry Library, 2017.

——. *The Confidence-Man: His Masquerade.* Edited by Harrison Hayford et al., Northwestern UP and The Newberry Library, 1984.

——. *Correspondence*. Edited by Lynn Horth, Northwestern UP and The Newberry Library, 1993.

——. *Moby-Dick; or, The Whale*. Edited by Harrison Hayford et al., Northwestern UP and The Newberry Library, 1988.

——. *Israel Potter: His Fifty Years of Exile*. Edited by Harrison Hayford et al., Northwestern UP and The Newberry Library, 1982.

——. *The Piazza Tales, and Other Prose Pieces: 1839–1860*. Edited by Harrison Hayford et al., Northwestern UP and The Newberry Library, 1987.

——. *Pierre; or, The Ambiguities*. Edited by Harrison Hayford et al., Northwestern UP and The Newberry Library, 1995.

——. *Published Poems:* Battle-Pieces, John Marr, Timoleon. Edited by Robert C. Ryan et al., Northwestern UP and The Newberry Library, 2009.

——. *Typee: A Peep at Polynesian Life*. Edited by G. Thomas Tanselle et al., Northwestern UP and The Newberry Library, 2003.

Milder, Robert. "Melville." *American Literary Scholarship: 1981*. Duke UP, 1983, pp. 53–74.

Millner, Michael. *Fever Reading: Affect and Reading Badly in the Early American Public Sphere*. U of New Hampshire P, 2012.

Mitchell, David T., and Sharon L. Snyder. *Cultural Locations of Disability*. U of Chicago P, 2006.

Morgenstern, Naomi. "The Remains of Friendship and the Ethics of Misreading: Melville, Emerson, Thoreau." *ESQ*, vol. 57, no. 3, 2011, pp. 241–73.

Morrison, Toni. *Playing in the Dark: Whiteness and the Literary Imagination*. Harvard UP, 1992.（トニ・モリスン『暗闇に戯れて――白さと文学的想像力』都甲幸治訳，岩波文庫，2023 年）

Mukattash, Eman. "The Democratic Vistas of the Body: Re-Reading the Body in Herman Melville's *Typee*." *Journal of Language, Literature and Culture*, vol. 62, no. 3, pp. 157–75.

Murphy, Gretchen. *Hemispheric Imaginings: The Monroe Doctrine and Narratives of U.S. Empire*. Duke UP, 2005.

Murray, Henry. "Introduction." *Pierre; or, The Ambiguities*, by Herman Melville, Hendricks House, 1949, pp. i–xxi.

Newberry, I. "'The Encantadas': Melville's Inferno." *American Literature*, vol. 38, no. 1, 1966, pp. 49–68.

Newfield, Christopher. *The Emerson Effect: Individualism and Submission in America*. U of Chicago P, 1996.

Newton, Adam Zachary. *Narrative Ethics*. Harvard UP, 1995.

Newton, Wesley P. "Origins of United States-Latin American Relations." *United States-Latin American Relations, 1800–1850: The Formative Generations*, edited by T. Ray Shurbutt, U of Alabama P, 1991, pp. 1–24.

Ngai, Sianne. *Ugly Feelings*. Harvard UP, 2005.

Nicholls, Henry. *The Galápagos: A Natural History*. Basic Books, 2014.

Nigro, August J. *The Diagonal Line: Separation and Reparation in American Literature*. Associated University Presses, 1984.

Norsworthy, Scott. "*The New York Tribune* on Begging and Charity." *The Confidence-Man: His Masquerade*, by Herman Melville, W. W. Norton & Company, 2006, pp. 394–97.

Nurmi, Tom. *Magnificent Decay: Melville and Ecology*. U of Virginia P, 2020.

O'Malley, Michael. *Keeping Watch: A History of American Time*. Penguin, 1990.

Oshima, Yukiko. "Isabel as a Native American Ghost in Saddle Meadows: The Background of Pierre's 'Race.'" *Leviathan: A Journal of Melville Studies*, vol. 5, no. 2, 2006, pp. 5–17.

"Ostend Manifesto." *History of Cuba*, www.historyofcuba.com/history/funfacts/Ostend.htm. Accessed March 2013.

O'Sullivan, John L. "The Great Nation of Futurity." *The United States Democratic Review*, vol. 6, no. 23, 1839, pp. 426–30.

Otter, Samuel. *Melville's Anatomies*. U of California P, 1999.

Parker, Hershel. *Herman Melville: A Biography, Volume Two, 1851–1891*. Johns Hopkins UP, 2005.

——. "Historical Note." *Published Poems:* Battle-Pieces, John Marr, Timoleon, by Herman Melville, Northwestern UP and The Newberry Library, 2009, pp. 329–527.

——. "The 'Sequel' in 'Bartleby.'" *Bartleby the Inscrutable: A Collection of Commentary on Herman Melville's Tale "Bartleby, the Scrivener,"* edited by M. Thomas Inge, Archon Books, 1979, pp. 159–65.

Pellegrini, Ann, and Jasbir Puar. "Affect." *Social Text*, vol. 100, no. 27, 2009, pp. 35–38.

Penry, Tara. "Sentimental and Romantic Masculinities in *Moby-Dick* and *Pierre*." *Sentimental Men: Masculinity and the Politics of Affect in American Culture*, edited by Mary Chapman and Glenn Hendler, U of California P, 1999, pp. 226–43.

Porter, David. *A Voyage in the South Seas, in the Years 1812, 1813, and 1814 with Particular Details of the Gallipagos and Washington Islands.* Phillips & Co., 1823.

Pratt, Lloyd. *Archives of American Time: Literature and Modernity in the Nineteenth Century*. U of Pennsylvania P, 2010.

Rathbun, John W. "*Billy Budd* and the Limits of Perception." *Nineteenth-Century Fiction*, vol. 20, no. 1, 1965, pp. 19–34.

Ray, Robert B. *Walden x 40: Essays on Thoreau*. Indiana UP, 2012.

Reed, Naomi C. "The Specter of Wall Street: 'Bartleby, the Scrivener' and the Language of Commodities." *American Literature*, vol. 76, no. 2, 2004, pp. 247–73.

Reiss, Benjamin. *The Showman and the Slave: Race, Death, and Memory in Barnum's America*. Harvard UP, 2001.

Renker, Elizabeth. "Melville the Poet: Response to William Spengemann." *American Literary History*, vol. 12, no. 1, 2000, pp. 348–54.

——. "Melville the Poet in the Postbellum World." *The New Cambridge Companion to Herman Melville*, edited by Robert S. Levine, Cambridge UP, 2014, pp. 127–41.

——. "Melville's Spell in *Typee*." *Arizona Quarterly*, vol. 51, no. 2, 1995, pp. 1–31.

——. *Strike through the Mask: Herman Melville and the Scene of Writing*. Johns Hopkins UP, 1996.

Robillard, Douglas. "Introduction." *The Poems of Herman Melville*, edited by Douglas Robillard, Kent State UP, 2000, pp. 1–49.

——. "Melville's Late Poetry: Sources and Speculations." *Essays in Arts and*

Sciences, vol. 27, 1998, pp. 23–35.
——. "Theme and Structure in Melville's *John Marr and Other Sailors*." *Herman Melville: Critical Assessments Volume IV*, edited by A. Robert Lee, Helm Information, 2001, pp. 197–201.
Rogin, Michael Paul. *Subversive Genealogy: The Politics and Art of Herman Melville*. Knopf, 1983.
Rosenberg, Brian. "*Israel Potter*: Melville's Anti-History." *Studies in American Fiction*, vol. 15, no. 2, 1987, pp. 175–86.
Rosenheim, Shawn James. *The Cryptographic Imagination: Secret Writing from Edgar Poe to the Internet*. Johns Hopkins UP, 1997.
Rosenthal, Debra J. "The Sentimental Appeal to Salvific Paternity in *Uncle Tom's Cabin* and *Moby-Dick*." *Texas Studies in Literature and Language*, vol. 56, no. 2, 2014, pp. 135–47.
Rovit, Earl. "Purloined, Scarlet, and Dead Letters in Classic American Fiction." *The Sewanee Review*, vol. 96, no. 3, 1998, pp. 418–32.
Rowe, John Carlos. "*Moby-Dick* and Globalization." *Oxford History of the Novel in English: The American Novel to 1870*, edited by J. Gerald Kennedy and Leland S. Person, Oxford UP, 2014, pp. 355–67.
Rowe, Joyce A. "The King's Buttons: The Language of Law in *Billy Budd*." *Prospects: An Annual of American Cultural Studies*, vol. 27, 2002, pp. 271–301.
Ruttenburg, Nancy. "Melville's Handsome Sailor: The Anxiety of Innocence." *American Literature*, vol. 66, no. 1, 1994, pp. 83–103.
Ryan, Susan M. "Misgivings: Melville, Race, and the Ambiguities of Benevolence." *American Literary History*, vol. 12, no. 4, 2000, pp. 685–712.
Said, Edward W. "Reflections on Exile." *Reflections on Exile: And Other Literary and Cultural Essays*, Harvard UP, 2000, pp. 137–49.（エドワード・W・サイード『故国喪失についての省察　2』大橋洋一・近藤弘幸・和田唯・大貫隆史・貞廣真紀訳，みすず書房，2009年）
Samson, John. "The Dynamics of History and Fiction in Melville's *Typee*." *American Quarterly*, vol. 36, no. 2, 1984, pp. 276–90.
Samuels, Ellen. "From Melville to Eddie Murphy: The Disability Con in American Literature and Film." *Leviathan: A Journal of Melville Studies*, vol. 8, no. 1, 2006, pp. 61–82.
Sanborn, Geoffrey. *The Sign of the Cannibal: Melville and the Making of a Postcolonial Reader*. Duke UP, 1998.
Sandberg, Robert. "Literary Reprises: Rhetorical Staging and Dramatic Performance in Melville's Prose-and-Verse Writings." *Melville as Poet: The Art of "Pulsed Life*," edited by Sanford E. Marovitz, Kent State UP, 2013, pp. 228–

57.

Santa Ana, Jeffery. *Racial Feelings: Asian America in a Capitalist Culture of Emotion*. Temple UP, 2015.

Sattelmeyer, Robert, and James Barbour. "The Sources and Genesis of Melville's 'Norfolk Isle and the Chola Widow.'" *American Literature*, vol. 50, no. 3, 1978, pp. 398–417.

Scarry, Elaine. "The Difficulty of Imagining Other People." *For Love of Country?*, edited by Joshua Cohen, Beacon Press, 2002, pp. 98–110.

Schwarz, Daniel R. "A Humanistic Ethics of Reading." *Mapping the Ethical Turn: A Reader in Ethics, Culture, and Literary Theory*, edited by Todd F. Davis and Kenneth Womack, UP of Virginia, 2001, pp. 3–15.

Schweik, Susan M. *The Ugly Laws: Disability in Public*. New York UP, 2009.

Schweitzer, Ivy. *Perfecting Friendship: Politics and Affiliation in Early American Literature*. U of North Carolina P, 2006.

Schuller, Kyla. "Specious Bedfellows: Ethnicity, Animality, and the Intimacy of Slaughter in *Moby-Dick*." *Leviathan: A Journal of Melville Studies*, vol. 12, no. 3, 2010, pp. 3–20.

Schultz, Elizabeth. "Melville's Environmental Vision in *Moby-Dick*." *ISLE*, vol. 7, no. 1, 2000, pp. 98–113.

——. "The Sentimental Subtext of *Moby-Dick*: Melville's Response to the 'World of Woe.'" *ESQ*, vol. 42, no. 1, 1996, pp. 29–49.

Seelye, John D. "'Ungraspable Phantom': Reflections of Hawthorne in *Pierre* and *The Confidence-Man*." *Studies in the Novel*, vol. 1, no. 4, 1969, pp. 436–43.

Senchyne, Jonathan. *The Intimacy of Paper in Early and Nineteenth-Century American Literature*. U of Massachusetts P, 2019.

Sexton, Jay. *The Monroe Doctrine: Empire and Nation in Nineteenth-Century America*. Hill and Wang, 2011.

Shain, Barry Alan. *The Myth of American Individualism: The Protestant Origins of American Political Thought*. Princeton UP, 1996.

Shamir, Milette. *Inexpressible Privacy: The Interior Life of Antebellum American Literature*. U of Pennsylvania P, 2006.

Shetrone, Henry. *The Mound-Builders*. U of Alabama P, 2004.

Shouse, Eric. "Feeling, Emotion, Affect." *M/C Journal*, vol. 8, no. 6, 2005, doi.org/10.5204/mcj.2443.

Shulman, Robert. *Social Criticism and Nineteenth-Century American Fictions*. U of Missouri P, 1987.

Shurr, William H. *The Mystery of Iniquity: Melville as Poet, 1857–1891*. U of Kentucky P, 1972.

Silverman, Gillian. "Textual Sentimentalism: Incest and Authorship in Melville's *Pierre*." *American Literature*, vol. 74, no. 2, 2002, pp. 345–72.

Snediker, Michael D. "Phenomenology beyond the Phantom Limb: Melvillean Figuration and Chronic Pain." *Melville's Philosophies*, edited by Branka Arsić and K. L. Evans, Bloomsbury, 2017, pp. 154–77.

Spengemann, William C. "Introduction." *Pierre; or, The Ambiguities*, by Herman Melville, Penguin Books, 1996, pp. vii–xx.

——. "Melville the Poet." *American Literary History*, vol. 11, no. 4, 1999, pp. 569–609.

——. *Three American Poets: Walt Whitman, Emily Dickinson, and Herman Melville*. Notre Dame UP, 2010.

Spengler, Nicholas. "Tracking Melville's 'Dog-King': Creole Sympathies and Canine Warfare in the Americas." *Leviathan: A Journal of Melville Studies*, vol. 21, no. 3, 2019, pp. 71–93.

Starr, Paul. *The Creation of the Media: Political Origins of Modern Communications*. Basic Books, 2004.

Stauffer, Jill. *Ethical Loneliness: The Injustice of Not Being Heard*. Columbia UP, 2015

Stein, William B. *The Poetry of Melville's Late Years: Time, History, Myth, and Religion*. SUNY P, 1970.

Sten, Christopher. "'Facts Picked Up in the Pacific': Fragmentation, Deformation, and the (Cultural) Uses of Enchantment in 'The Encantadas.'" *"Whole Oceans Away": Melville and the Pacific*, edited by Jill Barnum et al., Kent State UP, pp. 213–23.

——. *Melville's Other Lives: Bodies on Trial in* The Piazza Tales. U of Virginia P, 2022.

Stephanson, Anders. *Manifest Destiny: American Expansion and the Empire of Right*. Hill and Wang, 1995.

Stiker, Henri-Jacques. *A History of Disability*. Translated by William Sayers, U of Michigan P, 1997.

Strickland, Carol Colclough. "Coherence and Ambivalence in Melville's *Pierre*." *American Literature*, vol. 48, no. 3, 1976, pp. 302–11.

Su, John J. *Ethics and Nostalgia in the Contemporary Novel*. Cambridge UP, 2005.

Sundquist, Eric J. "'Benito Cereno' and New World Slavery." *Reconstructing American Literary History*, edited by Sacvan Bercovitch, Harvard UP, 1986, pp. 93–122.

——. *To Wake the Nations: Race in the Making of American Literature*. Harvard UP, 1998.

Sweet, Nancy F. "Abolition, Compromise and 'The Everlasting Elusiveness of Truth' in Melville's *Pierre*." *Studies in American Fiction*, vol. 26, no. 1, 1998, pp. 3–28.

Tanselle, G. Thomas. "Note on Printing and Publishing History." *Published Poems:* Battle-Pieces, John Marr, Timoleon, by Herman Melville, Northwestern UP and The Newberry Library, 2009, pp. 529–78.

Tanyol, Denise. "The Alternative Taxonomies of Melville's 'The Encantadas.'" *The New England Quarterly*, vol. 80, no. 2, 2007, pp. 242–79.

Tawil, Ezra. *Literature, American Style: The Originality of Imitation in the Early Republic*. U of Pennsylvania P, 2018.

Taylor, George Rogers. *The Transportation Revolution, 1815–1860.* Rinehart, 1951.

Temple, Gale. "*Israel Potter*: Sketch Patriotism." *Leviathan: A Journal of Melville Studies*, vol. 11, no. 1, 2009, pp. 3–18.

Tendler, Joshua. "A Monument upon a Hill: Antebellum Commemoration Culture, the Here-and-Now, and Democratic Citizenship in Melville's *Israel Potter*." *Studies in American Fiction*, vol. 42, no. 1, 2015, pp. 29–50.

Tennenhouse, Leonard. *The Importance of Feeling English: American Literature and the British Diaspora, 1750–1850*. Princeton UP, 2007.

Thomas, Brook. "The Writer's Procreative Urge in *Pierre*: Fictional Freedom or Convoluted Incest?" *Studies in the Novel*, vol. 11, no. 4, 1979, pp. 416–30.

Thompson, Graham. "'Dead Letters! ... Dead Men?': The Rhetoric of the Office in Melville's 'Bartleby, the Scrivener.'" *Journal of American Studies*, vol. 34, no. 3, 2000, pp. 395–411.

Thompson, Lawrence. *Melville's Quarrel with God*. Princeton UP, 1952.

Thomson, Rosemarie Garland. *Extraordinary Bodies: Figuring Physical Disability in American Culture and Literature*. Columbia UP, 1997.

Thoreau, Henry David. *Walden, Civil Disobedience, and Other Writings*. Edited by William Rossi, W. W. Norton & Company, 2008.

Thrailkill, Jane F. *Affecting Fictions: Mind, Body, and Emotion in American Literary Realism*. Harvard UP, 2007.

Tichi, Cecelia. "Craft and Theme of Language Debased in *The Confidence-Man*." *ELH*, vol. 39, no. 4, 1972, pp. 639–58.

Timmerman, John H. "Typology and Biblical Consistency in *Billy Budd*." *Notre Dame English Journal*, vol. 15, no. 1, 1983, pp. 23–28.

Toner, Jennifer DiLalla. "The Accustomed Signs of the Family: Rereading Genealogy in Melville's *Pierre*." *American Literature*, vol. 70, no. 2, 1998, pp. 237–63.

Trattner, Walter I. *From Poor Law to Welfare State: A History of Social Welfare in America*. The Free Press, 1999.

Turner, Jack. *Awakening to Race: Individualism and Social Consciousness in America*. U of Chicago P, 2012.

Wald, Priscilla. "Hearing Narrative Voices in Melville's *Pierre*." *boundary 2*, vol. 17, no. 1, 1990, pp. 100–32.

Walls, Stephanie M. *Individualism in the United States: A Transformation of American Political Thought*. Bloomsbury, 2015.

Wardrop, Daneen. "The Signifier and the Tattoo: Inscribing the Uninscribed and the Forces of Colonization in Melville's *Typee*." *ESQ*, vol. 47, no. 2, 2001, pp. 135–61.

Watters, R. E. "Melville's 'Isolatoes.'" *PMLA*, vol. 60, no. 4, 1945, pp. 1138–48.

Webster, Daniel. *The Speeches of Daniel Webster, and His Masterpieces*. Porter & Coates, 1854.

Weinauer, Ellen. "Plagiarism and the Proprietary Self: Policing the Boundaries of Authorship in Herman Melville's 'Hawthorne and His Mosses.'" *American Literature*, vol. 69, no. 4, 1997, pp. 697–717.

Weinstein, Cindy. *Time, Tense, and American Literature: When Is Now?* Cambridge UP, 2015.

——. "We Are Family: Melville's *Pierre*." *Leviathan: A Journal of Melville Studies*, vol. 7, no. 1, 2005, pp. 19–40.

Wetherell, Margaret. *Affect and Emotion: A New Social Science Understanding*. Sage, 2013.

Widmer, Edward L. *Young America: The Flowering of Democracy in New York City*. Oxford UP, 1999.

Wissinger, Elizabeth. "Always on Display: Affective Production in the Modeling Industry." *The Affective Turn: Theorizing the Social*, edited by Patricia Ticineto Clough and Jean Halley, Duke UP, 2007, pp. 231–60.

Yablon, Nick. "Untimely Objects: Temporal Studies and the New Materialism." *Time and Literature*, edited by Thomas M. Allen, Cambridge UP, 2018, pp. 120–33.

Yothers, Brian. *Melville's Mirrors: Literary Criticism and America's Most Elusive Author*. Camden House, 2011.

——. *Sacred Uncertainty: Religious Difference and the Shape of Melville's Career*. Northwestern UP, 2015.

Zlatic, Thomas D. "'Horned Perplexities': Melville's 'Donelson' and Media Environments." *Leviathan: A Journal of Melville Studies*, vol. 13, no. 2, 2011, pp. 38–53.

——. "Melville's Wired World: Media, Fact, and Faith in *Clarel*." *Leviathan: A Journal of Melville Studies*, vol. 13, no. 3, 2011, pp. 115–27.

大島由起子「「ジョン・マー」に見る転覆のメカニズム――“flower of life”と先住民を巡って」『福岡大学人文論叢』第38号第2巻，2006年，489–508頁.
――『メルヴィル文学に潜む先住民――復讐の連鎖か福音か』彩流社，2017年.
小椋道晃「ナショナリズムの彼方へ――『イズラエル・ポッター』における親密性」『立教レヴュー』第42号，2013年，15–28頁.
キケロー『友情について』中務哲郎訳，岩波文庫，2004年.
城戸光世「〈エシカル・ルネサンス〉期のホーソーン文学」，西谷拓哉・髙尾直知・城戸光世編著『ロマンスの倫理と語り――いまホーソーンを読む理由』開文社出版，2023年，3–21頁.
貞廣真紀「*John Marr and Other Sailors* における匿名詩人のナショナリズム」『れにくさ』第5号第3巻，2014年，43–69頁.
舌津智之『抒情するアメリカ――モダニズム文学の明滅』研究社，2009年.
竹内勝徳『メルヴィル文学における〈演技する主体〉』小鳥遊書房，2020年.
巽孝之『『白鯨』アメリカンスタディーズ』みすず書房，2005年.
デリダ，ジャック『絵葉書 I――ソクラテスからフロイトへ，そしてその彼方』若森栄樹・大西雅一郎訳，水声社，2007年.
トクヴィル『アメリカのデモクラシー　第二巻（上）』松本礼二訳，岩波文庫，2013年.
ナンシー，ジャン＝リュック『無為の共同体――哲学を問い直す分有の思考』西谷修・安原伸一朗訳，以文社，2017年.
橋本安央『痕跡と祈り――メルヴィルの小説世界』松柏社，2017年.
福岡和子『「他者」で読むアメリカン・ルネサンス――メルヴィル・ホーソーン・ストウ』世界思想社，2007年.
藤本幸伸「配達不能郵便係のバートルビー」，*Sky-Hawk: The Journal of the Melville Society of Japan* 第5号，2017年，24–40頁.
ブランショ，モーリス『明かしえぬ共同体』西谷修訳，ちくま学芸文庫，2018年.
古井義昭「黒い半球――『ブレイク』におけるトランスナショナリズム再考」，下河辺美知子編著『モンロー・ドクトリンの半球分割――トランスナショナル時代の地政学』彩流社，2016年，41–68頁.
フロイト『フロイト全集一四』新宮一成・本間直樹・伊藤正博・須藤訓任・田村公江訳，岩波書店，2010年.
モンテーニュ『エセー（一）』原二郎訳，岩波文庫，1979年.